# 回望故园

Huiwang Guyuan

莫清荣　著

黄河出版传媒集团
宁夏人民出版社

**图书在版编目（CIP）数据**

回望故园 / 莫清荣著. — 银川 ： 宁夏人民出版社，2017.8

ISBN 978-7-227-06734-4

Ⅰ. ①回… Ⅱ. ①莫… Ⅲ. ①散文集—中国—当代 Ⅳ. ①I267

中国版本图书馆CIP数据核字(2017)第221369号

**回望故园** **莫清荣 著**

责任编辑 姚小云
责任校对 管世献
封面设计 唐秋萍
责任印制 肖 艳

黄河出版传媒集团
宁夏人民出版社 出版发行

出 版 人 王杨宝
地　　址 银川市北京东路139号出版大厦（750001）
网　　址 http://www.nxpph.com http://www.yrpubm.com
网上书店 http://shop126547358.taobao.com http://www.hh-book.com
电子信箱 nxrmcbs@126.com renminshe@yrpubm.com
邮购电话 0951-5019391 5052104
经　　销 全国新华书店
印刷装订 广州市德佳彩色印刷有限公司
印刷委托书号 (宁)0006494

开　　本 880mm×1230mm 1/16
印　　张 14 字 数 200千字
版　　次 2017年11月第1版
印　　次 2017年11月第1次印刷
书　　号 ISBN 978-7-227-06734-4
定　　价 42.00元

# 情意缱绻的乡愁

## ——莫清荣散文集《回望故园》序

王剑冰

一

不知从什么时候开始，文学有了一个热词叫“乡愁”。乡愁，不能单单理解为是对家乡的某种关注、某种隐忧，实际上，它是一种情愫。乡愁在汉语世界里是那么的独特，因为它和民族的情感紧密联系在一起。

苏东坡有词：此心安处是吾乡。这样说来，故乡就是使人安心的、放心的，能够让人把身心置放在那里，四仰八叉地舒坦着。即使你人离开了，你的心神还在那里晾晒着，慵懒着。在中国这么多的地方，现在看着是越来越雷同了，街巷相似，屋宇相似，水桥相似，但是你记忆当中的那个故乡却是你的唯一，你情结的唯一，你梦里的唯一，你叙述中的唯一。那种唯一是永远不变的。

有的人走了一辈子没有回过故乡，有的人多少年才回一次故乡，但是说实在话，你就是走了一辈子，你也走不出故乡。你就是没回过一次故乡，你也总是在回故乡。你摆脱不掉故乡缭绕的烟尘，摆脱不掉故乡弥漫的味道。故乡的沟沟坎坎、枝枝条条，都在你的生命里起伏着、摇动着。

关于故乡，多少人总是以为“月是故乡明”，多少人曾经有过“少小离家老大回，乡音无改鬓毛衰”或“近乡情更怯，不敢问来人”的感怀。多少人有过“漫卷诗书喜欲狂”“便下襄阳向洛阳”的激动。台湾作家余光中所写的《乡愁》，曾经牵动无数人的共鸣。而另一位作家柏杨，同样一直在怀念中原的故乡。在他生病期间，大陆的朋友周明去看他，那个时候他已经不太能够说话，只能用手写字表达。他写出的字竟然是“回家的感觉真好”。

## 二

乡愁构成了一种民族情感，它常常让人想到母亲，想到家园，想到生活的原景。乡愁这个词，很多人都在运用它，都在描写它。但是，有些是自觉的，有些是不自觉的。有人刚提笔的时候，也许只是一种事情对你的触动，但是这种事情连着另外一些事情，就像藤蔓连着一个个葫芦一样，拽出来这一个，那一个就又来了。这是灵感的连续的反应，也是一个作家写作自觉的一种表现。而有些人却是东一榔头西一棒子，不知道顺着一个地方深挖，也就总是显现出打游击的状态，文字零落而不能成军。

由此我们看出了莫清荣的认真态度，她认真地对待了自己的情愫，所以一发而不可收，竟写出了一部书，书名就叫《回望故园》。她的笔下是一个又一个的场景，一个又一个的人物，以及由这些场景、这些人物牵扯出来的乡情乡事，这些景象鲜活在那里，人物鲜活在那里，让我们记挂，让我们感动。

比如莫清荣写的《家乡的年味》《村里的代销店》《被埋没的石碓》《寻找远去的彩调》以及《乡村小学校》《古井》《变迁》等，都是对乡间事物的记忆和叙述。由于作者的亲历，虽然那些事物渐渐变远甚至消失，她还是能够写得真实而生动。

母亲必然是乡愁的主调，莫清荣在许多文字中都透出了母亲一生的艰难和自己对母亲的感恩心怀。《暗夜里的光》《母亲的另一个孩子》都是写辛劳而心爱的母亲的。莫清荣对每一件小事都记忆犹新。母亲由一个年轻的少妇逐渐变成白发苍然的老太的过程，是莫清荣心灵成熟和感知的过程。母亲对她的影响很深，她的身上也就带有了母亲的影子。

《乡村的泥瓦匠》《五伯的旱烟管》《疯子》以及《计生干部下村》等

是对一些人物和经历的描写，人物连着旧时的生活，同样联系着自己的生命认知。

此外，还有整个第四辑中的《故园旧俗》，详尽地描写了乡间那些古旧的习俗和民族传统。读着不仅有趣味，还让人感到这些记忆文字的珍贵。这是一个时代的烙印，也是乡愁的碑记。

在书中我们看到，正是基于对故乡的热爱，莫清荣才会有《守望那段久远的时光》《尘世之外的家园》和《回不去的老家》的诸多心结和慨叹。

## 三

我有时候很羡慕那些有生活的人，他们的生活氛围同其他地方显出了独特性，这种独特性构成了这个作家的幸运。比如莫清荣，她的生活所在，就满是山水、石桥、榕树以及民族风情的地方。当然她的成功还在于她对生活的敏感敏锐，对人物观察描写得细微细致。

在这里我想举几个例子了，比如《寻找远去的彩调》中，莫清荣有这样的描写："记忆中的乡村夜空永远是那么辽阔，那么高远，一弯残月，几点疏星，一直不知疲倦地眨着惺忪的睡眼。那悠扬的彩调，那欢快的唱腔，仿佛长了一双轻灵的翅膀，飘荡在无边无垠的田野上，落在我童年天真无邪的心坎里。儿时的回忆，像长了翅膀的鸟儿，早已飞得没有了踪影，很多情节已经被遗忘在南来北往的清风中，但一些记忆，却如同深埋在泥土深处的种子，总会在某个春暖花开的季节被唤醒，然后，生根，发芽，拔节，开花，结果，渐而枯萎。"

比如《暗夜里的光》，作者用了一种诗性的语言，增加了文字的感染力："无数个暗夜里，我渴望有一束光，穿透我的灵魂，让我到达故乡的彼岸，触摸故土温暖的脉搏。我知道，这样的光一直在，只是我抓不住。"

还有《母亲的另一个孩子》，作者形象地将母亲的农业、母亲离不开的经营，比喻成了母亲的怜爱："母亲有许多孩子，他们的小名分别叫冬瓜、南瓜、西瓜，红豆、绿豆、黑豆，茄子、辣椒、葱姜蒜等，他们都有一个统一的名字叫'庄稼'，母亲把他们当作自己的孩子一样，精心伺候着，给他们最肥沃的土壤，给他们最充足的阳光、雨露，给他们提供最丰富的营养。"

读到这些文字，我们能够感受到作者的语言鲜活、滋润，透着泥土的气息，而情感又是那么的丰富、饱满。

当然，毕竟是往事烟云，雪痕记忆，如果作者能匍匐于故乡的泥土下，以更多的时间，做更深一步的挖掘和思考，整体会显得更加深切和沉实。

最后我要说的是，在看这部书稿的时候，正值中秋，明月正满，银辉照窗，思乡之情油然而生。而莫清荣的散文，更是加重了这思乡之情。

2017年10月6日于形散庐

# 目 录

## 第一辑 故园往事

## 第二辑 故园风物



## 第三辑 故园时光

## 第四辑 故园旧俗

# 第一辑

# 故园往事

记忆中，
总有一块镶着紫红色围边的洁白幕布，
里面所上演的故事大多已经模糊，
但故事之外的场景，
到现在依然历历在目。

# 露天影院的悲喜剧

记忆中，总有一块镶着紫红色围边的洁白幕布，里面所上演的故事大多已经模糊，但故事之外的场景，到现在依然历历在目。

一块空旷的晒谷坪，泥地里插上两根竹竿或小树之类的东西，中间系一块白色的幕布，在晒谷坪中间找一块正中的位置，摆放好一台电影放映机，一个简陋的露天影院就大功告成了。

那时候，每逢正月里村子赶会期，或者村子里有什么重要的会议要召开，村子里就会从三里地以外的镇上请来放映队，给村民们放上一两场电影，这样的机会不多，每年也就两三次而已。因此，一得到放电影的消息，孩子们就像过年时得到压岁钱一样，那兴高采烈的样子是无以言表的。那时候，我们村里有一个叫苟林的半大男孩，这人天生是个结巴，说起话来总是结结巴巴的。他说话虽然结巴，但消息却异常灵通，村子里放电影的消息，很多都是由他最先传播出来的。一次，我们刚刚放学回到村边的水井旁，就见他蹦蹦跳跳地一边跑，一边嘴里兴奋地逢人就嚷嚷："哦呵……（这是他每次说话之前的发语词，也许是因为口吃，也许是为了酝酿）今……今……今……晚，我……我……我们村，放……放……放电影。"心急的同学听得不耐烦了，赶紧问："什么电影？快说！"苟林一紧张起来，嘴巴就更不听使唤了，他越是想讲快点，舌头却一直在嘴巴里打结，怎么也理不顺，涨红了半边脸才从牙缝里艰难地挤出几个字来："《内……内……的红……星》。"大家听得云里雾里，一头雾水，还是没有听明白电影的名字，但大家抱着一种"宁可信其有，不可信其无"的态度，因为他的消息百分之九十以上是正确的。

先占据有利地形再说。一吃过晚饭，放映队还没进村，小伙伴们就搬着自家的长条板凳、四方凳，甚至有的搬着缺了一条腿的凳子，争先恐后地来到了晒谷坪上，按照先来后到的顺序，把板凳一溜儿排开，从晒坪最前中的位置一直向四周扩展，不大一会儿工夫就把有利地形都占满了，来迟的只能往两边和后面放了。小伙伴们坐在自家的凳子上，眼巴巴等待着电影开场那一刻。好不容易等到了放映队进来摆好机器，调试好幕布，大家终于看清楚了白色屏幕上那醒目的黑色字“闪闪的红星”，才知道苟林因为不识字，把“闪”字当成“内”字了，所以闹出了笑话。以致之后的很长一段时间，人们问起放什么电影时，大家还会拿“内内的红星”来作为笑料相互打趣。

苟林因为天生结巴，家里又穷，所以一直没进过学堂。他的父亲嗜酒如命，只要口袋里有几毛钱就会沽酒买醉，醉酒后还常常打他出气，而他的母亲智力有点障碍，也不怎么管他，所以苟林经常是一个人在村子里到处晃荡。村子里有一户姓乔的人家，是当年逃战难的时候从广东搬来定居的。这家的男主人乔大是个手脚不干净的人，常常干些偷鸡摸狗的勾当。隔壁邻居谁家的鸡撒放出去放养，时不时总有一两只无故失踪，据说都是被乔大顺手牵羊占为己有了。有人曾经亲眼看见过乔大用一把稻米，引诱别人家的鸡到自己的鸡圈里。一天晚上，乔大唆使了苟林及外地几个不务正业的小青年，偷偷潜到后村林子里阿三的养鸡场，准备偷鸡。守在养鸡场的阿三见他们人多势众敌不过，悄悄从后门跑回村子里叫人。正当乔大一伙把鸡装进麻袋里准备溜之大吉时，阿三和村里的族人及时赶到，把他们拦截下来，苟林见势不妙，情急之下抽出裤腰里宰鸡的小刀向阿三捅了过来，幸好阿三躲闪及时，手臂上只破了点儿皮。

众人抓住乔大和苟林，把他们带到晒谷坪上进行审问。往日的露天影院，如今成了临时的审讯场。大家在晒坪上燃起柴火，火光映红了大半边天空。他们让乔大和苟林跪在平时放电影的高台上，一边讯问一边对他们挥舞着拳脚。拳脚像雨点似的落到他们身上。乔大年纪较大了，经不起大家的轮番讯问踢打，很快就承认了自己偷鸡的罪行。而苟林年轻气盛，始终不肯承认，说他是受了乔大的唆使。为了让苟林承认并震慑一下偷鸡贼，阿三召集了几个本家有点势力的人把苟林绑了起来，并在他脖子上挂了一块硬纸片，上面歪歪扭扭地写着一个大大的“偷”字，让苟林绕着晒谷坪一边转圈，一边喊“我偷鸡，我杀人”。大家像每次去看电影一样，绝不放过这次观看现场直播的机会，纷纷涌向晒谷坪去围观。众目睽睽之下，苟林低下头，一边走，一边喊：“我……我偷鸡，我……我杀人。”喊着喊着，苟林的舌头又开始打结了，最后竟然喊成了：“我……我偷人，我……我杀鸡。”惹得旁观的人捧腹大笑，有的甚至笑出了眼泪。

一番游街示众之后，他们将苟林和乔大扭送到派出所，最终他们两人分别被判处有期徒刑三年。从那以后，每次最先提供放电影消息的苟林消失了，以前场场电影不落的这位露天影院的常客，成为了人们茶余饭后的谈资。人们一开始的时候还会提起他，但逐渐就似乎将他遗忘了。不管有没有苟林，大家的日子一样过。

乔大入狱后，因为心脏问题被准许取保候审，可他已经无脸继续待在这个村子了，他本想举家迁回广东，但他的老婆和小儿子坚决不答应，他的老婆说：“我死也要死在这里，绝不会跟你走的。”最后，乔大只好与他的大儿子全家，包括他的儿子儿媳和两个孙女一起迁到了广东。从此，大家似乎把乔大淡忘了。可是，故事远远没有结束。去年，我回到了家乡，闲聊中偶尔听他们说起乔大一家的事来。他们说：“真是善有善报，恶有恶报呀。乔大老婆死在家里都腐烂了也没有人发现。”听说，乔大的小儿子把母亲独自留在家里，自己外出打工了。中秋节过后一段很长的时间，大家都没有看到乔大的老婆，邻居敲门，却见大门是从里面反锁着的，有一种腐臭的味道从门缝间弥漫而出，令人作呕。他们叫来了乔大的同房叔侄，一起撬开了大门，才发现乔大老婆躺在沙发上，早已命归黄泉。乔大的两个儿子闻讯赶了回来，跪倒在他母亲灵前大哭。按照本地习俗，凡是哪家办理丧事，全村同一房的叔侄们都要共同参与。可因为乔大是外来的，又出了偷鸡那档子事，他在村里的名声就像发霉的狗屎一样，大家避之唯恐不及，怎么肯来呢。无奈，乔大的两个儿子只能买了两箩筐鞭炮，去给全村人挂红。兄弟俩挑着鞭炮，一家一户地去燃放，并跪请乡亲们出面，让他们的老母亲入土为安。他们的虔诚最终也没能打动全村人的心，大家你看我，我看你，都不肯出面。乔大儿子无奈，只好把老母亲的遗骸送到殡仪馆里火化，最终连骨灰也没有取回来，化作一缕青烟，不知飘向了何处。

许多我们以为只在电影里才会发生的场面或者情节，有时候在现实生活中却有着更为丰富的演绎。在那个物质匮乏、通信闭塞的年代，露天影院不仅是孩子们梦中的天堂，也成了青年男女谈情说爱、秘密约会的据点。很多同村的或者邻村的年轻男子，名义上是看电影，其实是醉翁之意不在酒。他们的心思往往不在看电影上，而是趁看电影之机左顾右盼，瞅准了哪个地方有年轻漂亮的女子就往哪个地方挤，然后找准机会向她们人套近乎，大献殷勤。有时候，几片腌酸萝卜、五分钱的葵花籽、几粒糖果，加上几句甜言蜜语或者花言巧语，轻而易举地就讨得了女子的欢心。于是，他们由露天影院逐渐撤退，撤到了晒谷坪外面的稻草堆或柴草垛里，由集体的活动转为一对一的私会。如果双方看对眼或谈得来的话，他们还会相约下次，什么时候哪个村子放电影，在哪个柴草垛下，他们还会再次相会。一来二往，水到渠成，双方的关系才由秘密转向公开。

那时候，不知道有多少对恋人，就是通过露天影院这个平台，以电影为媒，结下秦晋之好。但并不是所有的恋人都能如愿以偿的。我的一个堂姐就是在看电影的时候被邻村的一个男子相中了。那时候，电影《庐山恋》正在热播，很多村子都请来了放映队到各自村子里播放。他们就是在看《庐山恋》时认识的。电影里，周筠和耿桦旧地重游，意外重逢，激情相拥。电影外，堂姐与意中人偶然邂逅，一见倾心。他们双双约定，今生今世，永不分离。可当伯母打听到男方母亲已去世，家里比较贫穷时，一向势利的伯母坚决反对，不许他们再来往。但是他们只要一有机会就秘密约会，没有机会就努力创造机会，两颗被爱情烈火熊熊燃烧的心交织在一起，愈演愈烈，甚至约好了如果伯母不同意，他们就一起私奔。伯母知道后，气得眉毛都竖起来了，她把堂姐关在小阁楼里，不让她出去，也不让任何人来看她。任凭堂姐怎样哭闹，怎样跪下来求情，伯母始终心若磐石，毫不动摇。被爱烧昏了头的堂姐最后还是找准了机会，趁着伯母不备，她卷了几件换洗衣服，从阁楼里跑出来，径直跑到了男方家里，索性在男方家住了下来。伯母气急败坏地上门要人，指责男方，对男方破口大骂，但生米已经煮成了熟饭，一切已于事无补。伯母只得放下狠话："你跟他也可以，但从今天开始，我没有你这个女儿，你也不许再踏进我家门一步。"从此之后，堂姐与娘家虽然只有一路之隔，却一直没有来往，有时冤家路窄，母女俩狭路相逢，双方也是怒目圆睁，或低头不语，形同陌路。堂姐生孩子的时候，娘家没有一个人来看望。堂姐也曾多次找亲戚来说和，但都被伯母拒之门外。伯母在弥留之际，也许她念起了自己的女儿，眼里流下了浑浊的泪水，但一向固执要强的她仍然嘱咐儿子，自己死后也不许女儿来祭奠。据说伯母入土那一日，堂姐在自家的门口点起香烛，摆上供品，长跪不起，朝着家的方向向母亲深深磕了三个响头。尽管这样，她还是没能得到母亲的原谅。

露天影院里，一些故事已经落幕，一些故事还将不断上演。露天影院不仅是放电影的地方，也是村子里传播消息的地方，甚至是一些流言蜚语的集散地。村子里一些突然发生的事情，也会通过电影喇叭播放出去。记得有一次，电影正播放到最激烈的战争场面时，声音突然中断了，人群里顿时起了一阵小小的骚动，有的人开始站起来往电影机那边瞧，有的人开始骂娘。突然，一个响亮的声音从喇叭里传出来："苟四，苟四，你家丢了一床棉被，听到请立即回家，听到请立即回家……"大家都莫名其妙，纷纷埋怨：丢一床棉被有什么大不了的？这样的丑事也要在这里播，真是扫兴。我也不明就里，后来才知道，那个叫苟四的之前已经生了三个女儿，那天晚上，她老婆又生了一个女儿。按照我们这里的习俗，凡是生女儿的，女儿出嫁时娘家至少要送一床棉被作为嫁妆，如果家底殷实的话，可以送两床三床，人们从嫁妆中就可以判断这家的家底。即使再穷，其他嫁妆可以没有，但一床棉被是无论如何也少不了的。所以，生了女儿就等于丢了一床棉被，生了儿子就等于白白捡到了一床棉被。苟四老婆生女儿那晚，家里人都到晒谷坪上看电影了，只得由邻居通过喇叭来寻找他。

人生不仅仅有喜剧，也有悲剧。村里有一个叫满成的，人瘦瘦小小的，背脊整天微驼着，像个病秧子。可这人艳福不浅，娶了个老婆虽然是二胎货（也就是嫁过一次的），但却长得模样俊俏，颇有风韵。满成老婆带来了一个儿子，到了满成家的第二年，又生了一个儿子，已生养了两个孩子的她脸色更加红润，身材也愈加丰满起来。满成家在去往露天影院的路边，满成嫂经常坐在自家门口前奶孩子。那孩子已经长到两三岁，会走路了，可每次从外面玩耍回来，就爬到他母亲的腿上，掀起母亲的衣服，像一只饥饿的小猪仔一样拱到母亲的胸前，用力吮吸着母亲饱满的乳房。满成嫂把孩子揽到怀里，任凭孩子双手捧住乳房拼命地吮吸，双脚还不安分地踢踏着，她的脸上露出满足的笑容。村里有一个民办教师，因为超生被免去了职务。拿惯了粉笔的手，突然拿起锄头来总是力不从心。因为他识字，队里就把记工分的活计交给他。农忙时节，他还要到晒谷坪上指挥村里的几个弱劳动力翻晒稻谷。他每次去往晒坪的时候，眼睛总是不由自主地往满成家的门口瞅上几眼，看到满成嫂在门口奶孩子时，他的目光总是不安分地停留在人家的胸脯上，仿佛要看穿里面的乾坤。不知是没有注意还是怎么回事，满成嫂装作没看见的样子，依然故我。

中秋节的夜晚，如水的月光笼罩在村子的上空。村子里请来了电影队，村民们纷纷涌到晒谷坪上，去看电影《刘三姐》。电影里，刘三姐和阿牛哥正在对歌，大家正听得津津有味。突然，听到了“抓流氓，抓流氓”的哭喊声。只见满成嫂披头散发地跑向正在看电影的人群，一边跑一边哭喊，被撕破的衣服前襟随风摇摆，雪白的胸脯在月光下若隐若现。人群里像炸开了锅一样，大家纷纷从凳子上站起来，摩拳擦掌，跟着满成一起冲到他家，最后在柴草垛里找到了那个民办老师。几个年轻力壮的男子一拥而上，反剪着民办老师的双手，连推带搡把他架到了露天影院里，并要他跪在幕布前面向大家认错。那个民办老师像霜打的茄子一样耷拉着脑袋跪在那里，一言不发。愤怒的群众一拥而上，拳头和脚尖像雨点一样落在他的身上，有的还拿起手中的东西丢向他，还有人建议拿大粪去泼他，最后被阻止了。一阵拳打脚踢之后，那个民办老师嘴角渗出了殷红的血，却始终没有吐出一个字。生产队长看到场面不好控制，只好派人踩了自行车到公社去报案，派出所把人带走后，群众才慢慢散开，大家又回到座位上，继续看电影。后来，民办老师被关了三年，满成嫂留下两个儿子，不知跑到哪里去了。

现在，随着人们生活水平的提高，家家都买了电视电脑，很多还添置了家庭影院，只是在送文化下乡的时候，偶尔还会放一两场电影，露天影院正逐渐淡出人们的生活。文明的春风吹进了乡村的每个角落，那些发生在露天影院里的事儿，只在茶余饭后，人们还会偶尔提起。

# 乙未年的轮回

乙未年六月十二日，天色放晴。昨夜一场毫无征兆的雨，漫天漫地扑面而下，一夜之间却了无痕迹，仿佛从未来过一样。等我从县城赶回家里的时候，昨天还在雨中泰然处之的老屋，此刻，已经倒在了一片狼藉之中。我本来想赶在老屋拆迁之前拍下它的样貌，好在以后回忆时还能有点念想的，可是，我还是迟了一步。

我努力回忆着它之前的样子，哪片断砖之下是原来的天井，哪片碎瓦之下是原来的厨房，还有那个手摇的水井，现在被埋在了什么位置，可展现在我眼前的，只有被挖掘机铲平下来的废墟，除了断砖碎瓦，甚至连一根木头、一扇大门的影子也看不到了。房梁、楼板、门窗，但凡完整一点的木材被挑拣了出来，堆放在老屋前面的空地上，烟火熏烤的痕迹还在，蛛网也好像昨天才结上去的，可蜘蛛却早已跑得无影无踪。我的目光停留在那些被烟熏黑的断砖上，好像看到了母亲佝偻的背影。昨天，她还在灶台前忙碌着一家人的晚餐，那些断砖上，还残留着她的温度，那些屋椽上，还萦绕着饭菜的香气。灶台上，还没来得及搬走的一个大锑锅盖子已经被砸得扭曲变形，面目全非。那个锑锅是母亲陪嫁过来的，一直陪伴着她度过了大半个世纪的风雨，母亲舍不得丢弃，把它捡起来，她用铁锤敲打着翻卷的盖沿，想要给它恢复原状，可任凭她如何用力捶打，一切，已回不去了。

记忆的闸门像电影一样拉开帷幕，读初中以前的那段时光在我的脑海中一幕一幕地上演，时而模糊，时而清晰。那时候，我们一家就生活在奶奶盖起的这座老屋里。老屋四周，是泥墙围起的院子，主屋就在院子的北面。院子东面种了一棵柚子树，一棵梨树。春天，梨树开花，雪白的花朵缀满枝头，一夜春风，吹得梨花纷纷坠落，满地雪白的花瓣像下了一场初雪。我们姐妹几个轻轻地踩在花瓣上，每个人脸上也笑成了一朵花。初冬时节，柚子花开了，满院的香气藏也藏不住，偷偷地从围墙溜了出去，大老远就能闻到花香了。霜降过后，柚子成熟，一个个诱人的柚子像葫芦似的挂在沉甸甸的枝头上，我们每天仰着头，盼望着摘下成熟的柚子，分享着醉人的甜蜜。院子的西面搭了一个四方的瓜架，母亲依时令种上了南瓜、节瓜、葫芦瓜等，每个季节，瓜架上不是爬满碧绿的藤蔓，就是开满橘红的花朵，或是垂下各种形状的瓜果。小小的院子，是我们童年的天堂。但不知为什么，那两棵果树忽然被砍了，小小年纪的我，不知什么是所谓的资本主义尾巴，只是觉得，果树那么美，果子那么甜，它年年开自己的花，结自己的果，并没有碍着谁呀，为什么就被无情地砍掉了呢？此后很长一段时间，我再也看不到雪白的梨花，也闻不到柚子花的香甜，只看到了被砍断之后的半截柚子树上，不知何时长出了一朵一朵黑色的木耳，我想，这些木耳不会也被当成资本主义尾巴被摘了去吧？

从老屋的大门进去，中间是一个采光的天井，天井往西是厨房。天井正对着的是堂屋的门，堂屋东西两边各有一个房间。令我感到奇怪的是，那时的我们只在老屋的厨房里做饭，然后到堂屋里吃饭，两边还算宽敞的房间却一直空着，没住任何人。父母和我们姐妹七人，都挤在主屋东面一间废弃的炮楼里。据五伯父说，那间炮楼原来有两层楼高，日本鬼子来的时候，炮楼的上半截被炸毁了，爷爷撸掉了上面被炸毁的部分，重新铺了楼板，盖上瓦片，遂成了一间完整的房间，从我有记忆时起，我们就住在这半截炮楼里。我也曾经问过母亲，我们为什么不住老屋那两个房间呢。母亲只是淡淡地说，那两个房间不是我们的。不是我们的，那是谁的呢？为什么那么多年都没有人住呢？我也曾经到过那两个房间，两个房间都没有落锁。东面的房间里，光线相对黯淡，里面并没有什么像样的家具，只有一些拆下来的床板靠墙摆放，旁边是一些火炉、铜盘、洗脸架之类的，上面布满了灰尘、蛛网，一些陈旧的气息从某个角落里散发出来，让人连多待一会的愿望都被冲走了。西边的房间里倒是有一铺木板床，但上面席子、被子什么也没有，床边两个紧闭的杉木柜子上，挂着一把暗黄色的铜锁，铜锁已染上斑驳的铜绿，显然已经很久不曾开启了。窗户下边，是一张带抽屉的旧式书桌，抽屉没有上锁，里面散乱地放着一些过期的布票、粮票之类的票据。我想从那些票据里寻找一些关于这个房间的蛛丝马迹，可却没有发现任何有价值的东西。

我曾经多次旁敲侧击，想从母亲口中了解那两个房间的有关故事，可母亲每次总是讳莫如深，没有正面的答复。一缕神秘莫测的光芒从母亲的眼角里一闪而过，让人无法捉摸。但从母亲零零星星的叙述当中，我还是模模糊糊了解了一些。母亲幽幽地说：“你奶奶去世前就住在东边的房间里，自从她去世后，我就再也没有踏进那个房间半步。”

在老屋院子的前面，还有一座更大的院子，那是我们的祖屋。三进三出的青砖瓦房，一片果园，一片菜地，还有一间花厅。小时候常听五伯父说，那时我爷爷常常在花厅里摆设赌台，他坐在一把高高的交椅上，八面威风地吆喝，等着别人来下注，每赌一局，他都要收取一定的押金。到晚上收摊时，爷爷收到的铜钱要用麻袋来装。他命人把麻袋抬回堂屋，吩咐五伯父帮他数钱，并叫奶奶给他做粉蒸肉。爷爷对粉蒸肉很讲究，要正宗的五层五花肉，现炒的香米粉，正宗的三花酒和原汁酱油。味道稍有偏差，他就会满脸的不悦，但他一般不会轻易发脾气。现在，母亲仍然会做那道正宗的粉蒸肉，肥而不腻，入口即化，味道香醇。

爷爷娶过两个奶奶，第一个我们称他为先奶奶，她后来和爷爷一块葬在古木岭上。先奶奶生下了大伯、二伯和两个姑妈之后，于三十八岁那年难产而亡。后来的奶奶，也就是我父亲的生母，她从广东逃难来到了广西，被本地的一户人家收留。她嫁给了那个老实巴交的农民，生下了我的小姑妈。可不久之后，那个男人一病不起，最终抛下她们母女两个撒手西去。奶奶把小姑妈过继给了她的大伯，辗转来到了爷爷家里。爷爷本来就好赌成性，又因先奶奶的去世使他感到了生活的无望和无趣，所以变本加厉地狂赌豪赌。奶奶来到这个家的时候，爷爷几乎输光了所有的家当，就连他住着的祖屋也被迫拿去抵债了。新奶奶的到来，给爷爷原本千疮百孔的心灵带来了一缕微弱的光芒。但这光芒并没有维持多久就转瞬即逝了。在父亲还未满三岁那年冬天，爷爷跟随先奶奶的脚步，一起长眠在古木岭上。抛下了年幼的父亲和命运多舛的奶奶，还有未成年的伯伯、姑妈，一大家子的重担，一下压到了奶奶瘦弱的肩膀上。奶奶含辛茹苦，把几个孩子养大成人，把大伯送上了革命的道路，把二伯送到部队里，并把两个姑妈也风风光光地嫁了出去。

原来的祖屋因为被拿去抵债了，为了让孩子们能住上宽敞的房子，奶奶亲自起泥，踩浆，打砖，烧窑，并到山里一根一根地背回杉木，盖起了那座老屋。老屋只有两个正房，奶奶把他们让给了大伯、二伯各一间，父亲则住到了旁边的半截炮楼里。大伯参加革命离开了家，之后在镇上的供销社工作，最后调到了县城里，那间原本属于他的房间就由奶奶居住。二伯从部队复员后，也到了桂林的绢纺厂，他的那个房间也就空了出来。

我没有见过爷爷，关于他的记忆，只是从五伯父及其他人一些零零星星的叙述中，知道他是一个地主的公子哥，他满腹才学却不用到正道上，偏偏好赌成性，可他却是一个乐善好施的人，常常把赢来的钱分发给村里贫困的人家。最后，他输光了家业田产，却因祸得福，没有被划为地主阶级，免去了被批斗的命运。奶奶是在我不到三岁的时候去世的，对于她，我也没有什么印象。我不知道两三岁的人是否会有完整的记忆，朦胧中偶尔会出现奶奶去世时的场面：堂屋里，许多披麻戴孝的人影影绰绰，哭哭啼啼，其中好像有我的两个姑妈，又好像是不认识的人。直到现在，我也不知道这是当时的现实还是以后的梦境。记得以前家中曾有过奶奶的一张两寸左右的黑白照片，后来不知怎么不见了。至此，她的音容在我的记忆里越走越远，渐趋模糊。

父亲的才华在那个时代的农村可以说是少有的。我还很小的时候，就看到我们一家居住的炮楼里，空间虽然狭窄，父亲还是在靠墙的地方用木板做了一个简易的书柜。书柜上，《辞源》《辞海》和四大古典名著摆放得井井有条，还有他征订的诗刊、词刊等杂志。父亲本来可以到县城工作，成为那个年代里人人羡慕的吃国家粮的干部，可想到他的两个哥哥都出去了，年轻守寡的奶奶带大他不容易，他要留在身边照顾奶奶，而且每年过年时，他要代替他的两个哥哥在祖宗的牌位前磕头祷告，清明节还要到祖坟给逝去的祖宗割除坟头上的杂草，给他们烧香祭奠，他要守着老屋，让祖宗们逢年过节都能找到回家的路。

父亲和母亲承担起了照顾奶奶的所有责任，奶奶病重的时候，两个伯父都没有回来。奶奶的脾气变得越来越怪，动不动就对母亲破口大骂。母亲说，父亲不在家的时候，她总是害怕一个人走进奶奶的房间。她喂奶奶喝粥，奶奶借口粥太热，一把打翻了碗，母亲流着泪，默默地捡起地上的碎碗片，锋利的碗片割破了母亲的手，鲜血直流，她也只能默默地舔干，并重新舀一碗粥，继续一口一口耐心地喂进奶奶的嘴里。奶奶去世那天早上，父亲说，他准备拿伯父寄回来的粮票去换一点面条。母亲好像早有预感，她让父亲快去快回。中午，母亲照例端了小米粥去喂奶奶，却看到奶奶眼睛和嘴巴都张得大大的。母亲伸手去扶她，却感觉到奶奶的身体已经僵硬了。母亲本来就胆小怕事，当时又正怀着我的三妹，她吓得丢下手中的碗，哭着喊着去叫堂伯母过来。从那以后，母亲再也不敢踏进奶奶的房间半步，也决不允许我们姐妹踏进去一步。

也许是由于长期住在半截炮楼里的逼仄与尴尬的刺激，想盖一座属于自己的房子，一直是父亲梦寐以求的夙愿，他一生的辛苦奔波与操劳极力，也许就是为了完成这一神圣的愿望。20 世纪 80 年代初，农村里绝大多数人都只是在自家的一亩三分地里做文章，基本上还没有人出去做生意，父亲却开始外出打拼了。他踩单车到三四十里外的源头、同安、平乐等地趸回沙梨、生姜、腐竹等回到镇上摆卖，风里来雨里去，一年到头，总算挣到了一些辛苦费。后来，父亲与人合股做钢筋、水泥等生意，利润相当可观。几年时间，基本攒够了盖房子的钱。父亲颇有一些经济头脑，他看准了村口靠近公路边的地有发展前景，于是买下了一块宅基地准备盖房子。别人都说，那里离村子太远，什么时候才能热闹起来呢？大家都没看好，可父亲看准了就不会回头。他请人在瓦厂旁边打水泥砖，挖石灰池，溶石灰浆，并请八字先生看好了动工的日子，一切准备就绪，就等着开工兴建了。

母亲原本是想把房子起在父亲原来买下的宅基地上的，可叔伯、舅舅们都说那里离村子太远了，住在那里不安全，还是起在老屋院子里吧，这里周围都是叔侄，也好互相照应。母亲考虑再三，还是答应下来了。可两个伯父的意见是不能拆了老屋，老屋那里还有两个房间是他们兄弟两个的，等他们叶落归根的时候，说不定还要告老还乡呢。这样，母亲只得拆掉了老屋前面的猪栏、厕所等附属的建筑，盖起了当时村里第一座用水泥砖砌成的水泥楼。

在这座水泥楼里，母亲含辛茹苦，把我们姐妹几个抚养成人，这其中的辛酸我已不忍用文字来记录，这是任何文字也无法表达的。母亲日渐斑白的头发，日趋佝偻的身影就是最直接的陈述。我从这里走向高中，走入大学，走上社会，嫁为人妇，离开母亲，离开家乡。

姐姐赚到钱之后，第一件事就是要在村里建一栋别墅式小洋楼。老屋原先的门路不通，进来出去，走的是曾祖父那时用鹅卵石镶起的石阶路，当年祖父曾骑着高头大马威风凛凛地从这条路走回来，嗒嗒的马蹄声响彻了整个村子的上空。后来母亲在起水泥楼的时候，曾从西面的围墙边开了一个缺口，挖了一条通道进来，也只勉强能容摩托车经过。而且在农村，对于南北走向的房子来说，西面属白虎，是不适宜走动的，只能走东边青龙面。姐姐和东面的邻居协商，希望他们能让出一条门路，我们则以让出自己的一小部分宅基地作为补偿。很快，门路修好了，姐姐决定拆了奶奶建的那座老屋来起别墅，同时拆了母亲建的那座水泥楼，作为院子和停车场。拆老屋已经征得了伯伯的同意，可母亲却怎么也不愿意拆那座水泥楼。

我们知道拗不过母亲，她历经沧桑的身心已无法承载太多的变故，她孱弱得就像风中的蜡烛，不知何时就要燃尽自己所有的光，我们不想给母亲雪上加霜，只希望她能活得安宁自在，以延续她和我们在一起的日子。但不拆这座房子，就没有院子和车库，家里的小车就无法开进来。我们姐妹几个回去做母亲的思想工作，说可以暂时不拆水泥楼，待起好别墅楼后，就把祖宗的神位引到新楼去再拆，母亲不再说什么，一层淡淡的水雾升起在她浑浊的眼眸里，我看出了她的失落与遗憾。小时候，我们习惯听她的。如今，她老了，她习惯了听从儿女的。

终于，看好了拆老屋的日子，农历六月十二日，母亲说，怎么那么巧？听你奶奶说，这座老屋是乙未年六月十二起的，我查看了日历，惊奇地发现，今年也是农历乙未年。六十年，六十年一个轮回，人生又有多少这样的轮回呢？老屋在六十年的风雨沧桑中完成了它的历史使命，奶奶在地底下，是否也该感到欣慰了呢？

# 寻找远去的彩调

彩调俗称采茶调，哪嗬嗨，是我们家乡的地方戏种。曾几何时，家乡的村村寨寨，逢年过节，总要唱上几出“哪嗬嗨”，为节日的村寨增添了无限的热闹与生机。已不知有多少年没看到彩调了，但那些活泼的乐曲，诙谐的表演，总在某个不经意间在脑海中跳跃激荡，那么近，那么远，难以触摸。

那天一回到家，娘就跟我叨叨：“你舅舅说村里准备重新开一个彩调排练班，告示都贴出去三天了，还没一个人报名呢，这可愁坏了你舅舅了，你看能不能帮他想想法子呢？”我笑着调侃：“娘，您老怎么不去报名呢？”“老了，唱不动了。”娘抬起因常年风湿疼痛而变得笨拙的手，捋了捋额前几缕斑白的散发，说道：“臭丫头，可别笑话你娘。想当年，你娘我可是村里彩调团的一枝花呢。”娘说这话时，我注意到，有一缕灿若桃花的东西在她略显浑浊的双眸间闪动着，转瞬即逝。

娘的话，我信。之前常听嫁在同村的姨妈说：“你娘年轻的时候呀，那可是村里彩调团的‘当家花旦’呢。那时的她呀，出落得就像一朵盛开在三月枝头的桃花一般。我跟她虽不是同一个娘胎里养出来的，却也来自同一个父亲的血脉。你说，凭什么你娘就长得模样俊俏水灵，而我却五大三粗呢？凭什么你娘一唱歌就像百灵鸟，而我一张嘴就像敲破锣呢？”姨妈每次聊起这些的时候，眼里总流露出一种无比羡慕的神情来，她皱起鼻子，鼻孔向天，仿佛向老天的不公发出了抗议。

姨妈说：“你娘年轻的时候啊，那腰身，就像菜园子里采花的黄蜂一样，只要轻轻一掐，就能断成两节。她那眉毛呀，就像初一的月亮。你说，月亮到了十五就圆了，而你娘的眉毛却一直都是那么弯。她的眼睛就像你外婆种的水葡萄一样，水灵灵的，一笑起来就弯成了一梳蛾眉豆。小时候，就数你娘的声音最大，半夜里哭起来，河对岸的人家都能听得到。大概，她的一副好嗓子就是这样练成的吧。”姨妈一说起我娘的时候，总是滔滔不绝，可是，我喜欢听。小时候，最快乐的就是农闲时姨妈来串门，她不但给我们带来了好吃的红薯干、炒黄豆等，还爱给我们讲以前的故事，很多关于娘的事，就是那时听姨妈说的。

后来，也听娘说过，她还没嫁给我阿爸之前，她们村里是有一个彩调团的。那时，大姑娘小媳妇们还不兴下厂打工这一套，一到农闲季节，村里的姑娘小伙子就会聚集到大队部的平房里排练，他们唱《阿三戏公爷》《黄山打鸟》等彩调。一到元宵节，村里就在晒谷坪上搭起了临时戏台，连唱三天彩调剧。四面八方的男女老少就像潮水一样涌来，争睹这一场视听盛宴，享受这一年当中最清闲自在的时光。青年男女们更是借着看戏的热闹劲走村过寨，寻亲访友，谈情说爱。据说，我阿爸就是当年看戏时被我娘婀娜多姿的身段和甜美圆润的歌喉所深深吸引，我姨妈牵线搭桥，娘被阿爸的一表人才和温文尔雅所打动，只见了一面就答应了这门亲事，于是就顺理成章地嫁到和姨妈同一个村子。

在此之前，县桂剧团的一位副团长曾经找过娘，他说，只要娘肯嫁给他的儿子，他就把娘招到县里去唱桂剧，他还可以帮娘把户口农转非，这在当时是多少人梦寐以求的，谁不想小麻雀转身飞上枝头成了金凤凰？可娘说，她不喜欢唱桂剧，她就喜欢彩调的轻松活泼，幽默诙谐，喜欢彩调贴近生活，取材民间的样式。而且，娘也不愿意嫁给那个副团长的儿子，因为她听说他是一个流里流气的花花公子。很多人都说娘傻，说她放着农转非的大好机会不去争取，说她放着城里优越的条件不去享受，却偏偏留在这穷乡僻壤里耽误大好前程。娘只是淡淡一笑，她为了自己所喜欢的彩调放弃了许多美好的东西，但是，她无悔。和娘一起唱过彩调的一个姐妹知道了这件事之后，就背着娘，千方百计讨好那位桂剧团的副团长，结果成了副团长正儿八经的儿媳妇。听说结婚没多久，就与副团长那位公子天天吵架，还有人看到她被打得鼻青脸肿的样子。但她一直不敢跟家里人说，回村时也打扮得体体面面的，让很多不明就里的人羡慕不已。后来，县里的桂剧团也解散了。娘那个姐妹离了婚远走他乡，再也没有回来过，村里再也没有她的任何消息了。

那时候，除了在本村唱彩调，他们也到邻村去唱。正月里，从大年初二开始，周围十里八乡几乎每天都有村寨赶会期，一直持续到二月二，才算真正的过完年。每到会期的村寨，自己有彩调团的就自己唱，没有彩调团的，就请邻村的来唱。娘跟随村里的彩调团，坐着拖拉机到各村各寨去巡回演唱。演唱的剧目有《三看亲》《十月花》《娘送女》《姐妹看花》等。有时也有外乡镇的村子赶会期或者是有什么重大节日，他们就会邀请娘和彩调团去唱彩调，最远去过源头、同安、平乐等地。

娘经常出演戏里的“小旦”，如《刘三姐》里的刘三姐，《娘送女》里的女儿桂英，《姐妹看花》里的金花，《三看亲》里的金满妹等。娘每次说起她以前演唱过的角色，总是眉飞色舞的，好像又回到了舞台上，沉浸在角色中，神色也随着舞台演员的悲喜起起落落，一会儿愁云满面，一会儿喜上眉梢。这个时候，我们总嚷嚷着让娘唱上一两段。娘好像忽然害了羞，扭捏着，推辞着，但最后总拗不过我们再三撺掇，她清了清嗓子，唱起了“正月里来正月花，龙灯绿彩挂满家，龙灯狮子满街舞，街头巷尾闹喳喳。二月里来二月花，二月阳雀叫叽喳，一来叫得阳春早，二来催开满园花。三月里来三月花，三月的笋子才冒芽，十八的满姑来扯笋，罗裙包笋转回家。四月里来四月花，家家户户把田插，耙田耙起千条路，姐妹唱歌把田插。”

……

娘虽然好多年没上台唱戏了，可唱起彩调来声音还是那么悠扬动听，仿佛三月的泉水淌过林中的小溪，一点一滴浸润着我们干涸的心田。听着娘绘声绘色的演唱，我仿佛又回到三十多年前，那个外婆居住的小村庄。娘出嫁之后，和她一起唱戏的姐妹们也先后嫁到了别村。村里的彩调团又招收了一批年轻的演员，继续唱了下去。每到正月十五，娘就会带我们姐妹几个到外婆家里赶会期。一吃过晚饭，娘就迫不及待地招呼我们和表兄弟表姐妹搬凳子，占地盘。外婆的村子是有一个戏台的，我们总是早早就赶到了戏台前，摆好长凳，占据了有利地势，然后派较小的几个表弟表妹守住凳子，不让别人抢了自己的位子。我则在其他表姐的带领下，偷偷地钻到戏台后面的小房子里看演员们化妆。我看到他们有的把鼻子画得白白的，有的在鼻子两边画了蝴蝶、蜻蜓、鲤鱼、螃蟹、葫芦、乌龟等，有的把头发高高地绑到了脑后，有的把胡子挂到了下巴，有的戴上了帽子，有的系起了围裙。我最喜欢去玩弄他们那些各式各样的扇子，还有花花绿绿的小手绢。他们知道我是某某家的亲戚，有的还和我娘一起唱过戏，所以都对我特别友好。我随便去甩他们的小手绢，拿起他们的扇子打开又合上，合上又打开，他们也绝不会呵斥我。而其他小朋友想去摸摸那些东西，他们就会摆摆手，不耐烦地赶他们下去："去去去，别在这碍手碍脚的，一会有你们看的。"

乡村的夜空渐渐拉起了黑色的幕布，十五的月亮羞答答地升上了半空。吃过晚饭的人们三三两两，次第来到戏台前，三四百人的小村庄，加上各家各户赶会期的亲戚，还有各村各寨闻讯而来的乡亲们挤满了戏台前的空地。来早的占据了有利地形，心安理得地坐在自家板凳上，等着好戏开场。来迟的没地方坐，只好站在旁边的空隙里，或者走来走去，左顾右盼。很多小孩甚至爬到了戏台前面的柱子两边，双手攀着戏台边缘，伸长脖子，张开嘴巴，像等待着游客喂食的海豚。开唱之前，照例是先闹台。司鼓手们敲锣打鼓，吹起唢呐，鼓声响过三遍之后，朱红色的幕布徐徐拉开，便有头戴黑色头巾，腰系滚边围裙，嘴角点绿豆大的黑痣，手执烟袋的媒婆踩着扭丝步一步三摇地从里面走出来，先是一段念白，接着就是咿咿呀呀地唱了起来。媒婆扭捏造作的动作和公鸭式的唱腔，常常博得观众的一阵阵喝彩声。也有的是喝倒彩，想轰媒婆下台，然后轮到年轻漂亮的姑娘或英俊潇洒的小伙子快点上台，他们鲜艳明媚的服装，眉来眼去的传情，活泼欢快的对唱，令场上的男女青年趋之若鹜，小伙子们用手指揪起嘴唇，吹出长长的口哨，姑娘们眉飞色舞，拍手欢呼，场上的气氛被他们搅和得像一锅翻滚的绿豆粥，热气腾腾。

戏台上，身着五颜六色戏装的演员巧笑嫣然，顾盼生姿，朱唇轻启，一举一动，一笑一颦，引人陶醉。他们是用桂柳话唱的，每一段的后面，总要加上一句“哪嗬嗨”的尾音。那些唱词通俗易懂，就像我们平时说话打趣一样，我仿佛与舞台上的人融为一体，分不清哪个是戏中的人，哪个是现实中的我，我与他们徜徉在花园里，街市上，小溪边，我与他们一起看闹花灯，舞狮子，一起在园中赏花、河边看柳，嘴巴里也不自觉地哼起了小调。我偶尔看一眼身边的娘，她正微扬着脖子，睁大着眼睛，随着演员的演唱而轻轻摆动着上身。也许，她从戏台上看到了自己当年的影子，回忆起了那段青春年少的岁月。我看不清她脸上的表情，说不清她是兴奋还是失落。彩调唱到一半左右，便有三三两两的观众陆陆续续离去了，表兄弟们也纷纷闹着要去买瓜子吃，娘给了我们一些零钱，嘱咐了几句，继续看戏。每次总是等到戏台上响起了结束的鞭炮声，娘才拉起我们，各自搬了板凳回到外婆家里。外婆早已做好了宵夜等我们。

已不记得有多少个这样的夜晚，睡在外婆家稻草铺成的软绵绵的床上，闻着稻草发出的植物气息，耳畔上，还依然响着“五月里来五月花，五月的龙船下水扒。两边扒得花摇桨，中间打鼓两边扒”的歌声，眼前还晃动着金花、银花、桂花跳来跳去的身影，梦里，我也穿上了绿罗裙，顶着手绢转啊转，转啊转，转着，转着，我就由那个头扎羊角小辫的小丫头，转成了身材窈窕的大姑娘，最后竟转成了娘以前的模样。

除了跟随娘到外婆家看彩调表演，我们也常常跟着哥哥姐姐们到邻村去看戏。每次看戏的时候，姐姐们总是打扮得漂漂亮亮的，在镜子前照来照去，做着各种妩媚的表情。姐姐总是不喜欢我们跟着她，常常找各种借口避开我们，与同她一般年纪的其他姐妹偷偷开溜。我们几个小一点的总是像小尾巴一样，尾随在她们身后，不远不近地隔着一段距离。姐姐们一到邻村唱彩调的晒谷坪边，总有一些年轻小伙子围拢过来，有事没事的找她们搭腔。她们一开始还骂骂咧咧的，不久之后就开始熟络起来。舞台上，彩调演员正在眉来眼去，情歌对唱，舞台下，姐姐们和那些小伙子也在暗送秋波，打情骂俏。我终于明白，为什么姐姐总是躲着我们，原来是担心我们向父母打小报告呢。其实，我们为了能跟她们去看戏，通常都是守口如瓶的，否则被她们发现了，就会被甩得远远的。

记忆中的乡村夜空永远是那么辽阔，那么高远，一弯残月，几点疏星，一直不知疲倦地眨着惺忪的睡眼。那悠扬的彩调，那欢快的唱腔，仿佛长了一双轻灵的翅膀，飘荡在无边无垠的田野上，落在我童年天真无邪的心坎里。儿时的回忆，像长了翅膀的鸟儿，早已飞得没有了踪影，很多情节已经被遗忘在南来北往的清风中，但一些记忆，却如同深埋在泥土深处的种子，总会在某个春暖花开的季节被唤醒，然后，生根，发芽，拔节，开花，结果，渐而枯萎。

上了大学之后，我离开家乡，辗转在乡村与城市的边缘。逢年过节的时候，我打电话给娘，问她今年村里还唱彩调吗？娘说，早就散伙了。村里的年轻人都进城打工了，就连四五十岁的叔娘们也去给人家当保姆了，谁还唱呢？当保姆一个月包吃包住还净赚三千多元，唱戏能有什么出路呢？又不能当饭吃。我问娘，那过年惯节不唱彩调，搞什么活动呢？娘说，年轻人出去闯世界，一年到头也就过年那几天回来，除了吃吃喝喝，就是一起打牌赢钱呗。也有一些村子是唱戏的，不过唱的不是彩调，而是从县文化公司请来的现代戏，咿咿呀呀的，唱的声嘶力竭，台上的演员比台下的观众还要多，年轻人只不过凑凑热闹为打牌助助兴而已，有几个听得进去呢？年纪稍大一点的就更不用说了，都说，与其在这里挤热闹，不如回家看电视、打油茶更来劲呢。也有一部分与母亲年纪相仿的人说，还是以前唱彩调好，村里又有现成的戏台，何不把在家的部分人集中起来，建起新的彩调班呢。趁现在村里还有人会唱彩调，也好教教年轻人，如果再不唱，恐怕到下一代连什么是彩调都不知道了，不是白白把这么好的剧种给糟蹋了吗？怎么对得起老祖宗呢？

曾经当过村支书的舅舅是个热心肠，年轻时就是一个热衷彩调的人，以前村里有什么诸如唱戏、祭祀之类的活动，都是由他来撑头的，几十年从不例外，也没出过任何差错，在村民们当中享有很好地口碑和声望。今年，趁着乡里要搞什么文化产业、生态旅游，振兴民族文化，发展地方剧种，丰富老百姓的精神生活，舅舅就联合了村里一些德高望重的老人和几个有文化有见识的年轻人，把村里的彩调团重新拉起来。可是，才刚刚开始就遇到了不小的麻烦，告示贴出去几天都没有动静，他怎能不着急上火呢。

聊天中，娘问我：你还记得那个驼背的牛掰二吗？一经娘说起，我的头脑中立即闪现出那个清晰的画面：舞台上，驼背的牛掰二翘起兰花指，拈着手绢甩来甩去，嘴里咕咕咕咕地叫着，在表演喂鸡的戏。牛掰二是彩调团里的丑角，因为天生的驼背，干不了重活，村里特许他跟随彩调团到各村各寨演出。他在戏里扮演店小二、杀猪佬、衙役等丑角，并在团里打些杂活，以此来维持生计。因为天生的驼背，他扮演丑角常常不用怎么化妆，只在脸的中间画一块白色。我问娘：牛掰二现在怎么样了？娘说：怎么样了？上个月死了。一个人死在老屋里，好几天了才被发现呢。无儿无女，连个媳妇也没娶上，也怪可怜的。彩调团还在时，他还能混口饭吃，不唱戏了，他一个驼背还能干啥呢？原先还能帮村里人干些脏活重活，他很能吃苦，什么脏活累活都愿意干，掏粪呀，疏通下水道呀，埋死猪死牲畜呀，村里有老人过世时，他就专门在灵位前烧香，添灯油。后来年纪大了，干不动了，背驼得鼻子都触到地上了，只能靠隔壁邻居给点吃的用的，后来邻居们都外出打工了，其他人又离得远，他也就被人们渐渐遗忘了。

我们正聊着天时，舅舅大喇叭似的嗓门像一阵突如其来的西北风从巷子深处传了进来，这阵风穿过巷子，越过天井，直奔堂屋，直击我的耳膜。他风风火火地边走边喊："姐……姐……筹备彩调团的事有眉目了……"看他急匆匆的样子，把天井旁边的一个水桶也撞翻了，惹得井边正在喝水的老母鸡也被吓了一跳，停止了喝水，扬起脖子怔怔地看着他。我给舅舅倒了杯水，让他坐下慢慢说。舅舅说，村里几个原来唱过彩调的人来报名了。他们有的是本村的，有的是别村嫁过来的。彩调团解散后，他们有的留在村里务农，有的到外地打工了。留在村里的，除了农忙季节春种夏收之外，他们还组成了一支农村业余哭丧队。哪村哪寨有老人去世了，他们就带着乐队和歌手去表演，唱的也无非是一些民谣甚至是流行歌曲。什么《妈妈的吻》《驼铃》还有唱《走进新时代》的。每场下来，少说也有一两百块收入。但现在农村里也提倡丧事新办了，不兴请乐队了，唱的次数也就越来越少了。一听说村里要开彩调训练班，他们就过来问收不收他们。他们都是有基础的，当然最好不过了。可光有这几个老把式也不成呀，还得补充新鲜血液呢。舅舅说：正好你在，你帮我想想法子吧。我能有什么法子呢？年轻人都外出赚钱去了，谁还愿意留下来唱呢？先把这几个老把式组织起来，再到中小学去宣传宣传吧，看看有没有学生愿意参加进来。"就这么办吧。"舅舅一拍大腿，站起来就走，他说："我得赶紧回去，叫人把村里的戏台修理好，再把训练班办起来。明年开春，就可以开锣演唱咯。"

看着舅舅的背影，我的眼前展开了一幅灿烂美丽的图景：布置一新的戏台上，生旦净末丑粉墨登场，耳畔回荡着"六月里来六月花，满塘莲叶满塘花。荷叶落水结莲子，姐妹采莲笑哈哈。七月里来七月花，百鸟搭桥闹喳喳。牛郎织女银河会，有情哥妹成了家……咿呀咿嗬嗨……"甜美的歌声伴随着阵阵朗朗的清风，飘得很远，很远……

# 变 迁

大年初二回娘家拜年，一到村口，就看到原来的水泥村道旁边，又开出了一条三米多宽的黄土路，听他们说，这条路从村后的小学校一直绕过去，绕到原来晒谷坪的地方，路两边将要种上花草，我们村就要建设成为文明生态村了。回到家后，娘说，村后的晒谷坪全部被大铲车推平了，准备在那里盖起文化娱乐室、篮球场、戏台等，到时候，乡亲们茶余饭后，就有了休闲娱乐的去处了。娘说的时候眉毛扬得高高的，声调也比平时高了十几个分贝。末了，她又叹息了一下，说："唉，只是可惜了我种在猪场旁边的那几株水竹了，正是长势最旺的时候，我还说今年可以多挖一些竹笋，给你和你广东的妹妹晒笋干呢，你妹妹最喜欢吃我晒的笋干了。现在，竹子被连根拔掉了，笋子也没有咯。"我说："笋子没有不要紧，可以买呀。"娘说："买的笋子，哪有自己种、自己晒的好吃呢？没化肥、没农药，又甜又脆呢。"

吃过晚饭，我约上小妹，准备到晒谷坪去看看。夜幕降临，乡村的夜空里，还弥漫着过年的味道。偶尔几声巨响，几束烟花冲天而起，照亮了一大片天空，五颜六色的光在夜幕下发出夺目的光彩。村道两旁，每隔两百多米就有一盏太阳能路灯，那是过年前刚刚竖起来的，炽热的光，照得整个村道如白昼一般。我们沿着村道往晒谷坪方向走去。晒谷坪是原来大联队的时候集体晒稻谷的，后来村里实行生产责任制，分田到户，晒谷坪也被划分成小块，按照人口的多少分到每家每户，我家七口人，也分到了十几平方米宽的一块，就在我七伯的门口。分田到户的时候，我还不到十岁，不能作为真正的劳动力。农忙的时候，比我大两岁的姐姐一大清早就要跟着父母到田里去插秧割禾了，而我，主要负责做饭和晒稻谷之类的相对较轻的工作。头一天晚上，娘就嘱咐我，早上起来要看天气。“朝霞不出门，晚霞行千里”，“东虹轰隆西虹雨”。如果晚上彩霞满天，第二天就是好天气。如果早上东边出现云霞，到午间就有可能下雨。东边出现彩虹，只打雷不下雨，西边出现彩虹就会下雨。娘的道理一套一套的，我当时哪里记得那么多，只知道起床后赶紧做饭，吃饱后到晒谷坪上，把堆放在那里的稻谷摊开来，然后就可以和小伙伴们玩去了。

负责晒稻谷的大都是老人小孩。各家把各家的稻谷晒到属于自己的那一小块晒谷坪上，因为没有确切的分界线，经常有人因为过界问题而争吵。这个说，你的稻谷晒到我这边来了，那个说，我的明明是到这里的。于是，你摊过来，他又推过去，互不相让。娘总是说，宁可自己少晒一点，也不要占用别人的地盘。我牢记娘的话，宁可把稻谷摊得厚一点，多翻几次。有时候，早上明明是毒辣辣的日头，午后却突然乌云密布，下起雨来，有时甚至是毫无征兆的，日头还在头顶上，竟也会莫名其妙地飘来几颗大大的雨滴，因此，常常有稻谷被淋湿的时候，但却不会遭到娘的责骂。过年过节的时候，稻谷收进粮仓中了，晒谷坪也就闲置了下来。平日里喧嚣的晒谷坪，就成了村里天然的露天影院。我们村的晒谷坪依着地势而建，正好是一层比一层高的，更是天然的阶梯式影院。在最低的一层架两根柱子，中间拉起一块幕布，大家自带板凳，放映机一开，电影就开场了。在那个物质匮乏的年代里，人们对精神的追求就是这样容易满足，一场电影，就是一场文化的大餐了，总是让大家津津乐道，百看不厌。

20 世纪 90 年代以后，很多下广东打工的人家赚了钱回来，盖起了水泥楼，稻谷就晒到自家水泥楼上了，晒谷坪逐渐变成了一片荒地，只有旁边那几棵古榕还在年复一年，依然苍翠遒劲。最近几年，种稻谷的人更是越来越少，原来种两造的改为只种一造。原来的水田，很多被老板承包种马蹄、烤烟、蔬菜等。村里的青壮年甚至中年人也都外出打工了，乡亲们都觉得除了化肥农药，又要请人耕田，又要请人收割，划不来，干脆不种了，每年寄点钱回来给老人小孩买米算了。伯父原来是村里的种田大户，除了自家的七八亩田，他还承包了别人的十几亩田来种，每年吃不完的粮食就拉到集市上去卖。现在，他的六个儿子、儿媳都外出打工了，伯父的背也驼了，还患上了严重的腰椎间盘突出，走路的时候走一段，都要挺一下腰并用手扶一下。儿子不让他干了，他也只好买米来吃了。

沿着村道拐了一个弯，就到了晒谷坪。我被眼前的景象弄迷糊了，脑子里总在搜寻着过去的影像。那片曾经留下我多少深深浅浅脚印的地方，那一方曾经承载了我童年多少梦想的地方，我已记不起你的模样。眼前，只有初具规模的篮球场，篮球架还没有安好。戏台的柱子还没有拆掉模具，旁边刚起的地基据说是图书室。原来的晒谷坪、碾坊、插青屋、公家的粮仓都已不复存在了。我只依稀记得，上坡的右边，是有一间碾坊的。碾坊不大，只有十来平方米，门口进去的地方，是一架碾米机，旁边一台打粉机。碾坊由我的堂哥承包。堂哥是一个退伍军人，从军队复原后，曾经在柳州的一个机械厂做过。后来在柳州成家，生下他的大儿子，起名柳章。对越自卫反击战的时候，堂哥辞掉机械厂的工作，作别妻儿，毅然奔赴前线。从越南战场回来后，他就在老家安顿下来。因为他当过机械工，熟悉线路，所以当起了村里的电工员，承包了村里的碾坊。

那时候，我常常跟随父亲去碾稻谷。身材高大的父亲挑着满满一担稻谷，一手扶在扁担上，一手抓着系箩筐的绳子，迈着轻盈的步伐，好像他肩上挑的不是稻谷，而是棉花。我跟在箩筐的后面，一路小跑，气喘吁吁，还赶不上他。父亲偶尔也会回头冲我一笑，叫着快点，快点，然后放慢脚步，等我快追上了，他的步伐又加快起来，我感觉总也追不上他的节奏。来碾米的大都是青壮年男人，也有少数或是上了年纪的妇女。大家自觉地把箩筐排在碾米机前面，每碾好一担，箩筐就往前移动一下位置。大家一边照看着箩筐，一边高声谈论着，声音很快就被轰隆隆的机器声吞没了，但他们依然乐此不疲，一个声调比一个高。也有几个和我一样年纪的半大小孩跟大人一起来，小孩子没事干，就跑到旁边玩米糠，一个个头发上沾满了灰尘。碾坊的屋顶上，梁柱上，木窗上，也全部挂满了米糠和灰尘，厚厚的灰尘，把蜘蛛网都撑破了，零零落落地垂挂着，个子高一点的人一抬头，就会碰到落满灰尘的蛛网。

堂哥把箩筐里的稻谷扛起来，倒进碾米机的漏斗里，然后启动阀门，随着机器轰隆隆的声响，雪白的大米缓缓流进箩筐里，米糠则被吹进一个鼓囊囊的布袋里。我们很好奇，都去挤压那个布袋，可怎么挤压，布袋又自己鼓胀起来。堂哥挥手让我们走远点，又继续碾米。他不戴口罩，头发和胡子上全蒙上了一层厚厚的米糠、灰尘等，像个白头翁。当时的堂哥大概也就四十多岁吧，我们都觉得他像一个老爷爷。他在这间碾坊里一干就是几十年，直到后来，很多人都进城打工了，来碾米的人越来越少了，堂哥年纪也越来越大了，才把碾坊给转让出去。

现在，碾坊已经夷为一块平地，我已分辨不清它确切的位置了，但那些跟随父亲去碾米的影像，依然在我的脑海里千回百转，挥之不去。

晒谷坪的前面，之前有一排平房，是大联队时公家的粮仓。每年冬天，各家各户都按照所得工分去领取粮食，听娘说，我家劳动力少，挣的工分少，分得的粮食就少，每年都是父亲用箩筐挑回来的，仅仅够吃而已，而生产队长、会计、记分员等的工分很高，每年都用平板车去拉粮食，到第二年分粮的时候，家里还有吃不完的稻谷。分田到户之后，我家七口人，除了最小的妹妹是超生的，不能领到田地，其余六口人每人六分田，一共三亩六分。一年辛苦下来，粮食竟然也有了结余。

记得粮仓的旁边，有一座四合院式的房子，那是村里的“插青屋”。据说 20 世纪 70 年代中后期，知识青年上山下乡，有部分从桂林、梧州来的插队知青就住在这座四合院里。我的叔娘就是从梧州来的插青。叔叔当时是村里的民办教师，长得一表人才，风流倜傥，记忆中他总是梳着小中分，头发油光可鉴的，用村里人的话来说，就是蚂蚁都爬不上一只。听娘说，自从村里来了插青，叔叔整天吃饱饭就往插青屋里跑，和那些知识青年们玩得很火热。不知什么时候开始，叔叔看中了其中的一个姑娘，并开始和那个姑娘约会。他们常常跑到小学校见面，叔叔干脆从家里搬到小学校住了。不久之后，知识青年返城大潮来了，那个姑娘也在返城的名单里。她千方百计，动用各种关系，把我叔叔也带到了梧州，并且分配到梧州二轻厂上班。后来，那个姑娘成了我的叔娘。其实，在返城前，叔娘已经怀上了我的堂弟，到了梧州半年多后，就生下了他。

到了梧州之后，叔叔就很少回来了，只是过年时偶尔带着叔娘和堂弟回来一趟，住几天又走了。20 世纪 80 年代末期，由于二轻厂效益不好，叔叔辞掉了工作，下海经商，赚了一笔钱。叔叔一辈子也改不了他风流倜傥的本性，就在堂弟上了大学后，年近五十的叔叔竟然混上了一个比他小二十岁的女人，还生了一个女儿。因为在梧州上不了户口，孩子没办法上学，叔叔曾带着叔娘、堂弟和那个女人母女两个回到老家来，想把户口落入另一个堂哥名下。叔娘抱着那个小女孩到村里的小河边玩，认识她的人都问她："这是你的孙子还是孙女呢？"叔娘很尴尬，不知怎么回答，只是苦笑着点点头。叔娘当年梳着两根粗大的辫子，一根甩在后背，一根搭到胸前，把她的整个曲线衬托得恰到好处。她圆圆的脸蛋永远都是活泼的，充满了青春的朝气。那年回来时，叔娘已经剪了短发，头发开始斑白，虽然用染发剂染过，但那些白发还是争先恐后地从发际间冒了出来，挡也挡不住。眼角处的鱼尾纹也深了，目光也不再清澈。我真的是想不通，当年如此漂亮如此清高的叔娘，怎么就能容得下那母女两个呢？叔娘已经退休了，听别人说，那个女人打麻将的时候，叔娘竟然帮她照看小孩，就像她的婆婆一样，这该需要怎样的胸怀呢？难道她就没怨过叔叔吗？没吵过没闹过吗？难道爱一个人就要宽容他的所有一切吗？难道爱就要忍受伤害吗？当叔叔提出帮那个女孩把户口落到老家后，叔娘竟也没有反对吗？这一些，我都不敢去问叔娘。办好户口后，他们回到梧州，一直到现在都没有回来过。

插青返城的时候，我只有四五岁，没有多大的印象。自我记事之后，这座插青屋就闲置了下来。我在村里读小学的时候，教我们语文的卢老师就带着他读一年级的儿子住在这里，也就是那个时候，我和小伙伴们经常跑到插青屋去玩耍。插青屋东南西北各四排房间，最后一排有一个侧门通出去，后面是厨房，中间是一个天井。由于少人走动，天井里经常长满苍绿的青苔，尤其是下雨的时候，青苔湿漉漉滑腻腻的，一不小心就会摔跟头，我曾亲眼见过卢老师的儿子从天井跑过去时摔了一大跤，他没有哭，爬起来摸摸屁股，屁股上留下了一道道青苔印。后来，卢老师因为超生被免去了民办教师的职务，村小学里就由本村的一位高中毕业生和村里一个年纪较大的民办教师来上课，我们也很少再跑去插青屋里玩，后来听说插青屋被一个村干部买下来，后来那个干部为了和村里的一个光棍换一块宅基地，就把插青屋转让给他了。

现在，连同碾坊、粮仓、插青屋等所有公家的房子都被夷为平地了。我在头脑中一点一点搜寻着残存的记忆，那些搬着小板凳焦急地等待电影开场的时刻，那些跟随父亲挑着稻谷去碾米所走过的路，那些在插青屋的小院里追逐打闹的时光，一去不复返了。我一边在路灯下散步，一边在找当年我晒稻谷的那个地方。我只记得，我家的晒谷坪就在七伯的门口，七伯家当时是村里起的位置最高、最靠近山脚的，他的后墙就是从后山挖掘出来的。我顺着水泥路走到最高的地方，看到山脚边有一栋盖了两层半的水泥楼，四周围着围墙，铁门上挂着两个大红灯笼。我猜想这就是七伯的儿子家。果然，七伯的儿媳听到脚步声走出来，招呼我到她家喝茶。我说："你们真有本事。什么时候拆了旧房翻盖新房了呢？"堂嫂哈哈大笑起来，一边笑一边用手捂着嘴巴，说："哪里？这是从后山新开出来的屋地。"她又指着前面一间红砖平房说："喏，这才是之前的老屋。"我才注意到，前面不远处，一间平房孤独地矗立在那里，在灯光的映衬下，像一个垂暮的老人。而我晒过稻谷的那块坪地，已经成为了通向后山的路面。

沿着新建的水泥路继续往里走，一棵大樟树斑驳的树影投射到路面上，有风吹过，树影也跟着摇晃起来。我记得小时候我们常常跑到这棵大樟树底下乘凉。大樟树大概有上百年的历史了，粗大的主干，四五个小孩才能围抱过来。我们在树荫下丢手绢，掏蚂蚁窝，过家家。一阵凉风吹过，树叶簌簌落下来，落到我们的头顶上，落到脚边。我们捡起树叶，用稻草串成一串一串的当毽子踢，还把一片一片的樟树叶卷成一支笛子，放到嘴边吹起来，竟也能吹出美妙动听的旋律。我顺手捡起一片叶子，像小时候一样卷起来吹，声音却变得异常喑哑，再也吹不成调子了。

大樟树的旁边，是大联队时的养猪场，它的屋顶是两个全用水泥筑成的拱形，中间一条，排水用的。小时候，我们常常爬到那个水泥屋顶上去玩。我天生愚笨，不敢一个人上，总要让大一点的姐妹先爬上去，再伸手拉我，下面的姐妹则用手或者肩膀顶着我，把我托起。在她们的帮助下，我才艰难地爬上去。站到猪场的屋顶上，顿时觉得整个村子都矮了下去。房子变矮了，田地变低了，我看到了屋顶上飞过的麻雀，看到了墙头上长出的蒿草，我看向更远的田野，看到大人在田里弯着腰收割稻谷，看到他们挥汗如雨地踩着打谷机，我在想，哪块田是我家的，哪个是我的父亲，哪个是我的母亲。分田到户之前，猪场里养了几十头大肥猪，过年的时候，生产队里杀猪分肉，大家就拿着篮子、脸盆去领猪肉，按人口分，人多的扛大半脸盆，人少的只用稻草绑着一块肉拎回去，我家通常是三块肉，一些大肠、猪肝之类的零碎，领回去之后就可以开洋荤了，但只能先吃零碎，肉要等到除夕夜才能吃的。于是，我们就盼啊盼，盼着今天快点过去，明晚除夕就可以大快朵颐了。现在，天天有鱼又有肉，却再也吃不到那种鲜美的味道了。

我不知道，我下一次回来的时候，这里又会变成什么样了。但我相信，一切都会越变越好，越变越美的。

# 五伯的旱烟管

记忆中，五伯的背一直是驼的。我小的时候，五伯也不过四五十岁的样子，但看起来却像六七十岁的人一样。他的背几乎弯成了九十度角，头一直是看着脚拇指的，只有和人说话的时候，才努力抬起头来，以仰视的角度面向对方。不过，这样的时候很少，五伯大部分时间都是坐着的。他的坐姿也很特别，无论是平时还是吃饭的时候，五伯总习惯把一只脚踩到凳子上，用手臂抱着膝盖，大概是为了迁就他的驼背，这样的姿势让他更舒服一点吧。

五伯有一根旱烟管。半米长的烟杆是竹枝做成的，呈土黄色，每个枝节都被磨得光滑铿亮。烟杆上吊着一个已经看不出什么颜色灰扑扑的布袋，里面鼓鼓囊囊地装满了生烟丝。烟锅的一端是用黄铜做成的，上面虽结了不少烟垢，却常常被他擦拭得发出金属的光泽。烟嘴部分也是黄铜做的，因为整天吸吮，已经磨损得非常严重。五伯吸烟的时候，那姿势也非常特别。他坐在红漆雕花的木椅上，左脚踩在椅子的边缘上。他从后背取下旱烟管，用嘴吹了吹烟锅，从布袋里取出一小撮烟丝按进烟锅里，划了根火柴，点着烟丝，吸了一口，烟丝发出红光后，他甩了甩手中还未烧完的火柴，顺手把火柴梗丢到地下。五伯撮起嘴，衔着他的旱烟管，吧嗒吧嗒地抽了起来。每吸一口，他就把烟嘴拿出来，眯缝着眼睛，吹出一口浓浓的烟雾，烟雾把他的脸笼罩得朦朦胧胧的，使得他整个人就像坐在云端里一样。他就重复着这样的动作，直到烟丝烧成了灰白的灰烬。五伯把烟管嘟嘟地在地面上敲了几下，把里面的烟灰倒了出来。有时烟管被烟灰或油污堵住了，五伯就随手捡起一根稻草，从烟嘴口捅进去，然后从烟锅口把稻草旋出来。稻草上面沾满了黑黑的烟油，我们把它叫作烟屎。据说这些烟屎有一种特殊的功效，就是小孩子吃了不干净的东西肚子疼时，只要往肚脐眼涂一些烟屎就会好了。更神奇的是，小孩子受到惊吓或是中了邪而哭闹不肯进食的，只要把烟屎涂在额头、肚脐、脚底下，孩子就会平静下来。因为烟屎有驱邪的作用，而村里用旱烟管吸烟的人又少，所以常常有人来向五伯索要烟屎。一般情况下，五伯是不会随意丢弃这些“宝贝”的，只要有人来要，五伯才会从烟锅里取出一点，直接涂到孩子的额头或肚脐眼上。

五伯是村里的算命先生，他一家几代人都帮人算命看八字择日子。五伯有一箱祖传的宝贝，油漆剥落的箱子里，装满了各种版本的通书。有聚宝楼的，有周子通书，择日通书。有线装版的，也有印刷版的，有竖排的，也有横排的。由于年代久远，大都书页已经泛黄，书边也磨损严重，有的书连角都破损了，有的脱页，五伯把它们视若珍宝，你想看可以，但谁也别想从他这儿借走任何一本书。箱子平时用一把挂锁锁着，有人来算命看八字时，五伯才从里层口袋里摸出钥匙，打开书箱，从里面取出几本常用的通书来。

五伯的旱烟管从来不离左右，不抽的时候，他就把烟管插入口袋里，或者别在裤腰上。帮人看八字的时候，照例是先装了一锅旱烟，吧嗒吧嗒地抽了几口，才开始询问来人的年庚。他眯缝着眼睛，掐着手指，蠕动嘴唇，很快就把推算出的年月日时写在一张红纸上，又抽了几口烟，才翻动桌面上的几本通书，把生辰八字、良辰吉时开出来，一一地向询问者解说，嘱咐他怎样去做。他把开好的红纸条递给别人，别人就会递给他一个利是，有六毛、八毛、一块二、一块六不等。五伯从来不开价，他说，多少随意，心诚则灵，积德行善。大家都说五伯看得准，说得详细，一传十，十传百，十里八村的人都来找他看。附近乡镇也有慕名而来的，常常挤满了他的小屋。大家自觉排队，按照先来后到的顺序等候，从早到晚，除了吃午饭的时间，几乎没有停过。五伯一边抽着旱烟管，一边给人看八字，整个小屋烟雾弥漫，但大家都毫无怨言，一直虔诚地在那里等候。等到所有的人都走了，五伯重新装上烟丝，又抽了一斗烟。他一个一个打开那些利是，把里面的钱取出来，一张一张地清点，然后把钱扎好放进挎包里，在小本子上记下今天的收入，每一笔收入他都记得一清二楚。

闲着没事的时候，我们都喜欢跑到五伯家玩。他教我们背“甲乙丙丁戊己庚辛……”背“甲子乙丑海中金，丙壬丁卯炉中火。戊辰己巳大林木，庚午辛未路旁土。”我后来才知道，那叫作《六十花甲纳音歌》。五伯对此可以说是倒背如流，信手拈来。他用的是不标准的桂柳话来读的，我们当时并不清楚其中的含义，但那时候，我记性较好，能背得很多，现在大抵都忘了，只记得开头的几句了。我们吵着要五伯帮算算我们是什么命的。五伯掐指一算，说：“你是木命，桑拓木。”我又问：“什么是桑拓木？”五伯就说，那是很硬的一种木，可以做鸡公车（一种独轮车）用。于是，我就记住了，我是属于做鸡公车的一种木。五伯还说，你是一个聪明的丫头，将来是识文断字的，靠文字吃饭的，所以要多读书，考出去，跳出农门。我也记住了。所以，当很多同龄的女孩子都不愿意读书时，我却拼命地读书，一心想着通过读书去改变命运，虽然跌跌撞撞，求学的道路并非一帆风顺，但总算通过自己的努力实现了跳出农门的愿望。

五伯还喜欢给我们讲以前的事情。他一边抽着旱烟管，一边吐着烟雾，悠悠地给我们摆起了龙门阵。他说：“以前呀，你爷爷是村里的大财主，他是开赌馆的，就在你们家的花厅里。好几张八仙桌上，都聚满了赌钱的人。你爷爷就坐在一张高高的凳子上，居高临下地观察着赌馆里的一切动静。等到有人坐庄或是赌赢了，他就从房梁上吊下一个竹篮来抽水（收租金）。每天收到的租金都用麻袋来装。每天晚上，你爷爷叫人把麻袋里的钱币倒出来，叫我帮他数钱，我每天数钱都数到手软。数完之后，记在一个账簿上，他就会拿出几串铜钱叫我去街上买肉，要买那种五层的五花肉。买来五花肉，他就让人做粉蒸肉，然后请来左邻右舍的人一起喝酒吃肉。他不管你有钱没钱，只要来的都欢迎。他还常常把收到的钱去接济一些穷苦的人，让我偷偷把钱送去给人家，却不让人家知道是他送的。”五伯说的我有印象。在我老宅院子的西面，有一个敞开式的大花厅，花厅四周由几根粗大的柱子支撑起来，足有三四米高。顶上架着十几根粗大的杉木横梁，屋顶上镶着青瓦。我记事的时候，花厅早已人去屋空。平日里堆放一些柴火、稻草之类，家族里举办红白喜事的时候，才把花厅清理出来当餐厅，足足可以同时摆十二桌酒席。后来，花厅曾被我的伯伯改装成住房。伯伯用砖头在花厅中间隔断开来，变成两套一房一厅，他的两个儿子一人住一套。前几年，花厅成了危房，伯伯的两个儿子把房子拆了，重新建起了两套两层半的小洋楼。我不知道，爷爷如果地下有知的话，他是该欣慰还是遗憾呢。

五伯有三个儿子，三个女儿。他家里的大事小情，都是五伯娘说了算。五伯好像很怕五伯娘，五伯娘一瞪起眼睛，五伯顿时矮了三分，连说话的声音都小了下去。五伯娘个子矮小，却说一不二，常常听到她骂人的声音。家里的人都被她骂了个遍之后，她开始骂家里的猪、鸡、狗：“你个发瘟鸡，只知道瞎叫唤，连个蛋也不会生。”甚至家里的一张板凳有时也成了她的眼中钉。她一脚把板凳提出几米远，骂骂咧咧地：“你个死板凳，不长眼睛吗？阻手碍脚的，滚一边去。”她心里似乎永远充满了发泄不完的怨气，看什么东西都不顺眼。五伯总是让着她，不敢去说她。唯独有一次，五伯娘生气无处发泄，就要折断五伯的旱烟管，五伯这回真的被激怒了，他双手死死握住烟管的两端，不让五伯娘抢去。五伯娘像一头被激怒的母狮子，上蹿下跳的要去抢，五伯一把将她推倒，反身进屋，从里面闩上插销，任凭五伯娘如何气急败坏地叫喊、拍打、踢门，五伯就是不开门。那根旱烟管就是他的命根子，什么都可以迁就，唯有这个是他的底限，他怎么肯轻易让步呢？五伯娘叫累了，踢累了，一屁股坐在地板上，呜呜地哭了起来。也许，生活的重压，让这个女人满肚子都是委屈，她要寻找一个出口，去释放沉郁在心底的积怨。她的大儿子就是被她骂跑的。

五伯的大儿子叫大狗，是个老实巴交的年轻人，也不知道他什么地方得罪了五伯娘，五伯娘追着他骂，用鞋子去丢他，大狗躲起来不敢回家。夜里，大狗偷偷跑回家里，却发现他的房间已被换了锁头，进不去。五伯不敢作声，整天捧着他的旱烟管用力地吸，吸了一管又一管，地上的烟灰已经磕落了一大堆。他使劲地在地面上敲打烟锅，把气全撒在烟锅上，地板上也被他磕出了一个坑。五伯娘还是不停地骂，骂完小的骂大的，骂五伯只知道抽烟，整天帮别人算命，你怎么不算算自己这条老命呢。五伯忍气吞声。他给自己算过命，只是自己命中有煞星，他不敢跟家里人说，只能一切听天由命。

大狗不敢回家，趁着五伯娘不在家，偷偷向五伯要了二十块钱，拎着几件换洗衣服远走他乡。谁也不知道他在哪里，他在外面经历了什么。突然有一天，几个戴着安全帽的人出现在五伯的门口，问这是不是大狗的家。五伯说，是啊，你们找谁？来人中一个年纪稍大一点的把五伯拉到角落里，叽叽咕咕地在他耳边说了几句话，五伯一听，打了个趔趄，呆呆地靠在墙壁上，吧嗒吧嗒使劲抽着旱烟管，浑浊的泪水顺着脸颊流了下来。原来，五伯的大儿子辗转去到了一个地下矿场，由于矿场坍塌，他和另外两名工友被埋在矿场里，挖出来时，已经没气了。矿场负责人四处打听，才找到这里来。他们向五伯说着安慰和道歉的话，让五伯先派人去处理事件，再商量善后赔偿的事宜。五伯娘听到这个消息，两腿一软，两眼一瞪，顿时晕了过去。

本以为经过这件事，五伯娘的脾气会变得软和下来，可是，她却比原来更加暴躁了。转眼二儿子二狗到了谈婚论嫁的年纪了，大家都知道五伯娘的脾气，不敢帮二狗介绍对象。好不容易有一个媒婆来说媒，五伯娘硬是把别人骂了出去。五伯娘把媒婆推出门口，砰的一声关上大门，嘴里还不停地骂："我们家的事不用你管。我的儿子打光棍也不关你们的事，快给我滚吧！”第二个媒婆来了，也同样被骂了出去，此后，再也没有一个媒婆来给二狗说媒。如今，村里和二狗一样年纪的人都当爷爷了，二狗还是光棍一条。整天看着别人拖儿带女，儿孙绕膝，二狗只能唉声叹气。

那几年，村里的年轻人都到广东打工去了，或者到了贵州、福建等地去割松脂。二狗也想去碰碰运气。他觉得在这个家里待下去自己就要窒息了，再不出去走走，这辈子就要废了。二狗打听到他们在福建割松脂一年只去几个月，少说也有一两万，去了几年，回来盖了房子，娶了媳妇，抱上了大胖小子。有的还从广东带回了外省的媳妇，一个个打扮得时髦洋气，说着普通话，烫着大卷发，挺着大肚子，二狗看得眼睛直发热，不禁蠢蠢欲动起来。春节一过，二狗就去和五伯商量，想让五伯给点钱他买车票。五伯眯缝着眼睛，吧嗒吧嗒地抽着旱烟管，半天才吐出一个长长的烟圈。他向厨房里努努嘴，示意二狗去和他母亲商量。二狗像一截木头一样杵在门边，半天才嗫嚅着说：“娘，我…我想和他们下广东去……”二狗话还有半截留在嘴唇边没吐出来，五伯娘就随手拿起正在洗着的碗，啪的一声摔碎在天井里，像一挺机关枪一样射出几句硬邦邦的话：“去广东？除非我死了，否则，谁也别想迈出这个家门半步！否则，就和这个碗一样。”二狗顿时怔住了，他往后退了几步，退到墙角，抱着头慢慢地蹲了下去。从此，再也不敢提去广东的事了。

一天早上，五伯起床准备抽烟，一摸桌面，不见了烟管。昨晚临睡前他还抽了一斗，抽完就把旱烟管搁桌面上了，怎么找不到了呢？五伯赶紧起床，拖着鞋子，满屋子去找，恨不得把房间里的每一寸地皮都翻过来找一遍，却怎么也找不到。他问五伯娘有没有看见他的旱烟管，五伯娘瞪圆眼睛争辩：“死鬼，我有多久没踏进你的房间半步了，谁动你的烧火棍了？难道它自己长了翅膀飞走了吗？”五伯问遍了家里的每一个人，都说没见着。五伯像掉了魂魄一样，没有了旱烟管，他就找不到自己的魂儿了。他坐在房檐下，眼睛直勾勾地望着地板上那一个小坑，那是他平时磕烟灰磕的。夜晚，五伯没吃饭就睡了。第二天，他要去帮别人看一块墓地。五伯背上他的挎包，装上他的罗盘，没精打采地出门去了。下午回来的时候，一踏进天井，他眼前一黑，啪的一声摔在天井角上，脸碰得青紫一块。家里人把他扶起，叫来了村里的赤脚医生。医生翻了翻五伯的眼皮，把了把五伯的脉搏，说没有大碍，醒过来就好了。五伯足足睡了一天一夜，迷迷糊糊中一直叫着“我的烟斗，我的烟斗……”五伯娘把一根擀米饼的竹筒塞到五伯的手上，五伯握着竹筒，又迷迷糊糊睡去。打那以后，五伯娘不允许五伯再出行去帮别人看墓地，也不让他给别人算命看八字。五伯想让二狗学会看通书，可二狗整天游手好闲的，哪有心思去看这些旧书？五伯连声叹气，完了，完了，没戏唱了，没戏唱了，不肖呀，不肖呀……也难怪，这一门算命看八字的活儿，从祖父那代传到五伯手中，已经三代了，如今就要断在他的手中，他怎么有脸面去见天上的祖父和父亲呢？

如今，五伯和五伯娘也早已去了西山的岭上，他们临走前，连一个孙辈的也没有给他们送终的。只有二狗抱着父母的灵位，低着头走在抬棺的人前面。

# 暗夜里的光

无数个暗夜里，我渴望有一束光，穿透我的灵魂，让我到达故乡的彼岸，触摸故土温暖的脉搏。我知道，这样的光一直在，只是我抓不住。偶尔的浮光掠影，在心底深处激起千层浪，回首，渐行渐远渐清晰。

回望故园，曾有无数这样的光在我的生命里闪烁，它牵引着我，朝着梦想的地方起航。那一盏摇曳在生命中的煤油灯，那一支点燃在旷野上的火把，那一缕浮现在窗前昏黄的烛光，每一点点光亮，都在催人奋进，令人怀想。

那时候，村里还没有通电，家里照明用的，是一盏带灯罩的煤油灯，那是母亲从娘家带来的陪嫁。厚厚的玻璃油壶，里面似乎永远都盛满了透明的煤油，棉纱捻成的灯芯大半浸透在煤油里，小部分穿过黄铜做成的灯盏中心的灯芯柱里，灯芯柱上有个小齿轮，通过摇动上面那一小节铁线做成的把手，灯芯就可以在灯芯柱里上下移动了，以此来调节灯光的大小。调上一点，灯光就亮一点，调下一点，灯光就暗一点。为了防止灯光被风吹熄，上面常常加盖一个玻璃灯罩。由于年深月久，用的时间过长，油壶四周通常是沾满油渍的，母亲是个干净惯了的人，只要一有时间，她就会把整盏灯从上到下擦拭得干干净净，一尘不染。无数个暗夜里，那盏煤油灯就陪伴着我，度过我的整个幼年和童年时光。

从我刚刚记事的时候起，那一束微弱的煤油灯光就一直萦绕在我的记忆里，挥之不去。夏天的夜晚，睡觉之前，我们躺在竹席上，母亲放下蚊帐之后，总会拿起煤油灯在蚊帐里上下左右照一遍，只要发现有一只小蚊子，她就会用灯盏凑近去，一熏，蚊子就会落到灯罩里，直到把每一只蚊子都熏死了，母亲才帮我们盖好被单，把蚊帐的四周扎到竹席底下，开口处用竹夹子夹好，母亲脸上露出满意的笑。我闭上眼睛，沉沉睡去，梦里，也有母亲的芬芳。每每夜半醒来，总看到一束微弱的光在房间里一闪一闪的。借着微弱的光，我看到母亲投映在对面墙壁上的背影，她微弓着背，低着头，手在不停地一起一落，整个背影也随着手的起落而有了动感，像一场无声的电影在轮回播放，而我，是唯一的观众。我掀开蚊帐，看到母亲正在一针一线地缝着鞋垫、鞋底，或者在一针一线地钉着纽扣、缝着鞋帮。缝着缝着，她偶尔抬起头来，用针在头发上划了几下，又继续缝着。这一副影像，一直到多年之后还在我的脑际清晰，一切恍如昨日，回首时，青丝变白发，母亲已由那个青春靓丽、充满活力的年轻女子，变成了两鬓斑白、老态龙钟的妇人。

还是那一座低矮的院落，还是那一圈低矮的土墙，还是那一间红砖的瓦房，上了小学的我，每天晚饭之后都会按照老师的布置，抄写生字或是作业。坐在一张小矮凳上，趴在一张小矮桌前，母亲点亮煤油灯，摇动小把手，把灯光调到了最亮。我就着煤油灯写字，母亲就着煤油灯的余光在剁猪草，为了不影响我，母亲尽量离得远点，我的眼前一片光亮，母亲那边却只剩微弱的光影。写到不会的地方，我就会问母亲。母亲读过初中，认得一些字，她放下手中的菜刀，一边掀起围裙擦手，一边凑过来帮我讲解。记得有一次，我问母亲，“大概”的同义词是什么，母亲说，“大概”就是差不多的意思吧。我又问了一遍，那“大概”的同义词就是“差不多”咯。差不多吧，母亲有点为难，以她的认识，她能想到的大概也就这么多了。到了学校，老师提问：“谁能说说大概的同义词是什么？”我低声地回答“差不多”，旁边的一位同学听到了，大声地抢着说：“老师，我知道，我知道，大概的同义词就是差不多。”老师微微一笑，表扬了那位同学，她说：“你很有勇气，说的意思也差不多，应该表扬，但还能不能再想一个更确切点的呢？两个字的词语。”同学们都面面相觑，谁也没想出来，最后还是老师告诉大家答案：“大概的同义词是大约哦，记住了吗？”同学们异口同声地回答：“记住了。”那个同学的脸唰地红了起来。在放学回家的路上，那个同学拦住了我，恶狠狠地问：“谁告诉你的，说大概的同义词是差不多？害得我出丑！”我跟他争辩：“谁让你抢着说呢？我又没有让你说。”那人气急败坏地丢下一句：“以后，再也不理你了。”扬长而去。回去以后，我哭着质问母亲：“你不知道就不要乱说嘛。老师说，大概的同义词是大约，不是差不多。”母亲脸上显出愧疚的神色，低低地说：“我读书读得少嘛，以后，你要多读点书哦。”

没有电灯的时候，乡村的夏夜，到处都是如此宁静。鼓噪了一天的鸣蝉此刻突然销声匿迹了，大概已经进入了各自的梦乡。没有一丝风，一切都是静止的，月光照在树影上，斑驳的树影投映在院子低矮的土墙上，一动不动的，只有远处田野的蛙鸣一声高一声低地在乡村的夜空盘旋。母亲把矮桌搬到院子的柚子树底下，我们搬了几张小板凳围坐在矮桌前，桌上一灯如豆，虽照亮不了多大的地方，那一缕微弱的光也足以让我们感到温暖。我们坐在月光下，听母亲讲那过去的故事。

母亲说，她还在读初中的时候，学校上了两个星期的课，就宣布停课闹革命了。母亲稀里糊涂地和几个同学一起，怀揣着学校革委会的介绍信，背着简单的行李，踏上了去往北京的路程。他们从家里走十几里山路，到县城的汽车站搭乘班车去桂林火车站。一路上，拥挤的班车人声嘈杂，车上根本没有站脚的地方，整个人几乎是一路悬空着到达桂林的。到了桂林火车站，更是人山人海，来自四面八方的和他们相同年纪的学生模样的人，背着行李焦急地眺望、等待，深秋的桂林，夜露深重，大家拢着衣袖，跺着脚，一直等到天空露出鱼肚白，随着人群中有人惊呼，一辆写有“北京”字样的绿皮火车冒着白烟，轰隆轰隆地驶入轨道中，在他们面前停了下来，高音喇叭响起，车门一开，大家蜂拥而上，一股脑儿往里面挤。座位上，地板上，挤挤挨挨地坐满了人。母亲和同伴们挤到一个靠车门的地方，从包里拿出报纸垫在屁股底下坐了下去。

大家一路热情高涨，欢声笑语，不知是谁起了个头，大家跟着打起了节拍，高声歌唱着“大海航行靠舵手，干革命要靠毛主席……”歌声响彻了整个车厢，也响彻了乡村、城市的夜空。不知过了多久，天黑了又亮了，车窗外，树木、电线杆、田野、远山、大桥、房屋、村舍全都纷纷向身后倒去，一座座高楼呈现在眼前，那就是传说中的北京了。

母亲和同伴们下了火车，被火车站潮水般的人流推着、拥着慢慢地向前蠕动。到了接待处，办完手续，母亲和同伴被安排到附近的一所学校里，和其他几十个来自全国各地的学生住在一间大大的教室里，稻草打的地铺一溜儿排开。大家到食堂里领饭，吃的是馒头，还有茄子。吃了饭之后，累了一天一夜的学生们倒头便睡。

第二天天刚亮，就被一阵紧急的哨子声吵醒。几个身穿军绿色衣服的士兵传下话来，让大家到操场上集合，到天安门广场接受毛主席的接见。大家匆匆吃了早餐，带上食堂为大家准备的午餐，排好队，接受检查，检查完毕，步行到车站，坐上大客车，向天安门广场进发。到了天安门广场，到处都是人山人海，群情激奋。高音喇叭里大声播放着《大海航行靠舵手》《北京的金山上》等革命歌曲。也不知道等了多久，突然人潮中一阵骚动，有人高声呼喊：“毛主席来了，毛主席来了……”大家纷纷挥动着手中的《毛主席语录》，高声呼喊着：“毛主席万岁，毛主席万岁……”母亲也跟着人群一起呼喊，挤在如潮的人群中，只远远看到毛主席举着军帽向人群挥手致意。大家拼命往前挤，都想看得清楚一点毛主席他老人家的尊容。

那是母亲一生中最难忘的记忆，在那个懵懂的年代里，怀揣着伟大革命理想的年轻人，就这样开启了自己人生当中第一次最长、最远的旅途。母亲说，她见过波涛滚滚的黄河水，见过梳了二十四根辫子的新疆姑娘，见过来自天南海北的涌动着的人潮。母亲说起这些的时候，脸上充满了自豪。煤油灯的光渐渐暗下去了，月亮也悄悄地躲进了云层中，母亲怀里的妹妹睡着了，我们也昏昏欲睡。

从小在南方农村长大的人都知道，双抢季节是一年当中最忙的时候。趁着天晴，该收的稻谷都要抓紧时间收割回来，晒干收进粮仓。还要等着下雨，犁田耙地，把第二造晚稻秧插下田里。说是抢，一点也不为过。一方面，要靠天干活，天不等人，一方面，如果超过时间，误了农时，收成就会大打折扣，谁不想有个好收成，过上宽裕的日子呢？那时候还没有承包到户，还是大联队里集体干活，吃大锅饭，靠工分换取一年的粮食。家里劳动力少，工分低，公家的粮食只能维持基本的生活。为了多赚几个工分，母亲起早贪黑，挑起了家里的大梁。每天天不亮，就要起来为我们做好早餐，然后赶着去割稻谷。家里的厨房与住房之间隔着一个天井，透过房间的窗口，正好看到厨房的门口。我常常被母亲起来挑水的声音惊醒，尽管她尽量放轻脚步，我还是听到了她由近而远，又由远而近的脚步声从窗口经过，听到她把水倒入水缸的哗啦啦的响声，听到她劈柴烧火的声音，甚至听到火苗毕毕剥剥欢欣跳跃的声音。看着烟囱里升起的袅袅炊烟，闻到米饭香喷喷的味道，不知不觉又进入了甜美的梦乡。醒来时，已不见了母亲，只看到热在锅里的饭菜。下午放学回到家，母亲还没回来。她把米淘洗好放在鼎锅里，把菜洗好切好，我回来就生火煮饭，等母亲回来再炒菜。

那一晚，我早已煮好了饭，就等着母亲回来炒菜了。可左等右等，一直等到天黑还不见母亲回来。我们姐妹几个围坐在小饭桌前，点燃了煤油灯。忽然一阵狂风，刮得屋外乒乓作响，门窗也被吹得稀里哗啦的。煤油灯不抵狂风的袭击，扑闪了几下就熄灭了，厨房里顿时一片黑暗，妹妹哇哇大哭起来。一会儿，听到门闩响动，一束手电筒的光亮顺着门缝挤了进来，给黑暗的厨房带来一缕微弱的光明。我们以为是母亲回来，都迎上去叫妈妈。“我不是你们妈妈哦。”来人笑着说。我们才看清，进来的不是母亲，而是比我们大十岁的堂姐。堂姐说，天那么黑，我想你妈妈肯定还没回来，所以上来看看你们。说着，她抱起妹妹，唱起了童谣：

月亮粑粑，兜里坐个爹爹，
爹爹出来买菜，兜里坐个奶奶，
奶奶出来绣花，绣扎糍粑，
糍粑跌得井里，变扎蛤蟆……

第一次听这样的歌谣，也不知道堂姐是从哪儿学来的，我们都被逗乐了。妹妹也停止了哭泣，睁大圆溜溜的眼睛看着堂姐，大概把堂姐当成了妈妈。听着，听着，妹妹竟然在堂姐的怀里睡着了。母亲回来了，她摘掉头上的斗笠放在墙边。不一会儿，墙角下就淌了一摊水，我们才知道，外面下起了大雨。母亲说，眼看着天要下雨了，她是多么想快点回来陪着我们。可是，还有一大堆稻草没有堆好，一下雨，就湿答答的，明天再堆就堆不起来了，所以她和其他几个妇女就把稻草堆好了才回来。母亲重新点亮煤油灯，挑了挑灯芯，那火苗一跃一跃的，灯光映着母亲的脸，像一朵灿然绽放的菊花。

日子如流水，流走了多少春夏秋冬，不管时光如何变幻，那一缕光始终在心头照耀着。读小学四年级的时候，我们到了镇中心校，因为晚上要上晚自修，所以要住校。第一次离开家，离开母亲，虽然不远，虽然第二天就可以回家了，但心里还是非常的失落。夜里，睡在学校双层木床的上铺，透过玻璃看着窗外的月光，月亮走，我也走，心儿跟随月光走到了母亲的身边，想起母亲，不禁泪水涟涟。有一天晚上，天黑得伸手不见五指，突然雷声大作，教室里的电灯唰的一下熄灭了，顿时陷入一片无边无际的黑暗中。大家非常恐慌，教室里立即骚动起来。老师组织大家安静下来，说再等等，如果还是没来电，就送大家回家去。那天晚上来的路上，看到一个人拉着双轮车急急地往前赶，车上盖着被子，里面躺着一个人，后面跟着几个人。听说那是一个喝了农药自杀的人，正送往卫生院抢救。我们学校就在卫生院对面。我们都非常害怕，怕那个人抢救不过来，他的尸体就会停在医院外的小树林里，晚上睡觉时，想想都觉得毛骨悚然。听到可以回家，我竟然非常盼望电灯不要亮，不要来电，就可以回家，就不用在学校住了。等了大约半小时，灯还是没有亮。老师按照村子把同学们分成几拨，每一个老师负责一个村子，把大家送回家去。老师在前面打着火把，我们排着队跟在老师的后面，一路往家走。雷声还在响，但雨始终没有落下来。火把被风一吹，忽明忽暗的。我盯着火把，一刻也不敢离开，唯恐一离开火把，就找不到回家的路。我也不敢往后面看，害怕后面有人跟上来。从中心校回家的路并不远，有三四里路，但我却感觉到走了很久，很久。终于到村口了，村里的狗汪汪地叫了起来，我紧紧跟着同村的小伙伴，一路小跑着往家赶。到了，到了，我看见了窗口里漏出的那一缕微弱的光。虽然只有一点黄晕的光，但在我却如看到了希望，看到了温暖。我大踏步跨进家门，父母正在吃饭，家里也停电了，一盏昏黄的煤油灯在饭桌上摇曳着。母亲听到脚步声，举起煤油灯照向门口，看见我回来了，非常惊讶，转而高兴地招呼我和老师坐下一起吃饭。老师推辞着走了，我坐在饭桌前，盯着摇曳的灯光，心里一片亮堂堂。

暗夜里的光，如茫茫大海里指引方向的航标，它牵引着我们，朝着心的方向飞翔，它像一座不灭的灯塔，永远闪耀在心的海洋里。即使渺小，也能照亮一个人的一生。

# 计生干部下村

## 一

父亲一下车就急匆匆地往家赶，一到村口，遇到三叔扛着犁耙，吆喝着老牛去犁田。三叔告诉父亲："老满，你媳妇生了。"父亲一听，迫不及待地问："丫头还是小子？"三叔低着头，没有看父亲的脸，嗫嚅着说："你又丢了一床棉被。"在我们这里，儿女出嫁，娘家再怎么不济，什么嫁妆可以没有，但最起码要陪嫁一床棉被。父亲一听，什么都明白了，他的心好像被什么锐利的东西刺了，咯噔一下，但他马上镇定下来，装着什么也没有发生一样，他递了一支烟给三叔，轻描淡写地说："女儿好，女儿好，只要母女平安就好。"

父亲出差的前一天晚上，很晚了，我还听到他和母亲在窃窃私语。母亲说："如果这一次还是生个丫头片子，我还有什么脸面去见列祖列宗呢？"父亲安慰母亲："如果真是这样，那也是命中注定的，怪不得你。"黑夜中，我似乎听到了母亲低低的啜泣，不知什么时候又睡着了。

那一天清晨似乎非常的漫长。父亲已经出差三天了还没有回来。刚吃过早餐，母亲就说肚子疼，叫我去叫同村的姨妈过来。姨妈过来简单问了几句就出去了，回来的时候，身后跟着我的小姑。小姑是在家里招赘的，在村里当了十几年的接生婆，村里的孩子基本都是经过她的手来到这个世界的。

小姑进了母亲的房间，她让我带妹妹出去玩。我不敢走远，一直待在母亲的门口。姨妈到厨房里烧水，妹妹在门口哭个不停。姨妈一边给妹妹擦眼泪，一边安慰她说：“老三乖，不哭，不哭，你就要当姐姐了。妈妈在给你生弟弟呢。”我那时就想，为什么是生弟弟呢？生个妹妹不好吗？像三妹，多漂亮，多可爱。

妹妹哭着哭着，就在躺椅上睡着了。我的上眼皮和下眼皮也一直在打架，一会儿上眼皮贴着下眼皮，一会儿下眼皮又贴着上眼皮，但每次都被我用力地把它们分开了。我不敢睡，父亲不在家，我必须守着母亲。我怕我睡着了，母亲叫我我会听不见。我侧耳聆听着母亲房里的任何声响，母亲一声高过一声的呻吟像一记记重锤击打在我的心脏上，每叫一声我的心就缩紧一下，越缩越紧，越缩越紧，紧得透不过气来。小姑一会指挥着母亲呼气，一会又指挥母亲吸气。我能想象，当时的母亲肯定就像机械一样任由小姑摆布，她已完全失去了自我，只能听凭这个有着十几年接生经验的小姑子来操控。家里的母猫也来凑热闹，一会从窗口爬进去，一会又爬出来，喵喵地叫着。我真羡慕那只猫，它可以自由出入母亲的房间，而我只能在门外干着急。

到了中午，圈里的猪也许是饿了，嗷嗷地叫着。房间里传来母亲有气无力的声音：“老二，你去拿些白菜叶丢到猪圈去给它们吃吧，免得它们跳栏。”我不敢怠慢，赶紧抱了一把白菜叶丢进猪圈里。那两头小白猪满足地啃着菜叶，发出哼哧哼哧的声音。看着小白猪吃食，我才觉得自己的肚子也咕噜咕噜地叫了起来。姨妈煮了几个鸡蛋和米饭，给我和妹妹一人盛了一碗，然后盛了两个鸡蛋端到母亲房间里。不一会儿，姨妈出来了，手里端着碗，碗里的两个鸡蛋还在。她往我和妹妹的碗里各夹了一个鸡蛋，说：“你妈妈不吃，你们吃吧。”妹妹看了我一眼，赶紧夹起鸡蛋往嘴里送，吃得满嘴鼓鼓囊囊的。我没吃，把鸡蛋放到碗柜里，我想留着给母亲吃。

吃了午饭之后，眼皮又开始打起架来。这回我没有刻意去分开它们，眼皮很快就合上了。也不知睡了多久，我被一阵响亮的啼哭声吵醒了。开始以为是做梦，眼睛怎么也睁不开，费了好大的劲睁开眼睛后，我听清楚了，哭声是从母亲的房间里传出来的。我赶紧冲进去，看到母亲的旁边多了一个包裹，包裹里一颗粉红的小脑袋在里面扭来扭去的，哇哇地哭。母亲说，这是你妹妹。“我有妹妹了，我有妹妹了……”我高兴地凑近去，亲她粉嘟嘟的小脸蛋，抬头，却看见母亲的眼角淌着两颗晶莹的泪滴，我想，母亲肯定是疼的吧。

父亲一踏进家门，就直奔母亲的房间，房间里传来母亲哭哭啼啼的声音。这回我可不管了，反正父亲回来了，我赶紧去写自己的作业。

父亲回来的第二天，就去把外婆接了过来。外婆带来了两只鸡，一篮鸡蛋，还有一篮油炸糍粑，糍粑有红的也有白的。外婆摆了两碗糍粑到神台上，还往双龙碗里各插了一支用红纸一支用白纸剪成的纸花。我问外婆为什么要插花，外婆说：“小孩子家家的，说了你也不懂，等你长大你就明白了。”我不依不饶，缠着外婆一定要她告诉我。外婆拗不过我的臭脾气，只好告诉我，那支红花代表的是女孩，白花代表的是男孩。你妈妈已经生了四个女孩了，外婆希望她能给你生个小弟弟呀。怎么外婆和姨妈一样，都希望妈妈能生个小弟弟呢？真不明白。外婆在家里住了几晚，她每天帮我们做饭，帮母亲煮鸡蛋，帮两个妹妹洗澡。母亲每次总把鸡蛋留两个给我和三妹，她自己每餐只吃两个。外婆回去那天，母亲又哭了，她哭着说：“我怎么那么命苦？我怎么就生不出儿子来呢？”外婆忙安慰母亲：“别哭坏了身子，你还可以生嘛。再过两年，你还可以再生一个男孩嘛。”

## 二

妹妹满月的那天，家里的叔娘伯母们都来了，有的拿了几尺花布，有的拿了红鸡蛋，有的拿一件小孩衣服，有的送来了自己缝的花布鞋。大家七嘴八舌地讨论着给妹妹起名字的事。伯母说：“就叫招娣吧，说不定就能招来一个弟弟呢。”叔娘说：“还是叫兰妹吧，说不定能把妹妹拦住。”“还是叫凤儿吧，她是我们家飞出的金凤凰呢。”最后，还是爸爸拿主意，大家也就无话可说了。

几天之后的一个夜里，我突然被一阵急促的敲门声惊醒。我听出来了，是大伯的声音，他上气不接下气，凑到父亲的耳边低声说：“听说，隔壁村有计划生育的下来了，凡是生了两个孩子的孕妇，都要被抓去做人流或者引产。生了三个孩子以上的都要抓去结扎，还要被罚款。交不起罚款的，还要用家里值钱的东西去抵债呢，你想想办法吧。”父亲叫大伯进来说话，大伯说，我就不进去了，你赶紧想想办法吧。大伯走后，父亲和母亲又说了很久的话。父亲说，罚就罚吧，反正我们也交不起钱。家里也没什么值钱的东西，就一架衣车（蝴蝶牌缝纫机），他们愿意搬就搬走吧。母亲说，不行，那衣车可是我唯一的嫁妆，是我哥走了几十里山路，才从县城里给我挑回来的。没有了衣车，以后衣服破了拿什么补呢？孩子们的衣服、裤子，不都得靠这架衣车来给她们做吗？父亲说，那想想其他的法子吧，办法总是人想出来的。

第二天早上，天还没亮，父亲就起床了。他把家里的十几包稻谷堆到自己住的房间的角落里，然后到院子里搬了一些砖头进来。父亲围着那十几包稻谷用砖头堆砌起一个一米多高的四方形。堆好之后，把床板放上去，上面铺一层稻草，然后把自己的铺盖卷儿摊到上面，就成了一铺床了。父亲露出一丝满意的微笑，那微笑里似乎带着点苦涩，他说：“今晚，我就住这上面了。守着我的粮食，看谁还来搬呢？”接下来，父亲把衣车的机头拆下来，收到了拖桶里，衣车就变成了一张写字桌。他用旧床单盖在那张“写字桌”上面，连桌腿也盖住了，然后搬了两个装着衣服的纸箱摆在上面，还堆放了一些没有折叠的衣服，样子显得很凌乱，完全看不出原来的模样了。把这一切摆弄好之后，父亲长长地舒出一口气，一副如释重负的样子。

一切似乎早在意料之中。父亲刚睡到他铺的“新床”上的当晚，夜色特别的浓，特别的深，天上没有月亮，也看不见星星，一场暴风雨就要到来的前奏。那天晚上，村里的狗好像一夜间突然多了起来，汪汪的狂吠声此起彼伏，由远而近，又由近而远，从这条街巷传到了那条街巷，又从那条街巷传到这条街巷。母亲有点害怕，叫父亲出去看看到底怎么回事，要不要躲出去呢？父亲一副大义凛然的样子："躲什么？该来的总会来的。"父亲没有开灯，他坐起来，披上衣服，点燃一支烟，大口大口地吸着，红红的亮点随着他的一呼一吸而忽明忽暗。吸完一支烟，他用力地把烟头摁到旁边一个缺了口的瓷碗里，那是他的烟灰缸。紧接着，父亲又吸了一支，重复了一遍刚才的动作。父亲吸到第三支烟的时候，院子里拴在柚子树底下的那只大黄狗突然狂乱地叫起来，紧接着是一阵慌乱的脚步声和几束手电筒的光横扫过窗前的毛玻璃。父亲从脚步声判断，来的人不下五个。那一伙人一边驱赶着大黄狗，一边亦步亦趋地向我们这边靠近。还没等他们敲门，父亲就披衣下床，穿着拖鞋去开门。借着手电筒昏黄的光，他一眼就看出走在最前面的是村支书，后面跟着村会计和三个干部模样的人，其中一个手里夹着公文包。

父亲把他们迎进来，给每一个人递了一支烟。村支书和会计接过烟含在嘴里，那三个干部模样的人没有接烟，而是开门见山地说明了来意。那个戴眼镜的用手电筒扫射了一遍父亲的脸，问道："你就是莫老满吧？你的女儿超生了，按照上级文件的规定，你必须交罚金五百六十元。"

旁边那个夹着公文包的干部从包里取出一本簿子上下翻看着。他找到父亲的名字，递到父亲的眼前，说："诺，看清楚了。这是你吧？五百六十元，你是一次性交清呢还是怎么样呢？"

村支书和会计退到一边抽烟去了，两点火光在暗夜里闪动，异常刺眼。父亲摊开两手，无能为力地说："五百六十块？我哪来那么多钱呢？我一家四个孩子，都是靠着我的一点微薄的收入来养活呢。"

那个戴眼镜的说："一下子拿不出那么多也可以，你可以分几次交嘛。"旁边的两个也附和着说，是啊，分几次交嘛。父亲说，可我现在没钱呀。要不，你们改天再来，我去向亲戚朋友们借点？父亲看向老支书，想让他帮说几句好话，可他的目光刚和老支书相遇，老支书却别过脸去。

"交不起现金，家里有什么值钱的东西也可以抵债呀。"那个夹着公文包的环顾了一眼房间，有点失望的样子。父亲指了指房间，说："你们也看到了，房间里除了两铺床，就是一张桌子一个柜子了，能有什么值钱的呢？"那个戴眼镜的敲了敲那张"写字桌"，又看了一眼桌子底下，似乎没发现什么。

那个拿着公文包的叫了一声支书，支书赶紧掐灭烟头凑上来。那个人对支书说："你看看，怎么办吧？"支书嗫嚅着说："我看他家里也没有什么值钱的东西，要不先去别家看看吧。"那人说，不行，总不能空手回去吧？我们回去也是要向上级交差的。大家七嘴八舌权衡了一遍，父亲翻箱倒柜，翻遍了每一个口袋，最后拿出一沓皱巴巴的散票来递到他们面前。几个人一起把散票清点了一下，说："一共六十五块八，先交六十吧，剩下的五百你要尽快想办法哦。"说着，把手中剩下的几张毛票递到父亲手上，然后在簿子里做了记录，还拿出一盒印泥，叫父亲摁上手印。临走前，那个戴眼镜的还不忘嘱咐几句，记得抓紧哦，我们还会再来的。

那伙人走了之后，父亲重新回到床铺上，又点燃了一支烟用力吸着。

## 三

此后的一段日子似乎风平浪静了，院子里的大黄狗也安静了下来，整天在柚子树下吐着舌头，安恬地晒着太阳。晚上则蜷在树底下，瞪着两只绿汪汪的大眼睛，侧耳谛听着村子里的动静。

三个多月之后，学校放暑假了。父亲说他准备到瑶山去进一些野生香菇和木耳、笋干回来，让母亲圩日里拿到集市上卖，以贴补家用。父亲走后的第二天晚上，我睡得迷迷糊糊的时候，院子里的大黄狗又汪汪地叫了起来。母亲赶紧起来摸出手电筒，但她没有打亮。嘟嘟嘟，嘟嘟嘟，急促的敲门声响起。母亲在黑暗中摸索着穿上衣服，才拧亮电筒去开门。

来的还是上次那几个人，只是这次又多了一个烫着卷发的女干部。那个女干部首当其冲，一副凶巴巴的样子，朝着母亲嚷道："怎么那么久呢？你男人呢？"

母亲告诉他们，父亲进瑶山去了，正想办法筹钱交超生费呢。那个戴眼镜的说，都过去三个月了，钱筹得怎么样了？母亲实话相告："钱是筹到了一些，可他带在身上，准备去瑶山进点货回来卖，等筹够了再给你们送去呢。""给我们送去？你们有那么自觉吗？"那个女的眉毛上扬，嘴巴下撇，显出一副轻蔑的样子。母亲说："钱筹够了，我们当然会交呢。只是你知道，这年头赚钱不容易，几个孩子都等着吃等着穿呢。""没钱养你还生那么多？"那个女的又撇了撇嘴巴。

我听别人说过那个女的，听说她不会生养，嫁给一个死了老婆的乡干部当别人的后妈。因为老公的关系进到政府里面当临时工，政府让她协助搞计划生育工作。听说她非常积极，去到哪个村子都是首当其冲，不拿钱不肯罢休。还听说她带头到人家楼上翻东西。有稻谷挑稻谷，有鸡抓鸡，听说前几天还在隔壁村扛了别人家的几头小猪仔。我恨不得起来赶她出去，但理智告诉我，我不能这么做。

那个女的用手电筒照了照房间四周，又照了照房梁，发现楼顶没有铺板，房梁上面一眼就能看得见瓦片，她失望地摇了摇头，又对着母亲嚷到："说吧，你男人什么时候回来？钱什么时候交？"说着，她示意旁边那个夹着公文包的拿出纸笔，要母亲说出一个确切的日期。母亲说，我也不敢保证，我们筹到钱就交给你。那个女的不相信，斜眼瞥着母亲说："这样吧，再给你三个月时间，到十月底，再交不起钱就别怪我们不客气了。"说着，她写了几句话，要母亲在上面摁手印。母亲战战兢兢的，不知该用哪只手指来摁。那个女的抓过母亲的右手，将她的食指摁到印泥盒里，摊开那张纸，把母亲的食指摁了下去。母亲像怕痛一样，赶紧把手缩了回来。那伙人收起纸条，扬长而去。大黄狗一直叫着，直到他们走远。

## 四

此后的一段时间里，母亲平日里在家做农活，照顾妹妹，一到圩日，她就挑着父亲从瑶山贩回来的野香菇、木耳、笋干到集市上去卖。晚上回到家里，母亲把布包里的散票倒在桌面上，一块一块、一角一角地清点，清点完之后用纱线捆好，放到衣柜的桌桶里，用小锁头锁上。父亲每隔一个月就要到瑶山一趟，回来的时候，自行车后座上载着满满两大袋瑶山里的干货。我们看着眼馋，央求母亲给我们炒一点笋干或木耳，母亲总是说："等我们还了妹妹的超生款，妈给你们做好吃的。"那一段时间里，还超生款就成了家里最重要的事了。

眼看着最后的期限到了，夜里，母亲把衣柜桌桶里的钱全都拿了出来，一叠一叠地清点着，一块，两块……十块，二十块……一百，两百，三百，四百，数到四百的时候，母亲顿住了，她的手上仅剩下一些小票了，看来是凑不够五百块了。怎么办呢？很晚了，父亲和母亲躺在床上还在商量。父亲说："要不，我明天再进一趟瑶山吧。再车一批货回来，卖完应该也差不多了，你给我拿一百块本钱吧。"

"你一个人走那么远的山路，我不放心，能不能想想别的法子呢？"母亲说。

"能有什么法子呢？该想的，能想得，都已经想过了呢。"父亲叹了一口气。

"听说，防疫站里抽血，每抽一次都有钱补，要不，我明天去看看吧。"暗夜里，尽管母亲尽量把声音压到了最低，但那句话还是像一枚针一样，深深地刺中了我心脏的位置。

"你傻呀，孩子还在吃奶呢，你不要命了吗？要去，也是我去呀，我是男人呀！"父亲由于激动，声音提高了几分贝。

"不行，你不能去，你是一家之主，是家里的顶梁柱，你身体垮了，我们母女几个怎么办呢？"母亲几乎是带着央求的口气，声音里带着哭腔，也许是为了不吵醒我们，她的声音听起来非常压抑，像是用被子捂住了嘴巴，但在那样寂静的暗夜里，一字一句都那样斩钉截铁，不容抗拒。

那一刻，我多么想爬起来，冲到父母面前，告诉他们，我不读书了，我去砍柴火、捡破烂，我要帮家里还妹妹的超生款。可是，我没有勇气。

况且学校里有慈祥的老师，有好玩的同学，还有课本里那些有趣的故事，我都舍不得离开他们。

父亲又长长地叹了一口气，既而安慰着母亲："算了，睡吧。我还是再进一趟瑶山吧。"

第二天吃早饭的时候，饭桌前父亲常坐的那个位子空着，母亲把稀饭和红薯摆到饭桌上，给每个人盛了一碗。我咕噜咕噜地把粥灌下去，抓起红薯跑到学校里。

第二天晚饭时间，按照以往惯例，父亲该到家了。天已擦黑，没有月亮，连一颗星星也没有。母亲把饭菜摆上来，把碗筷拿出来，三妹眼馋，伸手要去抓菜，母亲呵斥她："你爸爸没回来，一个也不能吃！"三妹哇的一声哭了起来。母亲平时一直都是细声细语的，很少看到她大声呵斥我们，那一天，她却表现得特别暴躁，坐立不安。母亲怀抱着小妹，一次一次地踱到门口，一次一次地伸长脖子张望。我们坐在饭桌前，谁也不敢动手，也不敢吃饭，只有三妹的啜泣声还在时断时续。

突然，小巷里传来一阵叮零叮零的自行车铃声。母亲像触电一般从板凳上弹起来，抱着小妹奔出了门口，我们也跟了出去，看到父亲骑着自行车跌跌撞撞地从小巷向家里飞来，尾座上驮着两个大麻袋，沉甸甸的，车子明显地向左边倾斜，左边的麻袋都拖到地板上了，发出沙沙的响声。

母亲嗔怪父亲，为什么那么晚才回来。父亲笑嘻嘻地说："我还不是为了多拉一点货物，好尽快还上超生款吗？这不，以前一次拉两百斤，这次你猜我拉了多少斤？整整二百五啊。"父亲伸出左手的两个指头，再伸出右边的五个手指头，得意地在母亲的眼前晃了一下。

"吃饭吧，吃饭吧。"母亲把妹妹放在板凳上，又拿菜进厨房去热了一遍，这已经是热了第三遍了。母亲还特意给父亲温了二两米酒，还炒了一小碟花生。父亲就着炒花生米，吧嗒吧嗒地喝起了小酒。

那天深夜里，我听到了父母的房间里发出咯吱咯吱的声响，像是庆祝胜利的交响乐。

# 疯　子

这是清明时节的一个午后。一切，似乎与平时并没有两样。天，阴沉沉的，云很低，沉重得似乎总抬不起头来一样。

那一天正逢小镇圩日。在我们桂东南一带，有清明扫墓的习惯，从清明节那天开始，一直持续到谷雨之前的半个月时间，是乡民们祭祀祖先、祭扫祖坟的日子。除了祭扫自家的祖宗之外，一个家族或家族里的一个分支还会一起祭扫自己共同的祖先。每逢圩日，小镇里并不很宽的街道上，除了日常圩日里所摆卖的各式物品外，最显眼的是两旁都摆满了香纸、蜡烛、鞭炮等祭品。卖香烛的小贩为了招揽顾客，还在自己的香摊前燃起了一炷香，缥缈的烟雾袅袅升起，街道上便弥漫着淡淡的香火味了。

过了中午之后，前来赶圩的人越来越多了，他们来来往往，行色匆匆，都在忙着采购各种祭祀的物品。我夹杂在逼仄的人群中，跟随着他们的影子，漫无目的地走着。突然，人群中似乎起了小小的骚乱，几个挎着篮子的妇女惊慌失措地向我们这边跑来，一边跑还一边哆嗦地喊着："杀人啦，杀人啦，快跑，快跑……"听到她们的喊声，大家还没弄明白是怎么回事，也都跟着跑了起来。这时，只见一个三十多岁模样，身材矮小的男子手里提着一把弯刀，气势汹汹地一边骂，一边扬起手中的刀子。他嘴里呜哩哇啦、含混不清，没有谁听清楚他在骂些什么。但看到他手里的弯刀，大家都感到害怕，不由自主地躲避起来。街上许多行人就近躲进了旁边的店铺里，店主人赶紧把门关了起来。也有部分看热闹不怕事大的店主和路人没有躲避，而是在旁边围观，并饶有兴趣地讨论着："这人好像是街上的某某某。""好像上午就看到他从这条街上走来走去。""他到底是不是疯了呢？""他的刀是从哪里拿来的？"诸如此类问题。

我跟着人群，躲到了开电器行的老甘头的店里，老甘妈赶紧关起了铁栅门。这时，老甘头从店里拿来了一根两三米长的竹竿，他说："我就不相信他有那么大的胆子，让我用这个竹竿把他的刀打掉他就没办法了。"一边说着一边就要冲到街上去。老甘妈赶紧过来拦住他，并骂道："你个死老头，不要命了吗？你不看他手里拿着那把锃亮的大砍刀吗？刀子可是不长眼睛的呀！"老甘头不听她的劝阻，拿起竹竿冲到外面。他叫来了旁边看热闹那几个青壮年男子，让他们一起帮忙去制伏那个拿刀的人。可那几个年轻人躲躲闪闪的不敢向前。有人说："你那么大胆你自己去吧，我可不敢。"也有人说："人不犯我，我不犯人，何必多管闲事呢。"老甘头看大家都不肯帮忙，又听到妻子在店里手舞足蹈地大声哭骂："老不死的，你给我赶紧回来，人家都不理你，就你多管闲事。"他无奈地摇了几下头，把竹竿丢在路边，赶紧回到自己的店里。

那个拿刀的人看到大家都不敢靠近他，似乎显得更加张狂了。他继续骂着，并加大步子往下走。突然，走到退休的韦老师开的杂货店前面时，他停住了。韦老师在这个镇上的中心小学当了几十年的老师，镇上的很多人都认识他，有好多还是他的学生。他退休后没有回到村里，而是和他的老伴在小镇上开了这间小杂货店。去年，他的老伴因病去世，只剩韦老师一人守着这间小店，虽然孤单，却也能平安度日，波澜不惊。

韦老师平时待人热情，路上见到有熟悉的或陌生人时，他总爱跟大家打个招呼，招呼大家到他的店里坐坐，歇歇脚，喝杯茶。可当时因为是午后，店里没有其他的人。韦老师从店里走出来，正看到拿刀的人在他的门口停住了。那个人伸出两个手指，嘴里不知说些什么，大概是叫韦老师把钱给他吧。我是后来才听说的，他们说韦老师的老伴去世时，他从街上请了一个工匠给老伴的棺木打油漆，请的正是这个人。因为当时没有付清全部工钱，又是熟悉的人，所以他没有任何戒备。只见韦老师转身回到店里，那个拿刀的人也尾随其后进去了。韦老师的店就在老甘头的电器行对面，虽然清明节后的天空有些阴郁，但隔着铁栅栏，店里的情况还是一目了然的。当韦老师拉开抽屉，也许是准备拿钱的时候，说时迟那时快，只见那个人挥起手中的弯刀，朝着韦老师的脖子后面一刀抡了下去，还没来得及反应过来的韦老师随即歪倒在椅背上，他双手捂着头部，痛苦地呻吟着。那个拿刀的人若无其事地走出来，走了几步之后，他好像突然想起什么似的，又折返进去，朝着韦老师的头部又猛砍几刀，才趔趔趄趄地走出来。只听扑通一声，韦老师倒在坚硬的水泥地面上。

我们被眼前的一幕吓坏了，有人大声尖叫起来，有人惊恐地捂住了眼睛，老甘头赶紧拿起电话，拨通了仅在几墙之隔的卫生院的急救电话。隔着一条并不宽的街道，隔着一道并不严密的铁栅栏，我们目睹了一场杀戮，目睹着一个德高望重的退休老教师的血，从他的体内汩汩地往外流，看着一个鲜活的生命，正一步一步地走向垂死的边缘。但碍于那把锃亮的弯刀，碍于那个杀人恶魔，谁也不敢冲出去，夺下那把沾满鲜血的弯刀，甚至也没有人上前，去堵住那个正在汩汩流血的伤口，大家都在焦急地等待着医护人员到来，似乎只有医生才有救死扶伤的权利与义务。人们都在热切地等待公安人员的到来，似乎只有公安人员才有制伏歹徒的武器和能力。

在大家焦急等待和热切企盼的目光中，一声警笛由远而近，划破沉闷的午后疾驰而来。大家好像看到救星一样，都伸长了脖子往警车看去，绷紧的神经瞬间得到舒缓，恐惧的心理也在逐渐平复。警车在距离那个拿刀的人五十多米的地方停了下来，几名便衣警察从车上跳下来，他们手里拿着警棍，抡着椅子，正商量怎么制伏那个歹徒。一个年轻的警官晃动手中的驳壳枪，大声呵斥："快，快放下刀子，不然我开枪了哦。"

这一句话还真管用，只见那个歹徒乖乖地放下了手中的刀子，茫然无措地看着警察。几个警察一拥而上，拧住歹徒的胳膊，反剪他的两臂，用手铐铐住了他的双手。让人惊奇的是，歹徒没有做任何反抗，就服服帖帖地被制伏了，警察们之前所制订的方案，所带来的警棍和椅子等工具还没有派上用场，歹徒就自动就范了。

听说那个拿刀的人被警察抓去了，大家纷纷打开店门，从店里走到街上，好像在监狱里关得太久的囚犯终于见到天日一样，又像憋在水底过久的鱼从缺氧的水中冒出头来，大家长长舒了一口气，提到嗓子眼的心终于回到了肚子里。此时，在距离韦老师小店最近的一家打磨墓碑的作坊里，那位工匠正仰面躺在已经凿了一半的墓碑上呼呼大睡，他完全不知道这里发生了什么。直到警车的鸣叫声把他从梦中惊醒。他迷迷糊糊地从店里跑出来，向众人询问到底怎么回事。当他知道发生的事情之后，嘴里絮絮叨叨地喊着："还好，幸好这个家伙进的不是我的店里，否则我还在熟睡中就要被他砍死了。"

这时，人群里忽然有人像想起什么似的说了一句："不知韦老师怎么样了？是不是还有气呢？"大家纷纷向韦老师的店里走去，想要去看个究竟，又好像想去证明什么似的，带着好奇，带着希冀，带着余悸，带着惊恐。这时，仅在几墙之隔的医护人员仿佛是经历了长途跋涉，风尘仆仆，行色匆匆地拿着急救箱赶来了。他们分开众人，来到倒在血泊中的韦老师身边。一个有着丰富临床经验的医生用手指放到韦老师的鼻子下试探了一下，无奈地摆摆手，又摇摇头，大家从他的表情当中似乎已经猜到了结局，但还是不肯相信。因为，就在几分钟以前，呈现在自己面前的还是一条鲜活的生命，那个躺在血泊中的老人，曾经是大家都熟悉的人啊，此刻怎么就那样无声无息，离大家而去了呢？医护人员依照程序，给躺在血泊中的人把脉，用手电筒照射他的瞳孔，可为时已晚，所有的迹象表明，他已没有了任何生命体征。那个医生朝大家投来歉意的一瞥，说："赶紧通知家属，准备后事吧。"遂收拾起急救箱，消失在众人由企盼转而到失望的目光中。

正在赶圩的韦老师的媳妇和孙子、孙女听到消息，急匆匆地赶了过来，他们扑倒在亲人怀里大声号啕，哭声刺破了午后阴郁的天空，像一记记哀乐撞击着人们的心扉，有人忍不住陪着抹眼泪。但作为一家之主的韦老师的儿子还没到场，大家束手无策，拿不定主意。几个同村的人提议，赶紧去找他。他们找到韦老师的儿子时，他正走在土地庙前的土路上，他手里拿着小棍子，正赶着一头公猪准备到邻村去给别人家的母猪配种。同村的人不敢告诉他，他父亲已经去世的消息，怕他受不了，而是告诉他，他的父亲被人砍了，伤势很严重，让他赶紧上去看看。他丢下手中的棍子，把公猪交给同村的人，赶紧跑到父亲的小店里。大家七嘴八舌，向他描述着整个事件的来龙去脉，还有人七手八脚，出谋划策，帮忙处理后事。

正在大家手忙脚乱围在韦老师的店铺前，突然一辆120急救车从身边呼啸而过，车子过处，灰白的水泥路面上，一滴一滴殷红的血迹分外刺眼。接着，从学校小路边又有几个人搀着一个老妇人过来。老妇人一只手捂住另一只手背，一滴一滴的鲜血滴落在她身后的小路上，她痛苦地呻吟着，一步一步艰难地向医院挪去。

这是一个普通得不能再普通的小镇，这是一个平常得不能再平常的午后。这个午后，发生了一件惊天动地的大事，这件大事，搅乱了小镇人们平静如水的生活。大家在茶余饭后，谈资里又多了一项惊天动地的内容。他们说，那个歹徒是街上一个专门为死人漆棺木的小工匠，他和他的母亲及弟弟生活一起。日子虽不算富足，倒过得安稳平静。但这种平静的生活维持不了很久，却因为他的一场怪病而发生了彻底的改变。有一次，他在给别人漆棺木时突然摔倒，口吐白沫，不省人事。主人家束手无策，正在大家不知该怎么办时，他突然醒转过来，像什么事也没有发生一样，继续干活，让人觉得他好像是睡了一觉醒来而已。从那一次以后，这样的事情不久又会重复发生，而且没有任何征兆，来无影去无踪。他为此曾经去过好多医院，看过好多医生，但都没有解决问题。因此，他对医院充满了怨恨，对医生充满了愤懑。他觉得，医院里的医生都是无能之辈，现代医术那么高明，却无法解除他的怪病，他觉得这个世界对他太不公平，他觉得整个社会好像都在与他作对，他因此对所有的人怀恨在心，总在寻找机会进行报复。

出事的那天早上，他从晕倒中醒过来，依然觉得头昏脑涨，头痛欲裂，思维混沌，思路不清。他到了街上的一家私人诊所，他以前发病时经常到这家诊所看病，但一直没有痊愈。诊所的门紧闭着，他敲了几次，没有反应，他非常懊恼，用力猛捶，但里面仍然没有反应。他气急败坏地离开诊所，继续向镇卫生院走去。正值清明节气，春末夏初，是各种病菌迅速繁殖的季节。医院的窗口里排着长长的队伍，连走廊里也站满了等候的人。他厌恶地扫视了一番周围的人群，极不耐烦地走了。他一路走着，一路捡拾着路边的小石头，恶狠狠地丢向路边。小石子在硬邦邦的路面上弹跳了一下，滚到了路边的水沟里，有的还反弹到他的身上。

路上的行人看着他这奇怪而滑稽的举动，都纷纷向旁边退去，不敢靠近他，怕小石子会弹到自己身上。他看到大家都躲着他，觉得很无趣，很懊恼。于是，他气急败坏地、狂乱地踢着路边的小石子，想引起更多的人注意，可是，大家来去匆匆，对他的行为避之唯恐不及，谁敢靠近呢？甚至也没有人想去劝说一声，也不想去过问他是谁，他为什么要这么做，大家只把他当成一个疯子，把他的行为看成是疯子的行为，认为一个疯子在发疯的状态下做出什么过激的行为都是不足为奇的。况且，谁愿意没事找事去招惹一个疯子呢？万一被他丢的石子打中了，去找谁负责呢？路上的行人一边在回避着他，一边在指手画脚，窃窃私语。

他一边踢着石子，一边骂骂咧咧地来到一个了一个卖香纸的小摊前面。他让小贩给他拿两叠香纸，几把香，几根蜡烛，可小贩只顾着忙他的生意，对他不屑一顾。

他指着小贩的脸破口大骂："你这乡巴佬，耳朵聋了吗？还是眼睛瞎了？没听到我说的话吗？"

小贩急眼了，不服气地说："你骂谁乡巴佬，我看眼睛瞎的是你吧？你没看到我正在忙吗？"说着，小贩握紧拳头，就要向他打过来。旁边的人指指点点，人群中有人从后面偷偷扯了一下小贩的衣角，小声告诉他："算了，他是一个疯子，不要和他计较了，免得自己吃亏。"

小贩一听瞬间害怕起来，脸色由红变白，又由白变青。他立刻拿起香纸蜡烛塞到他的面前，说："拿去吧，我不要你的钱了。"

没想到那个人更加生气了，他扯着小贩的衣领，怒气冲冲地大声呵斥："你瞧不起老子是吗？你以为老子没钱是吗？谁要你的臭东西！"说着，他抓起脚下的香纸蜡烛，狠狠地朝小贩的脸上砸过去。小贩捂着脸，痛苦地呻吟着。旁边的人看到他们扭打起来，都纷纷撤离了现场，只有旁边几个摊位前的小贩怯懦地看着他，谁也不敢言语。

突然，那个疯子跑到旁边一个卖镰刀、斧头等铁器的摊子前，他连看也不看卖主一眼，抓起一把弯刀就要往外冲。卖主不知道他是疯子，急忙追了出来，说："你怎么不给钱就走了呢？五块钱一把，先给五块钱！"

他哪里还顾得上卖主的叫喊，提着弯刀，仿佛武侠小说里仗剑走天涯的侠客，他分开众人，大踏步走到卖香纸的摊位前，挥起手中的弯刀，就朝着小贩的脖子砍了下去。小贩还没反应过来，只是条件反射般往旁边躲闪，刀子没砍中他的脖子，而是落到了他的左边肩膀上。顿时，殷红的鲜血从他被刺破的白衬衣内浸染而出，瞬间把他的白衬衣领子和袖子都染红了。众人看到这番场面，个个吓得面如土色，一边跑，一边喊着："杀人啦，杀人啦，快跑呀，快跑呀……"旁边的人听到叫喊，还没明白是怎么回事，也跟着跑起来。那个疯子杀红了眼，他提着刀子，一路飞奔，来到一个卖米粉的小摊前，看到一个正在吃粉的大娘。听说大娘是他的邻居，之前曾向他家借过一百块钱，但一直没有还。大娘正埋头吃粉，没有注意到旁边的动静。那个疯子挥起手中的弯刀，朝大娘的后脖子砍去，大娘还没反应过来，啊的一声就扑倒在粉摊前，鲜血顺着她的脖子往下流。旁边吃粉的人见状，纷纷丢下碗中的粉，也不管付没付钱，抱头逃窜。疯子继续提着刀，一路骂，一路走。一个蹲在鸡笼旁边准备买鸡的老妇人正在讨价还价，也许是挡住了他的去路，他挥起刀子，就要朝那个老妇人砍将下去，那个老妇人赶紧站起来，没命地逃跑。他提着刀子，一路追赶，老妇人被脚边的什么东西绊了一下，摔倒在路边，他撵上去，就着老妇人的脖子后挥动着砍刀。老妇人连忙用双手护住头颈部，刀子砍在了她的手背上，齐刷刷的一条血痕顺着她的手背和手指蔓延着，不住地往外冒着血珠子。他不顾老妇人的惨叫，提着刀子一边叫骂一边趔趔趄趄地继续往街上走，一直走到了韦老师的小店前。

街上正在赶圩的人哪里还有心思买东西，他们早已被眼前的一切吓呆了。他们纷纷就近跑进附近的店铺里，店铺里的老板赶紧关上了店门。有的吓得面如土色，有的吓得嘴唇不住地打着哆嗦，有人吓得尿了裤子。偌大的一条街道，刚才还熙熙攘攘忙着赶圩的人们，瞬间就像人间蒸发了一样，都躲进店铺里了，只有部分没来得及躲避的人在慌乱地跑着。还有市场上猪肉行里卖猪肉的几个屠户没有跑，其中一个拿起旁边的条凳就要冲出去拦截，旁边一个赶紧出来劝阻他："老陈头，你忘了吗？上次不是因为多管闲事而被派出所的人抓去问话了吗？无缘无故被关到看守所里喂了几个晚上的蚊子，到头来还要赔钱，这样的事情想起来就窝火，这样的折本生意，你还想再去做一次吗？"老陈头犹豫了一下，马上收起了就要抡出去的条凳，他想起了那次当冤大头的事情来了。

那次也是一个圩日，时值深秋，熙熙攘攘的集市在一场秋雨之后增添了更深的凉意。老陈头和往常一样正在集市上卖猪肉。忽然，他听到对面有人喊："抓贼啦，抓贼啦……"他抬头看时，发现喊声是从对面的陈荣家传来的。陈荣家是街上的商业大户，祖祖辈辈以做生意为主，现在陈家四兄弟经营着镇上最大的种子、化肥、农药经销店，镇上有一半以上的农户是他们的客户，整条街上赶圩的人中有很多都是他们家的熟人。老陈头看见人群中一个六十多岁的农民模样的人趔趔趄趄地向前跑着，后面的人拿着扁担、木棍，甚至手中的勺子在后面一边喊一边追。老陈头和其他卖猪肉的屠户也丢下摊子，一起汇入追赶的人群中。

在人们的议论声中，他才知道，原来是那个老头在买种子时，趁人不备，顺手牵羊多拿了几包一斤装的杂优水稻种子。不料被陈家老二发现了，老头转身就跑，陈家人和其他街坊邻居遂跑出来追赶。那个老头毕竟年纪大了，没跑出多远就被撵上了。大家七手八脚，把老头按在地上，就是一阵拳打脚踢。老头像被捅了刀子的猪一样蜷在地上嗷嗷大叫。大家指指点点，骂他三只手，老不要脸，把菜叶烂果子等丢到他的头上、身上。老陈头平生最恨的就是窃贼，他看到旁边一个石灰池里有一把长勺子，于是舀了几瓢石灰水淋到了那个老头身上。一阵秋风吹过，老头把手脚抱得更紧，在那里瑟瑟发抖。直到派出所来人了，大家才停止打骂，逐渐散开。派出所把老头带走了，也带走了一部分参与打人的街坊及路人。那老头当时已是奄奄一息，被带到派出所后不多久就断了气。这回麻烦可大了。凡是参与打人的人包括在场的目击证人都被传唤到派出所里问话，直接参与打人的几个还被送到看守所里去关了十五天，并被处以相应的罚款。从那以后，凡是出现类似的群体事件，很多人都不敢再轻易出手，一副事不关己的样子。

自从发生了这件惊天动地的大事之后，小镇上的人们很久还没有从余悸中走出来。很长一段时间里，人们聚集在一起的时候，还是自觉不自觉地谈论起这件事来。有人说，那个疯子被抓到精神病院了。医生在给他检查时，发现他的脑子里长了一个三厘米左右的瘤子，还证明了他得的是严重的癫痫病，并由于癫痫病长期得不到有效治疗而导致的神经错乱，属于精神病的范畴。后来的后来，听说他病死在精神病院里了。

也有人在谈论：韦老师真是死得太冤了。那么好的一个人，一生桃李满天下，平易近人，与世无争，与人无求，却偏偏得不到好的福报。

按照我们这里的说法，死在清明节的人，到了阴曹地府也是苦命的人，他在底下过得不好，就会回来向他的子孙后代要钱，因此他的子孙后代也会过得不安宁。只有死在七月半的人，到了阴曹地府才会过得很好，非富即贵，而且会荫庇后人。

韦老师的小店经过一段时间的沉寂后，现在被一户外地来的生意人租来开起了米粉店，白天卖米粉，晚上卖烧烤，竟也生意兴隆，财源广进。在时间的淘洗中，一切不愉快的往事已经随风而去。在人们逐渐淡忘的时候，也许只有我，每次从那小店门前走过时，还会偶然想起，韦老师，不知他在那边一切可好？

# 家乡的年味

大寒已过，年关逼近。集市上，小摊小贩好像突然多了起来，吆喝声，叫卖声此起彼伏，其间还夹杂着许多五花八门的外地口音。街上的行人也渐渐多了起来，从他们的打扮和装束来看，好多都是从广东等地返乡的人群。有打扮入时、染着棕色、黄色卷发的俊男靓女，虽然他们衣着时髦，但从脸上的神色和表情举止中，还依稀可以看到一些洗不去的乡土味道，都市的繁华三千浸染着他们的身体发肤，却剔不去他们骨子里的泥土气息。也有许多返乡的民工，到湖北、福建等地刮松脂的那一批，早在立冬前收完松脂回来了，入厂、搞建筑的也有部分回来了，听说还有些需等到腊月二十七八结完账，领到工钱才能回家过年。少数领不到工钱的，恐怕连年都不回来过了。有钱没钱，回家过年，这是大家的共同心愿，但有时，也不是所有的人都能如愿以偿的。

市场上，卖瓜子、花生、芝麻、糖果、茶叶等的摊点早已屯足了年货，摊子都摆到门口来了。卖白糖、黄糖、饼干、糕点的商贩，开着三轮车的，推着手推车的，挑着箩筐的，在大街小巷里来回穿行，一边推销商品，一边左顾右盼，躲避着工商管理部门和市政部门的检查和拦截。卖衣服鞋帽的，卖日常用品的，肩上挂着，手中拿着各式各样、花花绿绿的物品，敞开嗓门吆喝着，招揽行人与顾客，一些店家还动用了大喇叭、话筒、音箱、扩音器等设备，企图用大分贝的声音来压倒一切，招徕顾客，赚足腰包。

年的脚步一步紧似一步，我却好像总跟不上眼前的节奏，思绪飘飞，又回到了三十多年前，那个与父母姐妹在一起的小村子里。那时候，物质条件虽然匮乏，但人的精神世界却是丰富的。虽然集市上的商品远远没有现在的种类繁多，应有尽有，但年味却是比现在还要浓郁的。立冬过后，粮食收进了仓房，红薯、芋头、生姜等收入了地窖，冬油菜已栽下大田，稻草、柴火等也已整齐地囤积在场院里，剩下的日子，就是准备过年了。

腊月初八，很多地方都有吃腊八粥的习惯，而我们这里不吃腊八粥，我们这里兴打米饼。打米饼必须从腊月初十左右就开始准备了。母亲把大米簸好，淘洗干净，沥干水分，就开始炒米。炒米的时候，为了增加香味，母亲在米中放入陈皮、八角等同炒。灶膛里，火苗烧得正旺，大铁锅里，母亲挥动着锅铲，不停地翻炒，直到大米变得焦黄，厨房里弥漫着陈皮八角的香味时，就可以出锅了。接着再炒第二锅，如此反复，直到把几十斤大米炒好为止。母亲在炒米的时候，我最喜欢给她烧火。听着锅铲的叮当声，闻着大米的香味，想象着吃米饼时的乐趣，那是最具诱惑的事儿了。红红的火苗把母亲年轻的脸庞映照得满面红光，母亲一边挥动锅铲，一边不时用袖子擦擦额头上沁出的汗滴，她仿佛把所有的喜悦与祈愿都凝聚在手中的锅铲里，似乎她翻炒的不是大米，而是白花花的银子，黄灿灿的金子。多年以后，这幅画面一直浮现在我的脑海中，成为我最美好、最富足的记忆。炒好的大米晾凉后，即挑到碾米房去碾成米粉。这时的米粉太干燥，还不能马上打成饼子，必须要潮一段时间。为了让米粉更好地受潮，通常会往里放入几块萝卜条或白菜梗，并且把米粉放到箩筐里用布盖好。过了十几天，邻近小年前，就可以打米饼了。

打米饼时常常是几家人合作的。那时候，是孩子们最快乐的时光。不但可以随意串门，帮大人们打饼，还能吃到美味的米饼，这对孩子们来说就是最大的乐趣。在农村，几乎每家都有十几个雕刻精美的饼模子，当地人称为“饼印”。主妇们早已把自家的“饼印”、擀饼用的竹筒洗干净晾干。打饼前一天晚上，必须先煮糖水。根据米粉的数量，按一定的比例烧煮红糖水，等到红糖全部融化，用筷子捞起糖水连续不断的时候即可。煮好的红糖水晾凉了第二天备用。

为了让炒好的米粉与糖水充分地混合在一起，必须要用石碓去舂捣。现在，我老家的柴房里还有一架这样的石碓。村子里只有几家有石碓，所以左邻右舍都用簸箕盛着和好红糖水的米粉来我家舂捣，那段时间，我家是最热闹的，从早到晚，主妇们来来往往，整间石碓房里米香四溢，踏碓的声音此起彼伏，像一首优美动听的彩调一样回荡在乡村的上空。历经岁月的沧桑，石碓不知舂过多少米粉，石头做成的石臼底，也留下了一个凹陷下去的小坑。现在，石碓已经完成了它的历史使命，像一个年迈的老者一样安详地躺在老屋的一隅，它见证着日月的变迁，记载着祖辈们走过的历程。终有一天，它将会退出历史的舞台，但却抹不去我们心底温暖的记忆。

打饼时，先用蚊帐布包一包干米粉，为了不让饼团粘在饼模上，得往每个饼模里扑上一层薄薄的干米粉，然后把饼团塞进饼模里，塞满之后，再扑一层干粉，并用小竹筒用力擀压，等到表面擀得平整后，把饼模翻过来用力在桌面上一磕，米饼就自然脱落下来了。打饼的时候，孩子们来回穿梭在大人之间，尝尝这家的米饼，又尝尝那家的粉团，并抢着去敲米饼。我最喜欢把米饼从模子里敲出来，乒乒乓乓的响声像一曲交响乐，随着交响乐的起起落落，一个个米饼脱颖而出。为了让米饼更结实并存放得更久，必须把米饼放到竹筛里，用炭火或灶火进行烘烤。等到米饼变硬时，就可以放到瓦罐里储存起来了。米饼上印有各式各样的花纹，有牡丹，有金鱼，有喜字，有福字，好看极了。每一种花纹，都代表着吉祥与喜庆，表达着丰收的喜悦与祈愿。米饼打好后，孩子们可以放开了吃。小时候，我们常常是吃得嘴角上火糜烂，母亲就会给我们冲陈年的老梅子水喝。酸酸甜甜的梅子水喝下去，烂嘴角的食火消退，过年时就可以啃鸡腿了。

米饼打好了，小年接踵而来。母亲说，小年夜是灶王爷上天之日，所以要进行祭灶。母亲打扫干净厨房的灰尘，洗好锅碗瓢盆之后，揭下已被熏得黢黑的灶神画像，在灶门前点火焚烧，望着袅袅升起的烟火，母亲说那是灶王爷骑马上天了。只要我们与人为善，不做坏事，灶王爷就会在玉皇大帝面前说好话，这样就会给一家大小带来平安和好运。

到了腊月二十四，母亲就开始打扫房舍了。母亲用头巾包着头，高粱扫把上绑了一根长长的竹篙，用来打扫房梁上的灰尘和蜘蛛网等。从堂屋到廊下，从厨房到猪圈，母亲扫得井井有条，一丝不苟，好像在进行一个庄严的仪式。我和姐姐也帮母亲打水，擦洗大门和窗户。门窗擦得一尘不染了，而我们却变成了两只花脸猫。姐妹俩互相取笑，逗得一旁的母亲也开怀大笑。

为了能让孩子们在新年第一天穿上新衣，母亲还得赶夜工，她要赶在除夕之前，给姐妹几个每人做一套新衣服。衣服是母亲自己裁剪的，她买来棉布，就着我们衣服的长短量好尺寸，她用尺子在棉布上反复比画，确定无误之后再用剪刀裁剪。从母亲郑重其事的态度中，可以看出她非常重视做新衣这件事，她不能让自己的孩子在别人面前低人一等，她要让孩子们体体面面，开开心心地过个年。另一方面也说明了当时的布料非常有限，一旦裁坏了就买不回了，所以母亲必须慎之又慎。那段时间，母亲常常要熬到很晚才睡。我常常是伴着缝纫机嘀嘀嗒嗒的声音入眠，梦里梦见自己穿着母亲做的新衣在小伙伴面前显摆，迎来女伴们一阵艳羡的目光。醒来的时候，还看见母亲在昏黄的电灯泡下穿针引线，开扣眼或者缝扣子。这时，我多想帮帮母亲暖暖手或者捶捶背，可是母亲说外面太冷，不要把手伸出被窝，她一会就完成了。我只好躺在暖和的被窝里，看着母亲继续劳作。

过年的气氛一天比一天浓郁。在嗷嗷的惨叫声中，养了一年的大肥猪被开刀问斩，猪血和糯米灌进猪大肠里，就是我们这里一道美味的小吃“猪血酿”。父亲把猪肉割成一块一块的，母亲把猪血酿切成一节一节的，用洋芋叶包好，让我和姐姐送给叔叔伯伯和大娘大婶，大娘大婶也会回赠我们一些饼干糖果之类的小零嘴。嚼着糖果，唱着歌儿，我们走在乡间的小道上，凛冽的北风刮在身上脸上，虽有刺骨的冷，但心却是甜的。

过年的重头戏还在后头呢。从腊月二十八开始，家家开始做糍粑。我们这里糍粑品种多样，有糯米的，也有粳米的，有油炸的，也有水蒸的。油炸粑，竹叶包糍一般在腊月二十八做。当时没有电磨和打粉机，糍粑粉只能用石碓石磨来打。常常也是几家合作，你踩石碓她筛粉，你推石磨她下料。白天帮你家做好你的糍粑，晚上又去帮她家做。母亲心直口快，乐于助人，还是做糍粑的一把好手，所以大家也都乐意与她合作，做多做少，全凭自愿，谁也不会有半句怨言。

除夕当天，黏米粑是少不了的。黏米粑选用的是优良的杂交粳米，以一种叫“假杂优”的米做出来的糍粑最好。把米淘洗干净，放在水桶里用清水浸泡四五个小时，就可以拿去打米浆了。磨好的米浆需放置一段时间沉淀，然后滤去上面的一层清水。等到米浆可以用筷子挑起来并有一定的黏稠度时，就可以放到锅里一边烧火一边搅拌，直到把米浆搅拌成米团时，就可以把大米团揪成乒乓球大小的一个小团，然后点上花生油，把米团捏成碗状的薄皮，放入事先用猪肉、香菇、木耳、腐竹、萝卜、葱花等炒成的馅料，捏成饺子形状，再放到铝盘里，入锅大火水蒸，一般蒸二十分钟后就可以出锅了。打开锅盖，热气腾腾，洁白晶莹的黏米粑立即展现在你的面前，瞬间诱惑着你的味蕾，让你忍不住想品尝一下。黏米粑粉皮劲道，晶莹透明，隐隐透着里面的馅料，夹在筷子上还可以上下晃动而不开裂，用本地人的话来说，是可以晾到竹篙上的糍粑。如果蘸上辣椒酱，就着滚烫的油茶，吃个十几二十个是不成问题的。除夕早上，母亲早早就起床生火，然后搅拌米团，我们一起帮母亲做糍粑，父亲则打油茶。香喷喷的糍粑出锅了，滚烫烫的油茶也上桌了，一家大小围着小木桌吃着早餐，有说有笑，其乐融融。

吃过早餐就开始准备年夜饭了。母亲杀鸡宰鸭，做豆腐酿，做粉蒸肉，忙得不亦乐乎。父亲则跑到堂屋里写春联和福字。父亲写得一手好字，而且他的春联都是根据地名、人名和当时的情境自创的，很有意境，所以请他写的人也多。我们祖上从太爷爷那时还传下了一个专属于我们这一房人的福字，大家都争相临摹效仿，但只有父亲写的是最传神的，所以每家都请他帮写，父亲也从不推辞。他常常是免费为大家提供服务，不收取分文。有的人家会包个红利是，里面一毛钱两毛钱，说是图个好彩头，父亲便不再推辞，领下了别人的好意，并说一些祝福的话，大家皆大欢喜。直到帮所有的人都写好了，父亲才写自家的，常常是到了掌灯时分了还没写完。母亲于是会唠唠叨叨："人家都在忙年夜饭，你却只知道写写写，又不能当饭吃。"父亲忙赔着笑说："我这是精神食粮，是无价之宝呢。"母亲就假装生气："那你吃你的精神食粮吧，我们吃鸡鸭鱼肉。"说归说，年夜饭摆上桌，父亲不上座，母亲是绝对不允许我们先动筷的，需等到父亲来了才开饭。母亲搬出自己酿的糯米甜酒，先给父亲斟一杯，然后给自己和孩子们各斟一小杯。母亲让我们给父亲敬酒，父亲说："还是敬你母亲吧，她最辛苦。"于是我们分别给父亲母亲敬酒，父母亲把鸡腿分别夹到我们的碗里，一只鸡两只大腿，两只翅膀根，一共四只，我们总是留到最后，吃完饭再拿着鸡腿一边啃一边到外面找小伙伴玩，大家相约放炮仗，甩烟火。小花狗们跟在小孩子的后面，垂涎欲滴地盯着孩子们手中的鸡腿，随时准备抢夺孩子们丢弃的鸡骨头，整个乡村的夜晚都弥漫着辞旧迎新的气氛。

吃过年夜饭，母亲熬制糨糊，我们帮着父亲贴春联，等待着墙上的挂钟敲响十二下，母亲往神台上摆上猪肉、米饭、糍粑、水果，点燃红蜡烛和香火，供奉祖先，为一家人祈祷。母亲把家里每一个人的名字都念一遍，然后让太公太婆保佑大家身体健康，万事如意，保佑孩子快长高快长大，学习进步。我注意到母亲念的一串名字里，从大人到小孩，从老大到老幺，却唯独没有她自己。我问她为什么不把自己的名字算进去呢？母亲说，只要你们健康平安了，就是我最大的福气。于是，我也学着母亲的样子，默默地为母亲祈祷，也愿她永远健康，无病无灾。

日子如门前的小河一般缓缓流淌，我们逐渐长大，外出求学，然后又回到家乡工作，我们沿着生命的曲线蜿蜒行走，无论走到哪里，年就像一个集结号，号声一吹响，我们就从四面八方汇聚而来，体味年的况味，感受家的温暖。可自从嫁做人妇，有了自己的小家之后，我就再也没有回到那个家与他们一起过年了。按照我们岭南壮家的习俗，凡是出嫁的女儿，除夕必须在夫家过，只有到了大年初二才能回娘家给父母拜年。好在离得近，平时可以自由来去，于是免去了一些牵挂。但，每逢佳节倍思亲，除夕的夜晚，看夫家的上空烟火璀璨，在热热闹闹的爆竹声中，我还是免不了要眺望对面的村庄，从盛开的五彩缤纷的焰火里，判断着家的方向，辨识着哪一束是从自家院子里飘上来的。想象着家人欢腾的景象，想象着母亲点燃的香火，在她念念叨叨的祈祷祝词中，是否也会念到我的名字呢？

# 母亲的另一个孩子

母亲有许多孩子，他们的小名分别叫冬瓜、南瓜、西瓜，红豆、绿豆、黑豆，茄子、辣椒、葱姜蒜等，他们都有一个统一的名字叫“庄稼”，母亲把他们当作自己的孩子一样精心伺候着，给他们最肥沃的土壤，给他们最充足的阳光、雨露，给他们提供最丰富的营养。

春天的时候，大地苏醒，万物复苏，柳枝开始抽芽，布谷鸟还没唱响婉转的歌喉，母亲就开始准备耕种了。晨曦初露，母亲抬头看看天，根据她多年的经验，昨晚太阳落山时，西边的天空晚霞红灿灿的，今早天上没有云彩，肯定是个好天气。她戴上斗笠，背着锄头，拿着镰刀出门了。她来到靠近河边的菜园，开始清理杂草。那些经过一冬肃杀的杂草虽然还没有复活过来，干枯的藤蔓却牵牵扯扯地爬满了地面。母亲用镰刀把杂草割断，晾晒在身后的土地上，不大一会儿，倒伏的杂草就像一床厚厚的棉被在母亲的身后铺展开来。把所有的杂草割下来后，母亲伸直腰板，虽是早春二月，天气乍暖还寒，劳作了一上午的母亲的额头却已经沁出了一层细细密密的汗珠。她用手背擦擦额头，撸撸花白的头发，脸上露出满意的微笑，像一朵开在原野的雏菊。

春天的太阳不是很烈，总像罩着一层薄薄的面纱，但那温度已足以让那些倒伏的杂草变得干燥起来。傍晚时分，母亲背上竹耙，揣上一盒火柴来到地里。她拈了拈几根草茎，估摸着这些草可以烧着了，就用竹耙把杂草归拢成若干堆，从中取一把最细最干的草点燃了，引到草堆当中，借助风势，草堆迅速燃烧起来，呼啦啦的火苗蹭蹭地往上蹿，映红了母亲的脸，草灰也随着风儿扬起，飘到了母亲的头上、身上。不大一会儿，母亲的头发上、衣服上都沾满了草灰，连眉毛和嘴唇上都落了一层。母亲用手一抹，脸上出现几道黑色的痕迹，像那只整天扑在灶台上的大花猫的胡子。杂草燃烧之后剩下一堆堆灰烬，母亲用水淋湿，把他们归拢到粪桶里，草木灰是种瓜种豆最好的肥料。

烧过杂草的地皮变得更松软了，母亲用铁锹一锹一锹地把土翻起来，用刮子一锄一锄地把土块敲碎，起垄、平整，就可以下种了。

选一个阳光明媚的日子，母亲把装在坛坛罐罐里的那些冬瓜、南瓜、西瓜、红豆、绿豆、黑豆、花生、玉米的种子翻出来。这些种子早在去年秋天时就经过精心挑选，颗粒饱满，珠圆玉润。母亲把他们分门别类用纸层层包裹，一样一样码放在这些坛坛罐罐中。这些坛坛罐罐搁在厨房灶台对上去的木架子上，冬天在灶下烧火，种子们躺在陶罐的肚子里，暖和而舒适。生姜、芋头、红薯、淮山药之类的块茎也放在灶台后面，再冷的天也不会冻坏，一到春天，它们就长出白嫩嫩的芽儿来。母亲剥开一层一层包裹的白纸，把这些种子放到竹筛里晾晒。她说，这些种子在冬天里都睡着了，必须用阳光来把它们唤醒，就像你们一样，冬天里喜欢睡懒觉，睡到太阳晒屁股才起来。晾晒种子很讲究，太阳不能太大，晒的时间不能太久，否则就会把它们晒伤。只要在上午的阳光下晾一两个小时，让它们刚刚苏醒过来就可以了。母亲看着这些种子，就像看着刚刚落地的婴儿，眼里满是宠溺。

南方的春天来得早。清明前后，种瓜种豆。春分一过，母亲就准备下种了。她在前一天晚上，把种子放入清水里浸泡一下，捞上来装入布袋里，第二天一早，就带着种子，挑着大粪来到地里。平整过的土地表面已经变得灰白干燥，但只要锄下去，底下的泥土却是深黑色、湿润的。母亲凭着手感用刮子的角一锄一个窝地锄下去，一行一列就像用尺子测量过一样，排列得整整齐齐的。她把草木灰撒在猪粪上，搅拌均匀，一个窝撒一把作为底肥，再盖上一层土，才把种子点到泥土里，绝不让它们粘着粪肥，怕太咸了会把种子沤坏。点下种子之后，上面再盖一层土。

我问母亲，为什么要用手去抓粪肥呢？用铲子舀不行吗？母亲说，用手抓，一抓多少有个准，对待庄稼也像对待自己的孩子一样，不能厚此薄彼，要平等对待。你给它一尺，它就会还你一丈。我知道“春种一粒粟，秋收万颗子”的道理，却不知道对待庄稼也要平等，是母亲宽厚的胸怀让我明白了这个道理。

整个春天，母亲白天的时间基本上就在地里过了。种完花生种玉米，种完绿豆种黑豆，种完南瓜种丝瓜、苦瓜。南瓜、丝瓜、苦瓜的种子怕冷，母亲用温水浸泡后，把它们装入布袋或不要的袜子里，每天淋水，等它长出嫩黄的芽儿后，就把它移栽到装有泥土的一次性纸杯或塑料杯中。每次我们用完了一次性杯子就顺手把它丢进垃圾桶了，母亲总是说，不要丢，留着有用呢。开始我们不知道她留着这些杯子有什么用，以为她想重复使用，总是背着她偷偷丢了，但每次母亲总把它们收集起来，原来是留着栽瓜秧用的。于是，我们就主动为母亲收集着，一年下来，也有百八十个的。白天，母亲把这些杯子摆到阳台上，浇水、晒太阳。晚上，又把它们收到房间里，她说一来晚上下雾气温低，怕冻坏种子，二来怕老鼠或小鸟来啄食。刚长出来的苗儿就像刚落地的婴儿，娇气，经不得风经不得雨的，要细心呵护。一两天后，种子拱破泥土露出雀嘴一样嫩黄的芽，再过几天，芽儿慢慢生长，长出绿色的叶儿。细长的玉米苗，圆胖的南瓜秧，毛茸茸的葫芦秧，它们吸足了水分，就像婴儿喝够了奶，一天一个样，几天工夫就有一指多高了。天气也逐渐回暖了，母亲把这些杯子里的秧苗挑到地里，一棵一棵地移栽下去。她用小刀隔开一个个杯子，把秧苗连同泥块一起取出来，双手小心翼翼地捧着把它们放到事先挖好的小坑中，一手扶着秧苗，一手抓起旁边的泥土盖起来。这个过程母亲不用锄头或刮子，她怕伤着秧苗，全程都用手来完成。移栽好后，用水瓢绕着秧苗轻轻地淋一圈水，那样子虔诚而又尊严，好像在举行一个重要的仪式。

那些豆苗瓜秧们也是知道感恩的，它们努力地拔节，努力地生长，一天长一节，一天长几片叶，渐渐地长成一株藤蔓，顶部的触须开始打卷。母亲从山上砍来木棍或竹枝，一株豆子插一根枝条，把秧苗扶起搭在枝丫间，那些秧苗便倚靠着枝条恣意地生长，越长越绿，越长越密，直至开出淡白或紫红的花，结成细长或宽厚的豆荚。那些南瓜、冬瓜之类的不爬上枝条，母亲割了一层茅草铺在地下，它们的藤蔓便向着阳光的方向疯长，开出淡黄的花来。母亲说，南瓜的花有雌花也有雄花，只有雌花能结出瓜来，但雄花也必不可少，雄花可以掐来做瓜花酿，是一道非常美味的菜肴，但母亲每次摘花都要留下一部分来授粉。黄澄澄的花引来了蜜蜂、蝴蝶，它们从这朵花飞到那朵花，辛勤地采集着花蜜，也把雄花的粉传到了雌花的花蕊上，雌花的根部缀着一个小小的瓜儿，花一落，瓜儿就蹭蹭蹭地长。碧绿的瓜苗，淡黄的瓜花也引来了萤火虫、小蜗牛等，它们专门啃叶子和花，也啃嫩嫩的瓜。母亲不用打药，她用自己的土法子。她用石灰粉混合草木灰撒在瓜秧上，萤火虫就不敢来蚕食了。下雨过后，石灰被淋湿了，掉落了，萤火虫又来了，母亲见一只抓一只，把它们装入小药瓶里给孩子们玩。这样，我们家的南瓜一个个长得都红红的，上面敷一层淡淡的白霜，活像一个个弥勒佛。那些丝瓜、苦瓜则绿油油的，个个纹路清晰，色泽光鲜艳丽，像一个个挺拔的小伙子。豆角呢，则像一根根辫子从枝顶垂挂到底部，一丛丛，一簇簇，只见豆角，不见叶子。

和母亲去种花生的时候，我们帮母亲放种子，嘴馋的时候抓起几颗花生就想往嘴里送，被眼尖的母亲看到了，立即遭到制止。母亲说，种花生的时候不能吃，一吃就会被老鼠、鸟儿听到了，它们会来啄食种子的。母亲用竹枝、茅草扎一个稻草人，给它穿上一件破破烂烂的衣服，戴上一个破斗笠，鸟儿们就不敢来啄食了。事实也是这样，别人家的花生种下没几天就被鸟儿啄去了很多，她们一边骂着“这些发瘟的鸟儿”，一边补种，而母亲的基本是一次成功的，所以长得也比别人的快。同一天种的瓜豆，我们家的已经结果了，别人家的才开花，我们家的可以采摘了，别人家的才开始挂果。因为长得早，常常有人看着眼馋，他们等不及自家的成熟，就趁着没人时偷偷摘了我们家的瓜果，母亲也从来不骂人。她常说，自家地里种出来的，又不值什么钱，谁爱摘就摘去吧。村里的大爷、大娘身体不便，种不了什么瓜果蔬菜，母亲常常摘了送给他们。摘了丝瓜、苦瓜，她从地里一路送回去，人家赞叹两句，说她的瓜长得好，长得鲜，母亲就像得了大奖一样，笑呵呵地从笼箕里取出几根送给别人，两半笼箕的丝瓜回到家只剩三四根了，母亲说，吃了明天还有，吃得越多，长得越多，好东西要一起分享。

村里有一个半癫半痴的五叔，老婆跟人跑了，唯一的儿子去打工，一年也难得回家一次。他常常跑到人家的菜地里，摘一些黄瓜、丝瓜的来吃，摘了豆子大把大把地收进裤袋里，村里人一见到他就追着赶，他就装疯卖傻，捡起石子打别人，吓得那些伯母嫂子快快往家跑。母亲从来不骂他，还主动摘了瓜果给他，他常常躲到母亲的瓜棚豆架下，有时也帮母亲提提水，浇浇菜。别人都说母亲，那个疯子你理他做什么，母亲笑笑说，你对他好，他也对你好。你们骂他，他就打你，我不骂他，他就老老实实了。

春种秋收，母亲总会选长得最早最饱满的豆荚，让它在架上晒干，才摘回来剥开，翻晒，用纸包好，留做种子。南瓜、丝瓜、苦瓜也选长得最大最老的一个，挖了里面的籽晒干包好存放在瓦罐里，老丝瓜的瓤晒干还可以用来洗碗、洗锅，绝对的环保纯天然，不沾油污。母亲把装种子的瓦罐放在灶头前供奉灶王爷的地方，她说，有灶王爷的看管，种子一定会安安稳稳、规规矩矩地待在里面，只等春风来吹开它的眼，等春雷来把它唤醒。装种子的筐箩则悬挂在灶头上方的横梁上，干燥、暖和，老鼠蟑螂也够不着。母亲说，种子喜欢有烟火气的地方，泥土是它的温床，而筐箩就是它的摇篮，种子是个聪明的孩子，躺在摇篮里舒舒服服地过完冬，开春就到田地里安家落户。那些生姜、芋头、红薯之类块茎的种子，母亲则用草木灰将它们覆盖起来，卧在厨房堆放柴草的地方。清明前后，白嫩的生姜芽迫不及待地从草木灰中冒出头来，嫩绿的芋头秧也拱破灰皮，支起了小伞一样的秧苗，粉红的红薯秧像豆芽一样纷纷冒头，母亲轻轻地拂去草木灰，小心地把这些小东西取出来，拍干净它们身上的灰尘，像给小孩子洗脸一样，一块一块地清理干净，码放入笼箕里，挑到田地里，种入泥土里，等待着又一轮的庄稼成长，成熟，日复一日，年复一年。

母亲就像侍弄着自己的孩子一样侍弄着庄稼，庄稼也像她的孩子一样乖乖地听话，回馈给母亲最大的恩惠。庄稼都知道感恩，何况我们人呢。

# 第二辑

# 故园风物

感谢那些清苦的日子，
让我在遇到任何艰难险阻的时候，
都能够咬咬牙挺过去。
因为我相信，
阳光总在风雨后，守得云开见日出。

# 古井

老家门前有一口古井，不大，四方形的井口只有一米见方，也不深，大概两米左右，一眼就能望得到底。井里的水是从地底下冒出来的，源源不断，四季长流。春天的时候，井水常常会溢出井口，顺着旁边的水渠流去。

水井周围，常年都长满了一种叫马猴姜的植物，我至今不知道这种植物的学名叫什么，据说是一种治疗风湿病很好的药材。它长长的根须像龙爪一样向四周伸展着，毛茸茸的，形似蕨菜的叶子向上努力生长。每到秋天，娘就会采下这些马猴姜，把它晒干，用稻草扎好，放到灶头的筐篓里。家乡的春天气候潮湿，回南天时，家里的木门一天到晚都是湿答答的，卧室里唯一的一面四方形的镜子，中间一个大红的双喜字，两边用油彩画着一龙一凤的图案，飞腾的祥云上是大红的“龙凤呈祥”四个字，那是娘的陪嫁。女孩儿天生爱臭美，我和姐姐经常踮起脚尖，在镜中照一下影子。可一到回南天，镜子整天都雾蒙蒙的，布满密密麻麻的小水珠，连影子也看不清楚。用手指在镜面上轻轻一划，一道道水珠顺着镜面流下来，镜中我们的脸一道儿模糊，一道儿清晰。吃过晚饭，娘到水井里挑回一担水，从筐篓里取出一把马猴姜，放到鼎锅里，加满水，放到柴灶里烧开后，舀到木盆里晾一会，她亲自试了水温，觉得可以了，就让我们泡脚。我总是怕热，总喜欢踩在娘的脚背上，感受那种自脚底往上冒的温暖。等到我把脚全泡到水里时，水很快就凉了。

水井旁边，有一块青石板，也不知什么时候就在那里了，石板朝上的一面已经被磨得光亮，发出藏青色的光。我们一个大家族的人都喜欢到那里洗衣服。小时候，常常跟娘一起到水井边洗衣服，娘提着满满一桶衣服，我提着一只空桶跟在后面。娘用空桶往井里一舀，就打上一桶水来。如果是秋季水位低的时候，则要往桶上系一根绳子，要借助绳子的力量才能打上水来。娘把水倒进装满衣服的桶中，充分浸泡之后，从水里捞起衣服，摊开在青石板上，搓上建国肥皂，然后用刷子用力去刷，再用手搓洗。如果是洗被子或者厚重的冬衣时，娘会在头天晚上就提前烧好茶麸水，把衣服、被子充分浸泡后，第二天再拿到青石板上，用洗衣槌反复捶打，捶了一面，翻过来再捶另一面，一手挥舞槌子，一手翻动衣物，动作熟练又灵活。随着娘的手一起一落，乌黑的水泛起白泡，顺着青石板缓缓流走。我们的祖祖辈辈就在这样周而复始的劳作中日复一日，年复一年，生生不息。

年纪稍大一点之后，我不再跟着娘去水井洗衣服，而是自己提着水桶去打水，自己拎着衣服去洗，比我小两岁的妹妹像小尾巴一样，我去哪里，她也跟到哪里。有一年七月半，家里准备包粽子，父母只顾着双抢，忙得裤头松了都没空扎一下。娘一早出门就交代我，洗好衣服之后，把桶里的粽叶也拿去水井洗干净，等她晚上回来包粽子。我遵照娘的嘱咐，提着满满一桶粽叶去洗。七月的天空艳阳高照，知了在旁边的苦楝树上咿呀咿呀地叫得欢，长一声短一声的。那一年天气特别干旱，已经将近两个月不见一滴雨了，井里的水位仅有一米多深。我把两根绳子连在一起系到水桶上，把水桶倒扣过来向井底砸去，然后使劲甩动绳子，费了好大的劲才打满了大半桶水。我让妹妹来帮我一起把水提上来。妹妹趴在井沿上，头朝下，屁股朝上，用她纤弱的手奋力抓住绳子往上拉。眼看着就要拉上来了，我不知怎么手一软，大半桶水顺着绳子嗖嗖地往下坠，向下的力顺带着把妹妹也拽了下去，不偏不倚，妹妹双脚踩在水桶里，水满到了她的胳肢窝，她的两只手臂在桶外划来划去，一边划一边哇哇地哭喊："妈呀……妈呀……姐姐，姐姐，快拉我上来……"叫喊声像一枚枚锋利的针尖，一针一针扎在我的心上。我急得不知所措，哭着跑到距离水井最近的腐竹作坊里喊人，鞋子跑掉了一只也顾不上了。堂哥正在作坊里扯腐竹，一听我呼救，赶紧放下手中的活计跑到水井边，他探身下去，一把抓住妹妹的胳膊，就把她拽上来了。妹妹浑身湿透，头发上也洒满了水珠，一粒一粒往下淌。嘴唇苍白，不知是冷还是害怕，一个劲地打着哆嗦。堂哥赶紧把妹妹抱到他的腐竹作坊里，从灶底下扒出火红的柴火让她烤，一边叫我回家拿衣服来给她换上。我满以为娘会把我骂个狗血喷头，没想到她却没有责怪我，但她越是不骂我，我心里越是不好受，一直到现在，心里还存在深深的愧疚。如果水再深一点，如果没有堂哥及时赶来，一切都不堪设想，我将永远也无法原谅自己。

水井的旁边，有一间碓房，那是大奶奶家的。每到逢年过节，我们那十几户人家都喜欢到碓房里去舂米，打糍粑粉，打米饼。打糍粑粉时，把事先泡好沥干水的米倒进石臼里，两人踏碓，一人搅拌。踏碓的人脚一踩，碓头扬起又落下，搅拌的人用手或木棍把石臼里的米粉捞起，如此反复，直到把一粒一粒的米舂成粉状。舂出来的米粉太粗，还要用筐箩去筛一遍，筛出来的粉头再倒下去继续舂，直到用手捏过觉得足够细了，就可以做糍粑了。从七八岁开始，我和姐姐就去帮娘打糍粑粉，我们俩踏碓，娘搅拌兼过筛。我们踩得满头大汗，娘却轻松自如，手起碓落，簸箕里的米粉越堆越多，娘的头上也蒙上了一层薄薄的粉末。只要轻轻一吹，一拍，粉末散去，娘的头发依然黑油发亮。多年之后的今天，娘的头发已经斑白，我总想帮她拍打，就像小时候一样，为她拍去灰尘，可不管怎样拍，怎样吹，那层白始终没有散落，娘的头发再也不会变黑了。

不知从什么时候开始，水井里的水越变越少，越来越浑。大概是从大奶奶去世之后吧。记忆中，一副棺材停靠在水井后边的半截土墙之后，几个师傅正在往上面涂上大红的油漆，一股油漆味混合着土墙脚青苔的味道弥漫在整条巷子中。那是一条鹅卵石铺成的巷子，从第一道门楼一直延伸到最后一道门楼，旁边是几座青砖大瓦房，那是我们这个家族的几大支脉的发源地，水井就在巷子的中段。大人告诫我们，不要跑到棺材停靠的地方，于是，我们就远远地跑开了。大奶奶出殡那天，娘和其他伯娘叔娘都穿着白色的孝衣，头上扎着长长的白布。大奶奶的亲孙子和重孙长长的白布上，还缝上了一块小小的红布，像大公鸡头顶上的大红鸡冠，年少不谙世事的我觉得那种装束非常好看，甚至挺羡慕他们的。而我们只是在手臂上扎了一截白布，一点也不好看。当时不明白为什么我们头顶上没有红布，吵着要娘也帮我们缝一点上去。娘说："傻丫头，那是只有大奶奶的亲孙子和重孙才有的，我们比他们疏远了一截，他们是从同一个树根中生出来的枝丫，而我们是另一棵树的。"我似懂非懂，但听了娘的话，就乖乖地跑去玩了。大人们围着棺材哭得呼天抢地，哀声连连，而我们一群半大小孩却只顾着自己疯玩，被大人喊去磕头之后，就跑到花厅屋里吃饭去了。我们的兴致只在那难得一见的美食之上，虽然没有大鱼大肉，但水豆腐煮酸菜、水煮黄豆是少不了的，这在当时，对于我们来说就已经足具诱惑力了。吃完饭，我们一帮孩子举着一幅幅灵幡跑在送葬队伍的前面，后面是抬棺的队伍哎嗨哎嗨的喊声，他们声音大一点，我们就跑得快一点，他们声音小一点，我们的脚步也跟着慢下来。到了墓地，插了灵幡，头也不回地往家跑。按照大人们的嘱咐，一边跑还要一边折一根松树枝不停地拍打，回到家里还要用柚子叶烧的水洗手，用一片柚子叶去抹额头，抹眼睛。我不知道为什么要这样做，但也不敢违背，一切照着样子去做了。

从那以后，水井里的水越变越少，越来越浑，不但不能吃，连洗衣服也不行了。

村子的正中还有一口水井，那是全村人共用的。这口水井比我们家的大得多了，水井也是四方形的，长宽深各两米左右，水井的三面都用鹅卵石砌起了围栏，供村民们乘凉，只有西南面开着口子，走下七级台阶，就到了水井边。从井口到水井底下也有七级台阶，顺着台阶可以直接走到井底清理水井。台阶口用一块大青石拦着，平时是不能随便下去的。只有秋冬季节水位低的时候，站在井边打不到水，才撬开青石板到台阶下面打水。遇到枯水年份，有时甚至不能用桶直接去打水，得用水瓢一瓢一瓢来舀。由于经常用水瓢来舀，井口底下形成了一个箩筐大小的水凼，水从地底下渗出来，最先灌满的就是那个小水凼，大约也就一担水。先去的人舀满了水桶，后面的人就必须等到水凼满了才能舀第二担。所以为了等到水，通常要趁天没亮的时候。记得那时，娘为了挑到最新鲜的井水，通常是天还乌蒙蒙的就起床了，打着微弱的手电筒去挑水。朦胧中看到母亲挑着水桶，微弱的光像萤火一样一闪一闪地在她的身前跳动。窗外的月光朦胧，公鸡喔喔的打鸣声由远而近，又由近而远。我不知什么时候又睡着了，醒来的时候，母亲已经煮好了红薯、玉米、稀饭。炊烟袅袅升起，厨房的屋顶上雾蒙蒙的一片。多年以后，这样的影像一直萦绕在我的脑海中，温暖了所有关于老家、关于母亲的回忆。

水井旁边，长着几棵古老的大樟树，大概有几百年的历史了吧。斑驳的树身上，长满了鱼鳞似的树皮，青青的藤蔓顺着树根爬到树顶上，垂下青青的枝条。大樟树顶上，也长满了马猴姜，因为高，几乎没有人去采，积年累月，层层叠叠，有的已经干枯，有的却茁壮生长。水井边，樟树上，经常贴着一张张红纸条，纸条上面的内容大同小异，基本都写着“天皇皇，地皇皇，我家有个哭赖王。神树保佑，平安健康”之类的。据说家里有夜哭的小孩，一哭就要哭够一百二十夜，夜夜不停歇。大人们常常用这一招来解。他们找来师公，或者是村里给人算命看八字的先生，让他们帮写一张红纸条，念上口诀，趁天黑的时候，拿着香烛纸钱到水井边或大樟树底下，一边念口诀，一边把纸条贴上去。回去之后，小孩子居然不哭也不闹，安安静静地睡了，这一招特灵。我七爷就是一个帮人算命的先生，他家里常常有人来登门，或是看八字，或是择日子，有时是小孩子受到了惊吓，只要拿一碗米和一件小孩子常穿的衣服到七爷家，让他来收惊。我曾亲眼看到七爷用衣服包住那碗米，把碗倒扣过来，在小孩子的头顶上摇来摇去，口中念念有词。一会打开衣服，刚才满满的一碗米，旁边会出现一大块空缺，空缺越大，说明孩子受到的惊吓越重。念过口诀之后，把那碗米放到孩子的枕头边，第二天煮饭来吃，孩子所受的惊吓就会被压住了。我不知道这有什么根据，但这是乡村人笃信的法则，可以说是屡试屡灵。

古老的大樟树屈曲盘旋的根系攀附在树底下，夏天的时候，忙碌了一天的人们聚集在樟树下，把树根当成了天然的板凳，大家三三两两地坐在那里，手摇蒲扇，天南地北、海阔天空地聊着。也有妇女抱着孩子出来的，她们撩起衣襟，毫无顾忌地给孩子喂奶，偶尔也有心术不正的，眼睛直勾勾地老盯着女人的胸脯看，一些爱开玩笑的人就取笑他：看那么入迷，你怎么不去吸两口呢？如果脸皮薄的，一听这话就会脸红，不好意思地嗫嚅着走开了。也有死猪不怕开水烫的，你怎么取笑他，他依然嬉皮笑脸地。那女的也不甘示弱：来呀，想喝的就来呀，谁怕谁呀？于是大家一阵哄笑，打破了乡村夏夜的宁静。风轻轻地吹，树叶儿簌簌地响，鸣叫了一天的蝉儿此刻也消停下来，大约进入了梦乡了吧。最高兴的要数那些半大的小孩了。那时候，孩子们好像都没有作业，平时的作业早在学校做完了。放了暑假，也没有什么暑假作业。他们在大樟树附近的柴草垛、稻草堆里捉迷藏，玩老鹰抓小鸡，抓萤火虫，自得其乐。大樟树地底下还有一个树洞，刚好能容下一个孩子坐进去。于是小伙伴们争抢着去坐那个树洞，抢到的孩子洋洋得意，抢不到的哇哇大哭，有时也会因为抢树洞打起架来，双方家长都来劝架。有一次，堂哥与比他小两岁的男孩抢树洞，两人打了起来，堂哥一拳头打得那个男孩鼻子出血，那个男孩捂着鼻子哭着回去告状，他的母亲骂咧咧地出来，抓起堂哥的手臂把他摁倒，照着他的屁股一阵拍打。有人去告诉了伯母，伯母出来看到了，心疼不已，与男孩的母亲互相对骂，引来一群围观的人。在众人的劝说下，两人停止了对骂，但从此关系很好的两家，就不再来往了。偶尔在路上碰着的时候，不但不打招呼，有时还互相吐口水。淳朴的乡人，也会有解不开的结。

天有不测风云，人有旦夕祸福。有一次刮大风，一节手臂粗的树枝被风吹断，刚好砸中了从树底下经过的村长的女儿，造成手臂粉碎性骨折。找了附近的赤脚医生用草药包扎，用白布把手臂吊在脖子上，好几个月才恢复，总算没留下什么后遗症。村长曾想砍掉那个大樟树，但村里的老人说，大樟树是村里的保护神，是龙脉经过的地方，不能砍，砍了樟树就断了龙脉，井里的水就会干涸，村里的人也会遭殃。最终，那棵最古老的大樟树被保留下来。但几年之后，大樟树还是难逃厄运。

那一年除夕夜，不知是谁家点的鞭炮烧着了电线，村里的变压器着火了，烧到了大樟树，树叶在樟油的助威下呼啦啦地燃烧着，发出毕毕剥剥的巨响，映红了村庄的半边天空。乡亲们不知所措，有的从家里拿来水桶，到井里去打水准备救火，有的说用抽水机接水管来喷，但终因火势过大，不敢靠近，只能眼睁睁地看着那棵古老的大樟树被熊熊的火焰吞噬。最后，有人通知了县里的消防大队，消防车呜呜呜着警笛长驱直入，火势很快得到了控制。但大樟树已经被烧得面目全非，顶上的枝叶基本被烧光了，只剩下光秃秃的主干焦头烂额地矗立在那里，像桂剧里黑脸的包青天。后来，连主干也被砍伐下来，作为木材卖给了村里的木匠。

大樟树被砍之后，井里的水逐年减少。为了满足村民喝水的需要，村里还挖过两口更深的吊井，一口在村东，一口在村西。吊井很深，有八九米，井上竖一根杠杆，穿一根长长的竹竿，吊一只铁皮水桶。按住竹竿往井底用力，待水桶满了，再用力往上拔竹竿，就能打上水来。读初中的时候，每天放学回家，我都要到村东边的吊井挑水，挑一担水，来回得二十分钟，常常要挑两三担，一个小时来来回回地，用脚步丈量着从家里到村东的小路，歪歪斜斜的小路上，留下了我或深或浅的脚印。

20 世纪 90 年代初，很多人家开始自己打井了。开始是人工挖井，后来有人专干机械打井，并承诺打不出水不收钱。水井有打到八九米的，也有的打到十二三米的。水井打完后接上水管，然后用青石打底，再把水井填满，上面装一个手摇的水泵，直接摇动手柄就可以压上水来，方便多了。在我家打井之前，我曾到隔壁家挑水。我们当地人有一种说法，水只能挑进去，不能从家里挑出来，所以到别人家挑水的时候，不能挑着出来，只能先把水一桶一桶提出门口，然后才能挑回去。那时候，我是多么羡慕家里有水井的人，也盼望自己家里能打一口井，就不用那么辛苦地一桶一桶提到门口再挑了。一年之后，家里挖了水井，而我已经外出求学，那些挑水的日子，也随着我的远行而渐行渐远，渐成回忆。

那时候，日子简单而快乐，虽然苦，现在想来，仍觉得是一笔巨大的财富。感谢那些清苦的日子，让我在遇到任何艰难险阻的时候，都能够咬咬牙挺过去。因为我相信，阳光总在风雨后，守得云开见日出。

# 村里的代销店

清明节，退休近三十年的伯母一家从县城回到老家。伯母已经八十三岁了，满头稀疏的银发已失去往日的光泽。见过伯母年轻时与伯父的半身合影照。面容俏丽的伯母梳着两根长长的辫子，一根搭在胸前，一根甩到后背，微微上扬的嘴角浮现浅浅的笑。伯父和伯母胸前都别着一枚毛主席像章。如今，岁月已在她的脸上身上雕镂下深深的痕迹。伯母犯有轻微的老年痴呆症，一会儿糊涂，一会儿清醒。她老是重复问着同一个问题，比如，你是谁？你多大了？你有几个孩子？告诉她过不了一会，她又忘了，又重复问一遍。

这次回来，伯母好像异常清醒。她不再重复问那些问题，家里每个人的名字她都能说得出来。她说："好几年没见着村里的老人了，你带我到村里走走吧。"我搀着她，沿着门楼的石板小路走到了村头的小店里。看店的是六伯的小儿子，六十开外的年纪，头发已经斑白，门牙也脱落了两颗，一说话就像有风从里面漏出来。他迎出来，惊喜地叫着："你，你不是原来乡供销社的吴会计吗？你还记得我吗？那时我才十九岁，我每次到供销社去帮父亲拉货，都是把钱交给你的呀。"伯母睁着惊愕的眼睛，嘴巴半张着，半天才说："哦，哦，不记得了，不记得了。"然后，她又像自言自语地说："他是谁？他还记得我是吴会计。"

四十年前，伯母在乡供销社当会计，她打得一手好算盘，人称她为"吴算盘"。三十年前，伯父从乡里调到了县委，伯母也跟着到了县城。她没想到，四十年过去了，居然还有人记得她。

不知从什么时候开始，村里有了第一家代销店，是我一个远房的六伯开的。六伯有一个弟弟在台湾，听说他当年参加了国民党，蒋介石撤退时，他抛弃妻子，跟随撤退部队到了台湾。几年后，他留守大陆的妻儿忍受不了村里人的白眼，改嫁到了外乡镇，从此杳无音讯。六伯的弟弟到台湾后重新组成了家庭。20 世纪 80 年代末期，六伯的弟弟曾经带着他到了台湾后才生的儿子回到村里探亲，带了很多我们闻所未闻、见所未见的东西，有牙膏、牙刷，话梅、软糖，罐头等等。六伯的孙女和我是小学的同学，我们有幸分享了她带来的话梅、罐头之类，非常羡慕她有一个从台湾回来的叔公。听人说，六伯的弟弟这回还带了不少钱回来。六伯本来可以不用继续开店了，但他依然习惯了照看代销店，他每到闹子天就拉着双轮车到集市上去进货，平日里就一直待在店里。

六伯的店面不大，是两间只有十多个平方米的瓦房，一间是店面，一间是卧室兼厨房兼储物间。门口进去是一排玻璃柜台，里面摆放着香烟、圆珠笔、作业本之类的东西，每一种东西上面都夹着一张标签，写着单价。柜台上面，最醒目的位置上摆放着一副算盘，旁边是一本作业本，作业本上绑着一支用纱线拴着的圆珠笔。六伯常常坐在柜台里面，戴着一副断了一只腿的老花眼镜，断了的那只镜腿用纱线缠着挂到耳朵上。有人来买东西的时候，六伯就从眼镜上面抬起眼睛看着来人，询问来人买什么，然后熟练地从货架上取出东西，熟练地收钱，找补。如果是同时买几种东西时，他就会噼噼啪啪地快速敲打着算盘，一会儿就把价钱计算出来。

柜台的旁边，是几个大缸，依次摆放着食盐、白糖、面粉、酱油、煤油。大缸上面一律用木盖盖着，上面贴着标签和单价。柜台后面靠墙摆着一排货柜，上面小商品种类多样，琳琅满目。有牙膏、牙刷、毛巾、肥皂、洗衣粉、蚊香、卫生纸、小药品、瓶装三花酒、五香瓜子等等。那时候，只要手里有了一毛两毛的票子，就爱跑到代销店里买东西，那些小零食是孩子们的最爱。

那时候，酱油是散装的，装在大缸里，每次家里的酱油用完了，我们姐妹就会争着拿酱油瓶去打酱油。六伯拧开盖子，熟练地把漏斗插到瓶中，用带着把子的竹筒从大缸里舀酱油，四毛钱一勺，八毛钱两勺，刚好装满瓶子，剩下的两毛钱正好和姐姐一人买一毛钱香瓜子或花生、酸菜之类的。记得有一次，我不舒服，吃什么都觉得没味道。母亲给了我两毛钱，叫我去买两块豆腐乳。我拿着钱，拿着碗，一溜烟跑到六伯的代销店里，六伯用竹签从缸里签起两块豆腐乳放到我的碗里，我给了他两毛钱，六伯补回我六分钱。豆腐乳就粥吃，一口气居然吃了两大碗，胃口大开。豆腐乳是六伯自己做的。他把豆腐切成一小块一小块的晾在竹筛里，撒上酒饼，用稻草覆盖着放到厨房里。几天后，豆腐上长出了毛茸茸的一层绿霉，六伯就把它们放到缸里，撒上生盐、辣椒粉，倒上米酒，封好盖子，一个多月后，香喷喷的豆腐乳就做成了。那时，能够吃上两块豆腐乳，就是我最大的渴望。

六伯一直是一个开朗和善的人，如果有人买生盐、白糖暂时拿不出钱来，他就会让那人先赊着，等有钱再拿来，柜台上那本作业本就是他用来记账的。村里人大部分都是讲信用的，只要有了钱就会及时来还，只要还了钱，六伯就会把他的名字画去。也有遇到一些滑头点的，一回两回的赊账，一直到年底都不来销账，六伯就会到他家里去要。遇到好说的，乖乖地还账，遇到不好说话的，不但不还钱，还要说风凉话，六伯也就认了。

六伯有两个儿子两个孙子，两个儿子都不跟他一块儿吃住，他就和老伴吃住在店里。每次吃饭的时候，是店里人最多的时候，买生盐、酱油的，买酒、买面的，往往都是这个时候来，小孩子也爱凑热闹，也是这个时候来买零嘴，六伯常常是一边吃饭一边卖东西。确实忙不过来时，他就会放下饭碗，等他送走顾客后，饭菜都凉了。

六伯八十多岁的时候，他的一个孙子突然得了绝症，不久之后就死了。从那以后，一向开朗的六伯突然像变了个人似的，他整天神情恍惚，别人叫他拿东西的时候，他半天没反应过来，还常常拿错了东西，或者是找错了钱。他平日里梳得光滑的白发变得零零乱乱地贴在头皮上，脸也长满胡茬，常常望着门外发愣。我离开村里到镇上读书后，每个星期才回家一次，回去时竟然听说六伯死了。听人说，六伯吃了大半瓶安眠药，那瓶安眠药他平时放在柜台最隐蔽的地方，偶尔有人夜里睡不着来向他讨要，他就会从小瓶子里取出一两片白色的小药片，还千叮咛万嘱咐的告诫别人，这个药不能多吃，一次只能吃一两片，吃多了会上瘾。没想到，这次他居然把剩下的大半瓶药一股脑儿地吞了下去。他不是不知道这个不能多吃，而是，他觉得活着没有多大意思了吧，他要追寻他的孙子而去了。临死前，他曾经说过，人不能活得太老，活得太老了会折了晚辈的寿，他大概就是想用自己的命，去换来剩下的唯一一个孙子的寿元吧。

六伯去世后，他的店由他的小儿子接替。小店生意不错，小儿子一家很快就盖起了水泥楼。之后，村东和村西各开了两家代销店。村东那家店是二伯开的，二伯是从政府退休回家的干部。他除了卖日常用品之外，还买了冰柜，卖冰条、雪糕。二伯是吃国家粮的，有退休金，他在乎的不是钱，他常常把店里的东西拿给小孩子们吃，还把自己家里的报纸杂志拿到店里，用报夹把报纸夹起来挂在墙上的铁钉上，便于村民们取来看，杂志则专门摆在一个柜台里，老人、年轻人都爱聚集到他的店里，看看报纸，读读杂志。隔壁有个脑瘫的小孩，整天坐在他的门槛上流着涎水，二伯动不动拿一些东西给他吃，遇到有人欺负他，二伯还会帮着他教训别人几句。他是干部，他说的话别人乐意听。他的小店，也成了村里的收发室，村里人的信件什么的，邮递员都会送到这里来，二伯也就义务为别人收发信件。

乡村代销店，曾经丰富了多少我们那一代人的记忆。那里的东西应有尽有，那里的人来来往往，那里是热闹的公共场所，大家聚在一起谈天说地，话家长里短。那里是流言蜚语的集散地，也是各种小道消息传播的场所，是乡村一个抹不去的印记。

几年前回到村里，突然看到村头的小店里聚集了好多人，大家里三层外三层地围在一张桌子前，大声喊着“我押五十，我押一百……”，“我押大的，我押小的……”一问，才知道，原来大家聚在一起赌钱呢。我想到二伯的店里去看看，还有人在那里读书看报吗，还没到店里，就听到了哗啦哗啦的麻将声，一看，却看到大家聚在两张自动麻将桌前筑起了长城。一问才知道，原来二伯得了脑梗，小店由他的孙子接管。孙子闲着没事干，就从镇上拉回了两张自动麻将桌，店里每天门庭若市，但来买东西的不多，大家都是冲着这两张麻将桌来的，看热闹的比筑长城的人还要多。旁边还有几个人在纸上写着密密麻麻的数字，大家七嘴八舌地议论着，今天是出马还是出龙，是出老鼠还是老虎。那时，村里人很多迷上了六合彩，整天都聚集到小店里买马。大家买了的数字和动物由一个人专门记下来并送去兑换，村里的二赖就是在半夜去送六合彩的时候，被迎面而来的摩托车撞倒了。他爬起来，看到撞自己的正是自己的表弟。表弟问他要不要去医院，二赖当时觉得只是膝盖撞破了一点皮，应该没有什么大碍，谁知道回去睡到下半夜时，突然头痛欲裂，他只有一个人在家，连忙拨通了隔壁家的电话，大家手忙脚乱地把他送到医院，一照CT，竟发现右脑大面积瘀血，需马上进行手术。二赖儿子打工寄回来的钱，本来让父亲帮存着娶媳妇的，没想到大部分都被二赖拿去买六合彩了。因为拿不出钱，耽误了手术，二赖最后死在医院里。他的儿子从广东赶了回来，去找到肇事者要钱。肇事者却说，他的钱都拿去买六合彩了，现在根本就拿不出钱来。他摆出一副“要钱没有，要命有一条”的架势来，说：“反正我拿不出钱，你抓我去坐牢吧。”二赖儿子无奈，又是亲戚，闹得太僵了也不好了。他多次叫双方亲戚去协商，但协商未果。眼看着父亲还停在医院太平间里，二赖儿子是心急如焚，无奈之下，找人去打了肇事者一顿，依然没有拿到一分钱。最后，由政府出面，村里人又筹了一点钱，才拉到殡仪馆里火化。骨灰取回来之后，由于赔偿款迟迟没有到位，一直停在村外的荒地上，迟迟无法进入宗祠里。大家都说，六合彩害人呀，多少人为之倾家荡产，有的甚至家破人亡。

如今，城里开起了大超市，连镇上也有了小超市，村里人买什么东西都喜欢往超市里跑，村里代销店的生意越来越少了。代销店，就如他的主人一样，一个一个地老了，是否有一天，这些温暖了一代人的记忆就要从历史的舞台当中逐渐消失了呢？随着网络的普及，网络购物已经成了大家新宠，农村也开起了淘宝店，那些代销店，还有人在默默坚守吗？

# 乡村小学校

五六岁的时候，第一次去村里的小学玩，那时是跟堂姐去的。堂姐读小学三年级，很多和堂姐一样大小的哥哥、姐姐去读书都带着弟弟、妹妹一起去，年纪稍大一点的跟着去，还不会走路的就背着去。我趴在教室低矮的木窗子上，窗子四面透风，一眼就能看到整个教室里面的每个角落。教室不大，只有十来平方米，学生分左右两组靠墙坐着，老师在讲台上教学生背诵课文，大部分学生扬起脖子，扯开嗓门跟着读，声调抑扬顿挫的。也有少部分同学在桌桶底下偷偷玩游戏，把纸角套在手指上玩的，把蛐蛐放在笔盒里玩的，把图画本蒙在一分硬币上用铅笔涂画的，老师也不说他们，依旧摇头晃脑地教读课文。有几个学生的长凳子中间坐着自己的弟弟妹妹，有几个大一点的姐姐背着小孩，孩子在她们背上熟睡着，两条光溜溜不穿鞋子的脚从背带两边垂挂下来。这就是我对村里小学校的第一印象。

七岁那年，家里把我送到小学校里，姐姐读二年级，我读一年级，我们俩在同一个教室里上课。再也不能像以前那样自由了，想什么时候吃饭就什么时候吃饭，想什么时候回家就什么时候回家，早上七点之前必须起床，九点之前必须到学校，十二点之后才能放学回家，不管你习惯不习惯，也不管你乐意不乐意，一切都要慢慢学会适应。

每天还在睡梦中就被母亲喊起床，吃了早餐之后，姐妹俩背着母亲亲手缝制的蓝布书包上学去。母亲有时会往我们的书包里塞两颗熟鸡蛋，有时会塞几节熟玉米，几个红薯，开始的时候不愿意带，总嫌麻烦，饿的时候想起还有吃的便沾沾自喜，趁着下课十分钟速战速决。

乡村的清晨是静谧的。屋顶上袅袅升起的炊烟在薄雾中扭动着袅娜的身姿，早起的鸟儿在树上叽叽喳喳叫着、跳着，大黄狗在巷子里悠闲地逛着，偶尔在某一个墙角支起后腿，嗞嗞地撒一泡尿，若无其事地走开了。谁家的猪跑出栏来，在墙角拱着泥土，母鸡带着小鸡在草丛间咕咕地觅食，捉到了一只虫子，小鸡们立刻一哄而上，争相啄食。这些景象，比老师上课时所教的课文生动有趣得多，但我不能耽搁，迟到了会被老师罚站的。

学校里一共有两个老师，一个是村里的民办老师，在学校里，我们叫他莫老师，一出了校园，我们就叫他七伯伯。莫老师五十多岁的样子，戴一副老花眼镜，上课的时候，他总爱透过老花镜的上面看我们，谁有一点小动作他都会看得一清二楚，他不用说话，只要定定注视你半分钟，你立即会被他的威严所震慑。也有比较顽皮的，搞小动作时老师看他，他假装没看到，继续玩，老师就会向他的桌面投去一小截粉笔头，一投一个准，如果你还没有收敛，那只有被点名甚至罚站了。班上的虎子是出了名的滑头，常常被老师罚站。老师在讲台边用粉笔画了一个圆圈，让他站到圆圈里面，不许踩线，更不能跨出圈子。虎子总是趁着老师返身在黑板上写字时，偷偷地溜出来，向大家吐吐舌头，翻翻眼皮，做个鬼脸，老师一回头，他又一本正经地站在圈子里，两手放在裤子的中缝线上。

我和姐姐在同一个教室里上课，一二组是一年级，三四组是二年级，语文、数学都是同一个老师教。老师先教一年级的读拼音，然后布置他们抄写。这边抄写的时候，老师又教二年级的读生字，学课文。那边正读着生字，这边忽然有人大声问："老师，这个怎么写？"老师走过来跟那个同学讲讲，又继续教他的课文。记得有一次二年级在教《朱德的扁担》，老师问：朱德有哪些优秀的品质？没有人回答。老师点名了，那个同学也答不上来。一年级一个调皮捣蛋的男生一个劲地在那里暗示、打手势，小声地用本地话来教他："经过菩萨，经过菩萨。"那个被提问的男生如获至宝，赶紧大着嗓门回答："经过菩萨。"老师没听清，又问了一遍。那个男生提高嗓门，连说两遍"经过菩萨"，逗得全班同学哄堂大笑。最后，由老师公布正确答案，原来是"艰苦朴素"，很长时间，大家都拿这个笑话去取笑那位同学，搞得他满脸通红，恨不得找个地缝钻进去。

莫老师天生的瘸腿，每天，他都拖着瘸了的右腿来学校，他不拄拐杖，走一阵就扶着膝盖歇一会，又继续往前走。从家里到学校大概也就一里多路，常常要走很长时间。为了不迟到，他常常要提前一小时出发，他总是赶在上课之前来到学校，用一根铁枝敲响梁上的大钟。那口大钟是学校里的宝贝，不知是什么时候铸成的，大概有七八百斤重，上面刻有龙纹图案和阳文，文字上面锈迹斑斑，已经分辨不清具体的字迹了，只有经常敲的钟沿还呈现金属的光泽。钟声非常洪亮，声音传得很远，一敲响全村几乎都能听得到。那时候很多人家家里没有钟表，村里人就依靠这个钟声判断几点上课了，几点放学了，什么时候该吃午饭，什么时候该做晚饭了。上课之余，莫老师就给我们讲故事，他讲的最多的是自己小时候的故事。他说，小时候家里穷，难得吃一两回米饭，三餐都是吃粥。如果哪一天家里煮一餐米饭，定然要奔走相告，到小伙伴家里炫耀一番。他教我们要珍惜粮食："锄禾日当午，汗滴禾下土，谁知盘中餐，粒粒皆辛苦。"他把课文寓于浅显的故事或生活当中，既让我们学得轻松，学到乐趣，也让人得到教益，受到启发。他是我的启蒙老师，他开启了我的智慧之门，也让我学到了许多为人处世的道理。

离开小学多年之后，高中毕业的我回到家乡，听人说，莫老师还在那座小学里教，他教了三十多年，最终还是不能转正，上面劝他退休，他迟迟不肯退休，只希望上面能给他下拨一部分退休金，好让他安享晚年，可因为政策原因，没有转正就不能退休金，他的要求没有得到回应。他就一直没退，一直拿着民办老师的工资，直到村里的小学撤并到镇上，不存在了，他才不得不离开了他奋斗了大半辈子的三尺讲台。前几年回去，听人说赋闲之后的莫老师无所事事，精神空虚，整天围在麻将桌前，经常玩到半夜三更，家人多次劝说也没用，最后竟然倒在了麻将桌上。一心扑在教育事业上，村里几代人都是他的学生，桃李满天下，最后竟以这样的方式为自己的人生画上句号，令人叹惋。

当时教三年级的老师是村里的一个高中毕业生，我们叫他小莫老师。他经常被班里调皮的男生气得哭笑不得。他总是向老莫老师告状，说某某同学把四脚蛇塞进讲台，吓得他半死；说某某同学故意在课堂上捣乱，让他下不了台。老莫老师总是安慰他，小孩子都是调皮的，但他们也是聪明的，只要抓住了他们的闪光点，适时地引导，多多鼓励，他们就会乖乖听话。小莫老师听了老莫老师的话，越来越受学生们的欢迎。后来，小莫老师娶了同村的一个姑娘，不知为什么，他们小夫妻俩老是吵架，常常看到那个女的哭着跑回娘家，她的娘家人也跑到小莫老师家兴师问罪。结果，两人未能最终走到一起，只好分道扬镳。女人走的那天，村里来了一辆大卡车，一大帮小孩跟在大卡车后面去看热闹，我也挤进了看热闹的人群中。大卡车在小莫老师的门口停下来，一帮人从车上下来，往卡车上搬运柜子、桌子、凳子、碗碟等家具。最后，女人挎着包袱，一手拉着两三岁大的女儿，哭哭啼啼地走出家门，头也不回地坐到大卡车的副驾驶位置上。大卡车突突地冒出一阵烟，缓缓地驶离了村庄，身后，是一大波看热闹的人群，有的叹息，有的交头接耳，指手画脚。后来，我从大人口中听到，他们两个离婚了，女人改嫁到了县城里，原本同村的两亲家也不再来往。那是我第一次知道了“离婚”这回事，不久以后，村里又有人离婚了。

那天晚上，我们吃过饭在水井边玩耍，突然听到旁边传来哭骂声。乡村里，只要哪里有点风吹草动，大家都会倾巢出动，风吹到哪里，消息就传到哪里。大家从四面八方围拢来，循声而去，看到一个妇女坐在地板上，顿首捶胸地大哭大闹：“你个没良心的，还让不让人活呢？你往我煮的饭里撒灰，往我挑的水里撒沙子，你安的什么心啊？”女人一边哭，一边抹眼泪，旁边有人出来拉她，她两手撑着地面，怎么也不愿起来。后来听人说，她的男人精神出了问题，经常做出一些出格的事情来，搞得家里鸡犬不宁。女人最后忍受不了，多方周折，最后离了婚，带走了女儿，留下了儿子，她自己算是逃离了苦海，却苦了那个无辜的儿子，小小年纪就没了妈妈，跟着个疯疯癫癫的爸，过着饥一顿饱一顿的日子。

读三年级的时候，小学校里新来了一位姓董的老师。董老师五十开外的年纪，齐耳短发，两鬓斑白，穿着整齐的的确卡上衣，蓝色的布料已经洗得发白。她住在乡政府大院里，丈夫是乡干部。从家里到学校也就一两里路，她每天走路来回。早上从家里带饭来，中午就在学校吃。我们问她，家里那么近怎么不回去吃午饭呢？董老师就说，她爱人中午在政府食堂吃，孩子们住校，回去也是一个人吃，干脆不回去了。带饭来学校吃，中午学生还没回来，她就趴在讲台上眯一会，等有学生回校她就陪学生做游戏，或者指导学生写作业。学校前面是一片稻田，夏天，绿油油的稻田里禾苗青葱，董老师带我们到田里捉蚂蚱，她说，蚂蚱会吃禾苗，多抓一些蚂蚱，就多保护一些禾苗。她让我们把蚂蚱放到她的饭盒里，晚上拿回去喂鸡。董老师让我们不要钓青蛙，她说青蛙是益虫，是庄稼的好朋友，我们要保护它。她教我们认识禾苗与杂草，我知道了那些长得比禾苗高的是草，结的是草籽，只有禾苗才会结出稻谷来。她带我们去掐狗尾巴草，做成狗的形状，我们比赛，看谁做得像就会得到她的表扬。我们都非常喜欢董老师，家里过节时，总爱拿点糍粑给她。董老师收下了同学们给的糍粑，但她不会白拿，她总会买点白糖、面条之类的送去学生家里。对于我们来说，面条是稀罕物，是当菜吃的，只有当家里来了客人的时候，才舍得买一两把面条，和鸡蛋、青菜一起煮，还不能让孩子放开了吃，要送饭吃。董老师送的面条，大家都觉得非常珍贵，不肯收下，她不高兴了，家长们才勉强收下。

那时候，感觉课间休息的时间特别长。一场春雨过后，小学校后面的山上落了一层厚厚的松针，在春雨的滋润下，松针下冒出了一朵朵小伞样的鸡枞菇。下课的钟声一响，我们就像鸟儿一样飞出教室，冲上小山，一路沿着有松针和龙驹草的地方搜寻，鸡枞菇喜欢长在坟墓周围湿润的泥土里，胆子大的同学专门往坟墓堆里钻，运气好的话，短短的几分钟就能找到一丛丛的鸡枞，用龙驹草穿了一串带回家里，晚上的餐桌上就多了一盘母亲亲手烹调的鸡枞肉丝汤或鸡蛋汤。吃着自己采摘的蘑菇，享受着无上的美味，那是记忆里最香最暖的家的味道。也有人采蘑菇回去后发烧或脸上起疹子的，大人们就问，是不是又跑去坟墓边了？那里阴气太重，容易中邪，母亲常常告诫我们要尽量绕着走。我们问董老师，山上是不是有鬼呢？有人晚上从那经过，曾经见过一明一暗的鬼火，于是撒腿就往家里跑，那鬼就会跟在后面，你跑得越快，他就追得越快，所以一直不敢回头。董老师说，这世上哪有什么鬼？从古到今，死了多少人，如果真有鬼，那不是满山满岭随处可见飘荡的鬼魂了吗？那鬼火，其实是白磷，达到一定的温度就会自己燃烧，那追上来的鬼，其实是你自己的脚步声。在那样空旷的夜里，你心里越是怀疑，就会感到越是害怕，那是心里有鬼。从董老师那里，我们懂得了许多以前所不知道的事情，也学到了很多做人的道理。她是我们知识的领航人，是我们生活的启迪者，人生道路上的良师益友，

六一儿童节的时候，学校组织排练节目，要到政府大礼堂表演。董老师教我们跳《快乐的节日》，她让男女同学穿插队列表演，我们不愿意。那时候，男女生是有界限的，谁和男同学一起玩就要被笑话。大家都扭扭捏捏的，不愿意与男同学一起跳。董老师说，你们都是一个村里的，有的还是兄弟姐妹或者堂兄弟姐妹，或者是叔侄关系，难道你们在家里也不一起吃饭吗？男女同学之间只要是正常的交往，都是纯洁而美好的。在董老师的开导之下，我们跃跃欲试，慢慢适应，最后竟然配合得非常默契，动作协调。表演那天晚上，我们吃过晚饭早早来到学校集合，正要出发，天却下起了倾盆大雨。眼看着表演的时间就要到了，我们都非常着急。董老师一边给我们化妆，一边安慰我们，还有时间，先

化好妆，等雨停了再出发。夜幕降临，雨小了点，却没有要停的样子，家长们都送来了雨伞、塑料薄膜。董老师看看表，又看看天，然后和家长们商量，家长们都同意一起送孩子们去表演。董老师把她的伞给了没带伞的同学，她自己头上撑一块塑料布走在旁边，学生们在家长的护送下，撑着伞，披着塑料薄膜，排着队往政府礼堂走去。刚到礼堂找好位置坐下，表演就开始了。轮到我们表演时，董老师拍了拍大家的肩膀，伸出大拇指做出胜利的手势，在她的鼓励下，我们从容地走上了舞台，充分展示了自己优美的舞姿，获得了二等奖。我们把奖状交到董老师的手上，老师的脸笑成了一朵菊花。

小学四年级，我们告别了董老师，统一到了乡镇中心小学。20 世纪 90 年代中期，村一级的小学只保留了一二年级，之后，连一二年级也撤并到乡镇中心小学，村里的小学校彻底解散了。闲置下来的小学校年久失修，砖瓦结构的屋顶被夜猫、老鼠等爬上爬下，瓦片跌落，经常漏雨。前几年，学校地皮被村里人承包下来当作养猪场，原来的教室被分割成一间间猪栏，原来的朗朗书声被猪叫声代替，原来的书香被猪屎味所掩盖。

我的启蒙老师走了，董老师也走了。我的小学校，我的老师，一切，都成了回忆。

# 乡村泥瓦匠

如果你向一个人打听：龙塘在哪里？很多人可能不会告诉你，尤其是一些上了年纪的人。龙塘只是我们村写在行政区划上的名字，她还有一个更为响亮的名字。这个名字来源于村口一座巨大的瓦窑，从 20 世纪 50 年代中到 80 年代末，四里八乡村民盖房子用的瓦，基本上出自这座瓦窑，我们村也因此得了“瓦窑”这个响当当的名字。

这座瓦窑建在村口入村的道路必经之地，极目望去，村后长满青松的山岭蜿蜒起伏，山脚下一片开阔的地方搭起一间长长的厂房，青砖柱子支起的墙，青瓦盖成人字形的屋顶，那是造瓦的作坊，作坊前的坡地上，就是烧瓦的瓦窑。瓦窑依着坡地的坡度顺势而建，那是一座巨大的龙窑，在斜坡上挖一道直径九米多深的井槽，四周用青砖垒起窑壁，地面部分砌成半圆的拱形，中间留一个天窗，周围用黄泥封严。井槽前面是烧柴火的灶门，烧窑的那几天，灶里的火日夜不熄，红彤彤的，呼呼的火苗被牵扯着旋入到窑内，天窗上冒出徐徐的烟雾，偶尔夹杂着几点未燃烧完的红色的灰烬，在半空中旋转着，旋转着，飘到更远的天空，空气中也飘散一股浓浓的烟火的气息。

造瓦的时候，第一道工序是和泥。村前的一篇洼地上，水草丰茂，各种不知名的野花次第盛开，红的、紫的、白的，像一只只灯盏随风摇曳，也像满天的繁星点点散落在草丛间。挖开那层草皮，翻出底下的泥土，那是灰黑色的胶泥，是制造青砖、青瓦最好的原材料。

二狗是村里的踩泥工，早些年老婆因为忍受不了穷苦的生活跟人跑了，留下两个儿子。每天一天亮，二狗就拉着老水牛，扛着铁锹出门了。

他把牛散放在洼地里，让它啃食鲜嫩的水草，自己则一锹一锹地挖开草皮，把底下的胶泥翻挖过来。挖了好大一摊泥之后，二狗在水凼里洗了洗满手的污泥。他的手掌很粗，纹路也很粗，灰黑色的胶泥嵌入他每一个指节间的纹路里，怎么洗都是黑的。他在裤腿上擦了擦手，从口袋里摸出一个用包生盐的塑料袋包着的烟袋，从里面抽出一张用旧课本剪成的四方形的纸，捏了一小撮生烟丝卷上，点着，坐在田埂上抽起烟来。他的眉头经常是紧皱着的，只有抽烟的时候才舒展开来，他吹出一个烟圈，眯缝着眼睛，很享受的样子。烟卷很快抽完了，只剩下夹在两只手指间的一点纸头，二狗站起来，拍拍屁股上的土，牵了老牛，开始踩泥。

二狗一手拿竹枝，一手牵牛绳，啪的拍一下牛屁股，老牛打了个趔趄，随即一脚深一脚浅地围着胶泥转圈。二狗也跟在牛屁股后面不停地转圈。几圈下来，牛也许是累了，停下来不走了，二狗一边骂着一边在牛屁股上甩了一竹枝，牛哞哞地叫着，极不情愿的样子，但还是不得不继续转圈。很多时候，人的命运都无法自己主宰，何况牛呢？

胶泥在二狗和老牛的脚下逐渐变得软和起来。牛的脚印和人的脚印混在一起，深深浅浅。踩了一个多时辰，二狗的头上沁出豆大的汗珠，一颗接一颗啪嗒啪嗒地落在泥浆里，与泥浆混合在一起，泥浆里也有了一股咸咸的汗水味。胶泥踩熟了，变得细腻了，工人们用一把弓状的铁线把胶泥切割成一块一块的，堆到双轮车上，运送到造瓦作坊里。

瓦工们正在作坊里造瓦。一块木板雕刻成的模具，一次可以同时打两片瓦。大华是村里的瓦工，整个作坊里有五六名瓦工，都是村里的青壮年男子。大华腰间围着一块厚厚的土布，再围一块塑料薄膜。他把胶泥抹到模具里，挤压平整，按实，多余部分用弓状的铁线切割下来，模具里只剩下两片切割齐整的一寸多厚泥胚，把泥胚倒出来，晾干，一车一车地运到窑口，就可以码放到窑里烧制了。

烧窑必须要选一个良辰吉日。在窑口点燃一挂鞭炮，摆上酒肉，焚上三炷香，就可以点火了。烧窑的师傅是村里的文叔。文叔算得上是半个读书人，早年在私塾里读过几年书，还能背几首百家姓和千字文。他往窑灶口塞入干的松木柴，中间放一把干松针，先点着松针，再引燃木柴，干柴烈火，一点就着，熊熊的大火沿着灶口一路往里攀升，在窑内旋转着，发出轰轰的响声和毕毕剥剥的炸裂声。火舌舔着窑壁，抚过每一片瓦，烟雾从天窗徐徐升起。从灶口往里看，可以看到窑内红彤彤、亮堂堂的，有点火山爆发的势头。窑的温度越来越高，从旁边走过，都能感受到一股强烈的热浪扑面而来。烧一窑瓦至少要三天三夜，炉火日夜不熄。文叔与两个徒弟轮流烧火。两旁的柴火垛慢慢矮了下去。那几天，文叔一直待在窑边，吃饭有人送来，困了就在灶边打个盹，一刻也不敢怠慢。迷糊了一会，文叔神经质地弹起来，揉揉惺忪的睡眼，大声质问徒弟："我是不是睡过龙了？为什么不叫醒我？"他围着大窑巡视了一圈，摸摸封口处的胶泥，脸上露出满意的微笑。苦熬三天三夜，火候到了，可以封窑了。先封窑口，再封天窗。文叔往窑口处塞入几层砖头，用黄泥把缺口堵上，火炉里的高温很快就把黄泥烤干了。天窗上盖上被浇湿的稻草，摔上一层厚厚的黄泥，烟慢慢小了下去，直至消失，但要彻底冷却还需要一段时间。

在等待瓦窑冷却的这段时间里，文叔和他的徒弟可以暂时休息了。他买了一碟猪头肉，一碟油炸花生米，几斤米酒，邀请踩泥工、瓦工们一起来庆贺。男人们一喝酒话就多，两三杯酒下肚，二狗的脸色就像猪肝一样变得紫红。大家七嘴八舌地开起了他的玩笑，都问他，你老婆当年是怎么跟人跑的？是不是你那方面不行了呢？二狗急得脸红到了耳根，他灌了几口酒，伸长青筋暴露的脖子，极力地为自己分辩："谁说我不行呢？我的力气比两头牛还大呢？踩一池的瓦泥，牛累得呼哧呼哧喘大气，我是面不改色心不跳呢。"说着还得意地拍拍汗津津的胸脯。"心不跳，心不跳你还能坐在这里喝酒吗？"大家一阵哄堂大笑，继续喝酒，继续闲侃。

我曾经听人说过，当年，村里来了一个货郎。他挑着一个货郎担，扁担头挂着一个拨浪鼓，他一边吆喝，一边摇动拨浪鼓，村里的小孩子们都跟在他后面一唱一跳的，眼睛骨碌碌地盯着他担子里的麦芽糖、米花糖、绿豆糖。货郎把胆子一放下来，大姑娘、小媳妇们就围了上去，挑选里面的针头线脑、头花、小镜子之类的。一天，货郎到了二狗家里讨水喝，见到了颇有几分姿色的二狗媳妇。二狗不在家，二狗媳妇非常殷勤地招待他，给他倒水，还给他水里加了一勺白糖。货郎心里感激，就送了一支头花给她。二狗媳妇一直收着，不敢戴出来，只有二狗不在家时才偷偷拿出来戴上，偷偷地在镜子前自我欣赏，自我陶醉起来。货郎来的次数渐渐多了起来，每次总趁着二狗不在家时到他家讨水喝，一来二去，两人眉来眼去。忽然一天，二狗媳妇趁着两个孩子熟睡，跟着货郎跑了。从那以后，货郎再也没来过，二狗媳妇也杳无音讯。那两个孩子整天哭着喊着要找娘，二狗曾央人去找过，但最终都是空手而归。二狗无奈，只得既当爹又当妈，拖着大点的孩子，背着最小的孩子踩瓦泥。大点的孩子穿着开裆裤在旁边玩泥巴，小的在他赤裸的背上睡觉、拉尿，尿液与汗水顺着他的腰背流下来，泥巴里也多了一份咸苦的味道。孩子稍微大点之后，别人家的孩子都送到学校读书了，二狗的两个孩子却不愿意去读书，三天两头的逃学，偷拿同学的作业本、圆珠笔，最后被学校开除回家了。被开除之后的两个小子和村里其他不上学的孩子们到处瞎跑，到河里捞鱼，到田里灌老鼠，摘别人还没成熟的玉米烤来吃，挖别人地里的红薯煨来吃，时不时还到别人鸡栏里抓两只鸡到后山烧来吃。二狗整天早出晚归的去挖泥，踩泥，哪有时间去管他们。直到两人被人家揪着逮到面前来，二狗才知道两个孩子都背着他做了些什么。二狗指着两个孩子骂，你们不上学就跟着我挖泥去。两个孩子只好跟在他后面，深一脚浅一脚地踩着瓦泥。

封窑的日子里，烧窑工可以暂时休息了，但踩泥工、造瓦工不能休息，他们还要继续踩，继续打瓦，等待下一窑装炉烧制。二狗和他的两个儿子陷在踩泥池里，他们一高一低的身影在踩泥池里一上一下，泥巴从他们的脚趾间嗞嗞地冒上来，又被他们一脚踩了下去，重重叠叠的脚印，就像一个人长长的一生。

一个多星期之后，瓦窑里的热气慢慢散去。文叔把脸贴近窑门，感受着它炽热的温度，聆听着窑里的声音，打探着窑里的秘密，又用手摸摸窑壁，感觉一切已尘埃落定。他撬开封门的砖头，原本红色的砖头已变成青色，还残留着火焰的温度。出窑了，乡亲们挑着笼箕、箩筐把青砖青瓦搬运出来，码放在旁边的空地上。经过炉火烧制的砖瓦清澈澈、蓝汪汪的，如队列整齐的兵士，在等待着将帅来检阅。没过几天，附近的双轮车开进来，远一点的开着手扶拖拉机，突突突突地来到瓦窑边，将一车一车的青砖、一车一车的青瓦搬运到车上，运送到各村各寨、各处厂房，那几天，是整个瓦窑最热闹的日子。村支书走来走去在清点数目，会计手握算盘，噼噼啪啪地拨打着算珠子，一沓一沓钞票揣进了支书的腰包里，村里的账上又多了几位数，每个人脸上都洋溢着微笑，心里也乐开了花。

村里的老关家要盖新房子了。砖早在一年前就已打好，做房梁的杉木也早已晒干备用，房子封顶的那一天，来帮工的乡亲们用双轮车拉了三大车青瓦回来。房梁已经竖起来了，上面悬挂着鲜艳的大红绸，杉木做的梁子，杉木板钉的架子，就等着铺上青瓦，一座大厦就顺利落成了。师傅们坐在房梁上，底下的人拿起一沓瓦，轻轻一抛，上面的人一下子接住，百发百中，动作娴熟。一沓一沓的青瓦码在墙头上，一片一片的青瓦叠放到房梁顶端，疏密有致，排列整齐，像鸟的羽毛一层一层地慢慢铺展。一天工夫，瓦盖好了，房子落成了，晚上摆起了庆功酒。外家的亲戚来了，嫁出去的姑姐女婿也回门了，左邻右舍的叔侄们都来了，当然还有建房的师傅们。师傅们自然是坐上座，主家频频向师傅敬酒，感谢他们的辛苦付出，还要给师傅封红包，工钱可以改天算，但红包必须当天给，少不了，为的是博一个好彩头。外家的人来喝房子封顶酒，还要挑一个担子来。担子里有红布、铜花、猪肉、油炸糍粑等等。红布是挂在正门的门楣上的，还有神台的位置。神台还没立好，先挂上红布，一对铜花分别插在红布的两头。猪肉、糍粑拿来供奉祖先及天地神灵，还要给建房师傅每人九个糍粑，一方猪肉。师傅们喝得满脸通红，领了红包、猪肉、糍粑，一边道谢一边回去，主家点燃一挂鞭炮，送走师傅。其他人吃完酒席，道着吉祥祝福的话尽兴而归。

青砖只有有钱人家盖房子或者是盖寺庙、祠堂才用的，一般的人是用红砖或火砖，由自己踩泥来烧制。村里有几座青砖大瓦房，包括我的主屋在内，那是最气派的。挖水井的时候，井壁也是用青砖砌的，据说用我们瓦窑里烧出的青砖砌的井壁，经久耐用，长年累月泡在井水里青砖绝不会坍塌、软糯、变形，更没有任何异味。瓦窑，一车车的瓦装进去，烧出来，一车车的瓦运到各村各寨，四里八乡的房顶上，盖的都是瓦窑里烧出来的青瓦，四里八乡的水井里，砌的也是瓦窑里烧出来的青砖，瓦窑也因此代替了村名，闻名乡里。

在我的家乡，瓦片不仅仅是盖在屋顶上的，它还有很多小妙用。譬如，杀鸡的时候取下来的鸡内金，放在瓦片上烘干、研成碎末，泡酒喝，那是一味治疗消化不良的良药。小时候，父亲抓了田鸡回来，也喜欢把它的内脏淘洗干净，放在瓦片上，撒上生盐，煨熟了给我们吃，那是在缺少荤味的年代里，最香最滋补的美味。碎了的瓦片，也是孩子们最喜欢的东西，过家家的时候，瓦片就是最好的锅碗瓢盆，大片的是炒菜的锅，圆的是煮饭的煲，更小的就是碗碟。摘来野菜用小刀切割了，放在瓦片上翻炒，就是一道无上的美味。男孩子喜欢把瓦片飞入水中，看谁的漂得远，女孩子喜欢把瓦片磨光了当镜子照，虽然看不见镜子里的脸，却有模有样地在前面扮着鬼脸。瓦片也可以当作尺子，当作颜料，用瓦片在路面上画几条框，就可以做“跳田”的游戏，谁先把瓦片踢入划定的区域内，谁就是胜利者。无忧无虑的童年不需要任何形式的奢华，一颗石子，一块瓦片，一把野菜，足以让那段时光变得多姿多彩。

不知从什么时候开始，水泥楼逐渐代替了瓦房，来要瓦的人越来越少了，瓦窑停产了，荒废了，原来的踩泥池变成了池塘，有的种上了莲藕，有的丢荒，水葫芦、浮萍等水草年年茂盛了又枯萎。瓦厂顶上的瓦片慢慢脱落，房梁也塌陷下来，成为堆放杂物的地方。原来晾晒砖瓦的空地，被人买下盖了水泥楼。文叔早几年去世了，二狗的两个儿子至今单身，他们加入了打工者的行列，背井离乡，过着一人吃饱全家不饿的生活，倒也自由自在。那天回去在路上见到二狗，他的背脊弯了，常年抽烟而灰黑的牙齿也掉了几颗，说话时嘴里露出一个豁口，连声音也像漏风一样。我问起他的近况，他说，两个臭小子还算有良心，时不时会邮寄一点钱回来。就是不争气呀，四十好几了，连个媳妇也没带回来。眼看着十几二十的年轻人，下广东打几年工，带回了外地媳妇，挺着个大肚子。小时候和他一起玩的大春都当爷爷了，儿子不满十九岁就带了女朋友回来，不到二十岁当了爹，看着眼馋呀。我也催他们俩呀，带不回黄花闺女，你好歹也给带个结过婚的，或是带着孩子来的也行呀。可他总说，都过期票了，谁还跟呢？吃饱肚子，过完自己一辈子算了，房子也懒得盖了。村里大多盖了水泥楼房，只有二狗家里还住在他父亲盖的砖瓦房里。

那座代表了全村荣耀的瓦窑，曾经辉煌的历史已经不再。前几年，窑顶上的黄泥就已经塌陷，窑壁上青苔绿了又黄，一下雨的时候，雨水顺着窑壁往下淌，长年累月，窑壁呈现黑褐色，上面还残留着青苔的绿渍。雨水从天窗流进窑内，顺着窑门流出来，窑门低洼的地方积了一摊污浊的水。不知是谁在瓦窑旁边种了几棵竹子，竹子强盛的根茎嵌入到窑壁里，窑壁日渐松动起来。茂密的竹子遮住了瓦窑，竹叶落到瓦窑里，一片阴暗。

上次回去时，因为村里建设新农村，要修路，要在路边建花圃，种树、种草、种花，而瓦窑刚好在入村的路上，挡住了路口。扩建道路时，挖掘机突突地开进来，在轰隆隆的机器声中，瓦窑轰然倒塌，被夷为平地。我的心也随着塌陷下去。经年以后，谁还问起瓦窑在哪里，还会有人记得吗？我们的子孙后代们，是否知道这里曾经的辉煌？我不知道，地底下的文叔如果知道了，那座倾注了他大半辈子的瓦窑已不复存在，他还能找得到回家的路吗？一切，都是一个未知数。

我踩在破碎的瓦砾上，想从中找到一片完整的瓦，可是，再也找不到了。它们早已破碎，倒在了故园的路上，倒在了乡民们的脚下，在我心上划开了一道深深的豁口，那是一种“宁为玉碎，不为瓦全”的决绝。

# 那些远去的乡村匠人

## 一

“爆米花咯，爆米花咯……”一声响亮的吆喝划破午后的寂静。大家都知道，那个做爆米花的老头又来了，于是，孩子们扯着大人的衣角，吵着嚷着，央求大人去给他们做爆米花吃。一些年纪大一点的孩子，干脆自己用米筒量了半筒玉米或大米，拿去换爆米花吃。

做爆米花的老头是一个独眼的人，一只没有眼球的眼睛像颗核桃干一样镶在眉毛底下，据说，那是他在做爆米花时不小心失了手，一颗爆炸的米花不偏不倚，正好砸在他的右眼球里，从此落下了终身的残疾。老头把担子搁在水井边的大樟树底下，卸下做爆米花的铁家伙，一个带摇把的铁锅炉。孩子们早已迫不及待，自觉地在锅炉边排起了队，手里捧着半筒米或一碗玉米粒，眼巴巴地等待着开炉。老头不慌不忙地升起炉火，打开略微生锈的锅炉盖，把第一个孩子手中的玉米倒入锅炉中，从随身携带的装雪花膏的瓶子里捻出两粒糖精撒进去，盖好盖子，放到火炉上，不停地摇动摇把。五六分钟后，他把火炉放到了盛米花的长笼子里，再用一根铁管放在火炉的开关上，准备开锅了，孩子们伸长脖子把头往前探去，老头挥挥手，示意他们往后退，然后一脚踩在开关上，随着砰的一声脆响，锅炉盖打开，爆米花随即跳入笼子里，往簸箕里一倒，白花花的爆米花就在你的眼前跳跃着，发出毕毕剥剥的响声。交了一两毛钱加工费，就可以把爆米花捧回家尽情享用了。用一张作业本或课本纸折成筒状，装上一包爆米花，你绝对有很多的追随者，他们都看着你的眼光，充满了崇拜，如果你能给他一两颗米花吃，他绝对会对你言听计从。有调皮的小孩想占别人便宜，说叫声大爷就给你吃，也有孩子不管辈分、不顾尊严的叫声大爷，两颗爆米花就能将他收买，让他吃得满嘴留香，回味无穷。

那时候基本没有什么零食，爆米花成了孩子们的奢侈品，做爆米花的老头也成了村里受欢迎的人，不仅孩子们天天盼着他来，连大人也对他特别友好，家里有红薯、芋头之类的，都会拿几个过去给他，他会放在火炉边烤熟了，分给孩子们吃。孩子们吃得满嘴乌黑，却乐得跟过年一样。

老头挑着担子走街串巷，隔三岔五就会来到村里，大樟树底下因他的到来而热闹起来。突然有一段时间没见到做爆米花的老头了，人们在闲聊时偶尔聊起了他。有人说，那是一个孤寡老头，无儿也无女，没有固定的居所，住在一个破庙里。夜里，老头突发恶病去世，几天之后才被人发现，汇报给了公社，公社派人把他给埋葬了，那套做爆米花的锅炉就搁在破庙里，谁也不敢去拿。

爆米花的香味一直萦绕在记忆里，老头那只没有眼球的眼睛也偶尔会闪现在梦境里。好久没吃爆米花了，上次在超市里看到包装得很精美的袋装爆米花，忍不住买了一袋，吃到嘴里，却怎么也吃不出当年的味道了。

## 二

“弹棉花，弹棉花咯……”一声带着湖南口音的长长吆喝从小巷的深处传来。我赶紧探出头去观望。只见一个穿着肩膀上露着棉絮的灰色棉衣的年轻人，肩上背着一张大弓箭样的东西，一边扯长声调吆喝着，一边弹拨两下弓箭上的铁丝，发出砰砰砰砰的响声。

母亲赶紧出去把他叫了进来，说有一床旧棉絮要反弹。母亲从房间里抱出发黄的旧棉絮，塞到那个人的手中，那个人抱起旧棉絮往晒谷坪的插青屋里走去。我和母亲跟了过去，还没到，就听到里面传出了砰砰砰的响声。到了门口，看到灰尘满天的屋里有两个人，一个一手拿着弹弓，一手握着弹花棰，在棉絮上砰砰砰地敲打着弓弦，每敲一下，棉絮就被弹起，纤维变得松散起来。砰砰砰，砰砰砰，棉絮弹起又落下，落下又弹起，轻飘飘的棉絮飘舞在空气中，有的落到他的头发上，有的落到他的衣服上，顿时，他的头上全白了，胡子眉毛也白了，衣服上落了薄薄的一层棉絮。我感觉有些棉絮钻到了鼻孔里，非常痒，禁不住打起喷嚏来。

经过反反复复的弹打，一朵朵棉花变成了雪白的棉絮。棉絮下，早已拉好了一层网纱，师傅把棉絮整理成被子的形状，开始拉线。他手里拿着一根细长的竹枝，竹枝的一头牵着一根长长的纱线，他熟练地把纱线从这个对角牵引到那个对角，绕在旁边固定的木钉上，纵横交错，拉成了一张网，把棉絮网在里面了。棉絮像个听话的孩子，服服帖帖地躺在师傅拉起的纱网里，但还比较松散。师傅让两个徒弟拿来木制的磨盘，压在棉絮上，两人轮流用力挤压，棉絮渐渐由厚变薄，由松变紧，很有弹力。师傅摸摸棉絮，觉得可以了，就拿来一枚粗缝衣针，穿上纱线，在棉絮上缝上几针，又继续用磨盘推压，每个角落都推压一遍，再翻过来推压一遍，一床崭新的棉胎就做成了。

一直等到日落西山，才轮到弹母亲的旧棉絮。一个徒弟早已把旧的纱线剪断，撕开，把里面的旧棉絮扯成一团一团的。师傅拿起弹弓，敲打弓弦，开始弹棉絮。旧的棉絮比棉花更难弹，一来它用的时间长了，积累的灰尘比较多，弹起来屋里的空气变得更加混浊了。二来它的纤维不够，太实，要反复击打才能弹松。师傅在弹棉花，两个徒弟在牵纱线。底层的纱线牵好，棉絮也弹得差不多了。把棉絮填入网纱里，上面再拉一层网纱，就可以压实了。从太阳升起一竿子到太阳落山后，三个人分工合作，就弹了两床棉胎，得到八块钱的加工费。

弹棉花的过程中，母亲和那个师傅唠起了家常。师傅说，他是湖南人，那两个年轻人一个是他的儿子，一个是他的徒弟。他们三人平时在家农忙，从八月之后就外出弹棉花，生意好的话，过年前可以赶回家去与家人团聚。如果生意不好，或者揽到的活儿没有完成，他们就不回去过年了。他们从湖南辗转来到广西，几乎走遍了广西的每个乡镇农村。每到一个地方，他们都会租住一两间民房或公家的房子。白天，那里是他们的作坊和厨房，晚上，又成了他们的卧室。把架子一收，铺盖卷一展，就能美美地睡上一觉。临近过年前，工夫赶得紧，晚上也要加班，做到半夜才睡几个钟头。母亲问他，家里还有什么人。师傅说，家里有老婆还有四个没有成年的孩子，他只带了大儿子和徒弟出来。大儿子本来学习成绩很好，但家里那么多张嘴等着吃饭，就靠着他一人外出弹棉花贴补家用，基本生活都难以保持，只得让孩子辍学，跟着他走南闯北，学一门手艺，自己养活自己。我看了看旁边那个略显瘦弱的年轻人，他苍白的脸色上分明露着无奈，他朝我苦涩地笑笑，说："小妹妹，以后勤读书，有出息，可别像哥一样，干这下等的活计。"

前几年，我也种棉花。去弹棉胎的时候，发现用的都是弹花机了。棉籽脱粒有脱粒机，弹棉絮时，把脱粒后的棉花塞入机器中，出来的就是白花花的棉絮了。纱线不再一根一根地手工来拉，而是铺一层事先做好的网纱。压棉胎也有木制的大磨盘，但只是开始是用来压实棉花，之后的工序都用机器来完成了。

小巷里，不再有"弹棉花，弹棉花"的吆喝，那些走街串户弹棉花的湖南人，也不知去往了哪里。我还是怀念那种手工棉絮的温暖。

## 三

母亲在煮猪潲的时候，水一开，她就拿着棍子去搅拌，突然冒上来的热气熏得她眼睛一片迷蒙，她看不清锅里的猪食，只凭着感觉去用力，咯噔一声，母亲感觉到手下一滑，她赶紧放下棍子，趴到灶口查看锅底的情况。只见锅底的一角渗出了黄豆大的水珠，水珠落到燃烧着的灶灰上，嗞的一声冒起一缕青烟。"坏了，坏了，鼎锅被我捣穿了。"母亲喊着，叫我到水井边上看看补锅匠来了没有。

到了水井边，看到有一群人围在那里。我挤进人群中，看到一个老头坐在小板凳上，他正在用一块砂纸去擦拭一口铁锅的缺口。旁边的地板上，大大小小的几口黑锅依次排放，每一口锅都有一个或大或小的洞口，有的是中间穿了个洞，有的是旁边缺了一个豁口，有的是掉了一只耳朵。老头的前面，一个小铁炉里炉火正旺，里面一把铁钳夹住一个坩埚，老头拿起几块废旧的铁片，敲碎了倒入坩埚里，在炽热的炉火中，坩埚里的铁水烧得通红，发出熠熠夺目的光。

补锅的老头是街上的一个退伍军人，村里人都熟悉他，叫他“隆冬”。听说他曾参加过抗美援朝战争。在战争中，他的一只脚负伤了，落下了残疾，走路的时候，腿一瘸一拐的。老头擦好了铁锅的缺口，从工具箱里翻出一块铁片，把它放到缺口的位置。他上下左右比对着，确认合适后，右手握一把长长的铁钳夹着一把独特的陶制小勺，从坩埚内舀起一小勺铁水，迅速地倒在摊在左手的垫子上，垫子上面有草木灰，灰中间事先挖了一个小坑，铁水倒在小坑里，就不能随意滚动，以防烫伤。老头熟练地将盛有铁水珠的垫子从铁锅的外面对准漏洞按上去，火红的铁水嗞嗞冒着青烟，老头用一个沾满草木灰的布团按在铁水上面，上下左右抹均匀了，铁片就稳稳妥妥地被黏合到铁锅的缺口上了。

那些缝缝补补的岁月里，有多少的缺口，都在补锅匠的手中被缝合。他缝补着日子，缝补着时光的漏洞，也缝补着心灵的伤口。他就像一方黏合剂，把贫穷日子里朴素的生活粘贴起来，那些器物在他的手中化腐朽为神奇，延续着自己的使用寿命。家里炒菜用的那口铁锅，是母亲从娘家带来的陪嫁品，锅耳朵缺了又补，补了又缺，新铁焊接着旧铁，伤疤叠加着伤疤，母亲一直不舍得把它丢弃。这样一来可以节省开支，二来又成全了她的思乡情结，每每谈起这口锅，母亲总是说：“这是我娘用打柴赚来的钱帮我买的。卖了好几担柴才换来一口锅呢，怎么能说换就换呢？”家里最老的一个锑锅，据说还是奶奶那时候的，它整天镶嵌在灶台上，锅的四周被柴火熏得结满厚厚的锅灰，锅盖已经变形，不能完全盖严了，烧水的时候，火烟会顺着不严实的地方钻进去，烧出来的水也具有一股浓重的火烟味。锅底不知补了多少次，已看不出原来的模样了，最后破得不能再补了，只得把整个锅底都换了。一口锅用了几代人，日子就在这样的循环往复中波澜不惊。

母亲把铁锅搬下来，铲掉底下的锅灰，叫我帮忙搬到水井边去。我排在队伍的后面，踮起脚尖等待着。大伙儿闲着没事，就和补锅匠唠起了家常。补锅匠津津乐道地和大家谈起了他在抗美援朝战场上的光荣事迹。他说，当年街上和他一起报名参军的有十几个人，最后只有他们三个通过验收，奔赴朝鲜战场。在战场上，他和同乡失散了。为了寻找失散的同乡，他爬上一个高地，遇上敌人的突然袭击。他绕到敌人后面，开枪打死了一名敌兵，却不幸被另一名敌兵打中右腿。他假装倒地不起，等敌人撤走后，才拖着伤残的腿去追赶部队。他说，能活着回来已经是最大的幸运了，腿残了又有什么要紧呢？那么多战士把鲜血甚至生命留在了战场上，他们才是真正的英雄。从部队复员以后，街委会给了他一个看守仓库的活计，可他不想沾光，他想靠自己的劳动来养活自己，跟人学了补锅这门手艺。他说，他还要把这门手艺传给他的儿子。

前一段时间，在街上遇到一个卖不粘锅的小贩。我上去询问价钱，他一手拎着锅耳朵，一手咚咚咚敲着锅沿，滔滔不绝地夸着："你瞧这锅底，多厚实，当年我父亲走街串户帮人补锅，那些铁锅用了没多久就破了。破了又补，补了又破，补上的疤痕一戳又破，那时没钱买新的，只能将就着用。现在你用这不粘锅，既不粘底，又经久耐用，比那铁锅好用得多了。"我说，你就是隆冬的儿子吗？他说是的。我又问起他爸的一些情况。他说，他才十几岁，他爸就逼着他学补锅，可他不感兴趣，他说补锅太脏太累，还被人瞧不起，不愿意学，为此，他不知挨了爸的多少拳头。可他就是不学。没过几年，他爸的生意越来越少了，没多少锅可补，最后干脆卖起了铝锅。他庆幸自己当年没有听从爸爸的劝告去学补锅，否则现在早就失业了。他说，他爸当年补锅的那套行当还堆在老屋的角落里，早已锈迹斑斑，蒙上了厚厚的灰尘。他爸时不时也会去看一眼，但却再也没有去碰它们。

# 被埋没的石碓

去年拆老屋的时候，家里请了一台挖掘机，只半小时不到，那座经历了几十年风雨的老屋轰然倒下，被夷为平地了。我回去的时候，只看到一堆堆破碎的砖头和瓦片。忽然想起原来的厨房，赶紧问母亲，那架石碓怎么样了？挖出来没有？母亲说，来不及了，东西还没搬完，挖掘机就来了。灶台上那个大锑锅还没来得及拿走，就被落下来的砖头砸中了，锅盖都砸扁了。顺着母亲所指的方向，我看到空地的角落里，那个被砸扁的锑锅，整个锅盖被砸得像个驼背的老头，皱巴巴的，锅体也被砸得歪歪扭扭，变成了不规则的形状。

我努力地寻找原来石碓的位置，想找到一点点关于它的蛛丝马迹，但眼前除了泥土和砖瓦，一切已无迹可寻。我不知道，这架石碓从什么时候就有了，打从我有记忆到现在，近四十年了，它一直在。我还很小的时候，石碓并不是在这个位置的，它被安置在一间敞开的碓房里。那间碓房本来是一座炮楼，但在打日本鬼子的时候，炮楼顶被炸平了，墙壁也被炸穿了几个大洞。爷爷重新盖起了炮楼顶，却把四周的墙壁拆了，只保留几根柱子。石碓就在炮楼的西北角，麻石凿成的石臼埋入泥土中，木头做的踏板支在两块青石之间，中间用一根轴承连接，踏板沉下的部分挖了一个坑，也用青石砌起来。长年累月，轴承已被磨损成两头粗中间细，青石也被磨得光滑油亮，失去了本该有的棱角。

那时候还没有电磨，逢年过节，做糍粑的米粉都是靠石碓粉碎的。早在年节前的一两天，母亲就泡好了糯米和粳米。家里人多，过年时，少说也要做二三十斤米的糍粑，打粉要花一整天时间。母亲把滤干水的米倒入石臼里，一次最多能倒三四斤，太满了容易溢出来。我们小的时候，踏碓和筛粉都是母亲一个人去完成。要把一粒一粒的米打成细腻的粉末，是既需要人力也需要技巧的。母亲一手扯住绕在房梁上的一节绳子（为了站得更稳，更好出力），一手握着一根木头拐杖（“拨米棍”，用来翻动石臼内的米），一只脚踏在踏板上，用力一踩，踏板下沉，碓头扬起，脚一放松，碓头下落，砸在石臼里的米上，就这样一起一落，碓头像鸡啄米一样不停地砸，石臼里的米也慢慢被砸碎。为了让米砸得更均匀，一边踏碓，还要一边用拨米棍不停地搅拌，可以说是手脚并用，动作必须非常协调。碓头扬起时，拨米棍搅一下，如果等碓头落下来你再搅，就会砸中拨米棍，如果站不稳，可能连人都会被带摔，所以踏碓是一项带有危险性的劳动。如果有两个人的时候，可以互相配合，一个人踏碓，一个人搅拌，就没有那么辛苦了。母亲常常和姨妈合作，踏完我们家的，再踏姨妈家的。

为了让米粉更加细腻，粉碎之后的米粉必须过筛。筛米粉用的是箩斗，竹片或木片围成的圆框，底部镶嵌一个非常细密的筛子，把粉碎过的米粉舀进箩斗里，左右摇动或做圆圈转动，洁白的米粉就像雪花一样纷纷扬扬落到准备好的簸箕里。留在箩斗里的是不够细的，必须重新倒入石臼里，反复砸打，反复过筛，直到把所有的米全部筛过为止。母亲一边踏碓，一边搅拌，细细密密的汗滴从她的额头沁出，渐渐变成豆大的汗珠从她的脸颊滚到脖子上，钻入她的领子里，不一会儿，衣服都被汗水浸湿了。她的动作既熟练又协调，一上一下，一起一落，不像在劳动，而是在跳舞。在我幼小的心目中，母亲就是世界上最美的舞者，跳着世界上最动人的舞蹈。踏碎一石臼的米之后，她把碓头支起，把米粉一勺一勺挖到箩斗里，一圈一圈地筛，筛完一臼再踏一臼。

我们稍微大点的时候，也能帮母亲踏碓了。我和姐姐一人踩一边，但动作总是不协调，她上我下，她下我上，踩得碓身也摇晃起来，碓头也摇头摆尾的，石臼里的米粉也被甩了出来。我一赌气，嘟起嘴巴就不想踏了。母亲说，不急，慢慢来，熟练就好了。做什么事情都是熟能生巧的，如果一开始就放弃，你将什么也做不好。听了母亲的话，我又重新投入进来。果然，越踩越顺脚，动作也逐渐协调起来，好像不用花很大的力气，石碓也听从我们的指挥了。

除了做糍粑的时候打米粉，过年打米饼也用石碓。因为村里有石碓的人家不多，整个腊月里，我家的石碓几乎都没有停过。这家捧一筐箩米粉，那家扛一箩筐糖浆，把米粉倒入石臼里，舀上几勺糖浆搅拌一下，用石碓去舂，米粉与糖浆充分混合在一起，用手一抓，就能抓成一团。这些饼团是可以直接吃的，但容易粘喉咙。那时候没有什么零食，饼团就成了大家的美味。大娘、大嫂们来舂饼，总要给我们抓上几个饼团，捏在手里，狼吞虎咽地吃起来，吃得急，常常被噎着，有时候，饼团还会粘在上颚里，要用手去抠才能抠掉。母亲常常说，不要吃太多，吃多了容易上火。我们哪里管它上不上火的，天天盼着有人来踏碓，来舂饼，天天有吃，吃了一个腊月下来，喉咙也疼了，嘴角也烂了。母亲用炒焦的米给我们煮米汤，用陈年的梅子给我们煮水喝，喝了几次，烂嘴角的毛病居然神奇地好了。

那段时间的碓房是最热闹的，从早到晚，都可以听到踏碓发出的咚咚声，它就像一首动听的歌谣，飘荡在乡村的每个角落里。来踏碓的叔婆婶娘们面上含笑，东家长西家短地拉着家常，不时发出爽朗的笑声。她们用手指捏捏这家的米粉，用勺子舀起那家的糖浆，看谁家的米粉最香最细腻，看谁家的糖浆煮得稀煮得稠，糖浆从勺子滤下，滤的丝越长就越好。她们互相品尝着各家的饼团，你尝一点我家的，我品一口你家的，相互吹捧一番，评价一番。打米饼的时候，常常是几家配合，今天你帮我，明天我帮你。最高兴的要数小孩子了，他们在大人之间穿梭往来，吃着饼团，唱着歌谣：下大雨，过瓦背，瓦背有个丫姑儿（小姑娘），穿红衣，踏红碓，踏着个狗儿汪汪吠……歌儿飘过乡村的大街小巷，飘过蓝蓝的屋顶，飘过清凌凌的小溪，飘成一段令人怀想的时光。

在那段物质贫乏的岁月里，人们的精神生活是那么丰富多彩，他们没有过多的追求，只希望能填饱肚子，衣食无忧，无病无灾，那就是最大的快乐。石碓是乡村忠实的伙伴，它守护着乡里人的粮袋子，守护着乡里人最朴素的愿望。

1988年，家里拆了炮楼旧址，盖起了村里的第一座水泥楼，碓房也在拆迁的范围当中。关于石碓的去留，父母之间曾经展开了一场小小的讨论。父亲说，现在村里有了碾坊，碾米打粉都用电，谁还用这石碓呢？搬又搬不走，干脆砸了算了。母亲却说，万一做糍粑的时候停电了呢？你拿什么去粉碎？碾米机打的粉，总没有石碓舂的细腻，还是石碓舂出来的糍粑好吃。最终，父亲拗不过母亲，只好同意把石碓留下来。石碓的搬迁也是一个麻烦事，那个笨重的石臼埋入土中，周围的泥土都是夯实的，踩了几十年都没有把它撼动，要想撬起来并搬走重新装，难度不小。父亲用铁棍一棍一棍地敲松了石臼周围的泥土，用铁锹一锹一锹地把周围的泥土铲走，半米多深的石臼露了出来。父亲喊来几个年轻力壮的叔叔，翘起石臼，用牛绳在底下打了个十字结，绑好，用一根长长的竹篙一扛，就把石臼扛了起来，还有支起轴承的两块青石，也一起挖了起来。木头的碓身中间部分已长了虫眼，父亲在它的上面和左右两边各加钉了一块杉木板，给它做了加固维修。

水泥楼盖好了，石碓安去哪里呢？总不能安在大屋里吧，这与水泥楼的结构显然是格格不入的。大屋旁边，另外加盖了两间瓦房，用作厨房和储物间，就把石碓安在厨房旁边的储物间里。父亲挖了一个一米多深的坑，把石臼装好，四周用黄泥夯实，上面打过一层水泥浆。安装好支点和踏板，周围同样打上了水泥浆，石碓就以崭新的面目出现在我们家了。刚开始那两三年，打糍粑粉都用碾米机，只有过年前打米饼的时候，还有少数人来舂饼团，石碓大部分时间都是闲置在碓房里。平时，母亲把家里的农具、箩筐等等都堆到石碓周围，过年前才把这些东西搬开，打扫碓房，用热水洗干净石碓，风干，等着左邻右舍来舂饼团、打米饼。打米饼的人越来越少了。有一年，母亲早早把碓房收拾出来，把石臼、碓头仔仔细细地擦洗干净，却没有一个人来。一打听才知道，现在的包装食品越来越多，又便宜又方便，大家都不愿意打米饼了，既要提前半个月炒米、打粉，又要舂饼团、装模、打饼，太麻烦了。从那以后，母亲不再清洗石碓，石碓完成了它的历史使命，退出了历史的舞台，它的四周，堆满了各种废弃不用的家什，连石臼里也塞满了各种不用的小物件，踏板上面也摆满了坛坛罐罐，石碓不再是石碓，它已面目全非。

这几年，村里很多外出打工的人家都回来盖起了水泥楼，有的还盖起了小别墅，二十多年前，我家那座村里的第一座水泥楼显得老旧和过时了。母亲总是唠叨，谁家又起了三层，哪家又起了四层半，好气派呀。架不住母亲的反复念叨，去年，家里准备拆了这座水泥楼，重新建栋小别墅，起个小庭院。拆老屋的时候，母亲没有提前叫人把石碓挖出来，在挖掘机轰隆隆的巨响中，老屋轰然倒下，石碓被埋到了底下。新楼的地基要比原来高出一两米，除了老屋拆下来的砖瓦，还要拉十几车石子填平。那架陪伴了母亲大半生的石碓就作为新房的地基被埋到了地底下。当挖掘机从它身上轧过，当压路机碾过它的肩膀，它会不会感到疼痛呢？

这一次，母亲比较释然，她只是淡淡地说，来不及了，东西还没搬走，挖掘机就来了，她更可惜那个被砸烂的大锑锅吧，还是，她早已看淡了一切，明知道留不住，不留也罢了吧。

可我，还是一直无法释怀。

# 未曾遗忘的时光
## ——走进钟山古村落

### “小南京”玉坡村

在桂东北的贺州钟山县燕塘镇，有一座有着九百多年历史的古村落，它就是具有“小南京”之称的玉坡村。玉坡村始建于北宋，其始祖是宋元祐进士廖正一。玉坡村全村姓廖，祖籍江西省抚州府金鸡县，在玉坡《廖氏族谱》中有对其始祖的相关记录：“旧碑载公系元祐进士，籍江西抚州府金鸡县，官于昭（州）之旧县龙坪，其故此在陶唐村，南渡后不复北归，爱玉坡山水之胜而家焉……”由此可见，其始祖廖正一被贬后出任寰昭（州）之旧县龙平，因为看中了玉坡秀丽的自然山水和冬暖夏凉的特殊环境而在此安营扎寨，建立村庄，为其子孙世代安居之所。到了元朝中叶，因廖氏五世祖的僮仆与赤马夷壮结怨而引起争斗，玉坡廖氏族人举家迁居府城桂林。明朝初年，由其六世祖廖履常领兵回故土平定瑶民起义，重归故疆，从此在玉坡村定居下来。

徜徉在玉坡村古老的青石小巷中，眼前展现的是当年廖正一带领族人翻山越岭，远道而来的滚滚风尘。一路的舟车劳顿，一路的颠簸驰骋，当他们来到这一片陌生而又充满生机的土地时，内心是如何的惊喜惊叹。生逢乱世，天涯何处是故乡？且把他乡当故土，心安处，即是家。

玉坡村是钟山县唯一的一个由贬官建立起来的村庄，贬官不仅带来了文化，也带来风尚，这种风尚不但在族内得到传承和发扬，也使乡间受到影响。玉坡村自古是一个注重教育的村庄，特别是在学而优则仕的封建时代，读书习武，更成为该村一大风气。据玉坡村廖氏族谱记载，从宋到清，玉坡村有进士举人十一人，其中进士一人，文举六人，武举四人，有各类贡生二十六人，有禀、监、庠、增生等秀才不计其数，且大多为正途入仕，大多求取功名后外出为官，有官至辽东都督大总兵，藩司通史，直奉大夫，临安别驾，江南義仓太史监千总，梧州总兵，副总兵、参戎、守府，庆远参将及鄘县、光山、灵川、龙坪、恭城、柳城、全州、龙胜、衡阳等县知县、知事、城守、训导、教谕等数十人。

玉坡村坐落于喀斯特地貌的群山之中，其东、西、南三面山岭绵延，村舍分布于三台山、珠山、大庙山下，依山傍水，村前小溪环绕，村后绿翠欲滴，因地处较低，村落四周井泉密布，池塘广阔，水源丰富，稻田肥沃，植被茂盛。玉坡村自古注重生态保护，村庄所依的山岭树木葱郁，山清水秀，冬暖夏凉，环境宜人。且该村历史上田广地富，有钱人多，举人、秀才多，出道为官人多，成为方圆百里有名的富贵村和官臣乡。由于玉坡村院深楼高，村固如堡，素来被人们喻以“小南京”之美称。

玉坡村原为一个村落，清末至民国时期，由于社会动荡，地方贼寇常趁机打劫，为了防御匪患，该村部分较富裕的人家纷纷内迁到大庙山后，建立了玉西村，从此玉坡分为玉东和玉西两个主要自然村，也由此形成了玉西村富人相当集中的格局。

玉西自然村后背以大庙山与珠山为屏障，前方以池塘为基础开挖壕沟，壕沟边砌护村石墙做防御；全村防御坚固，固若金汤。想要从前面进村，必须经过两个门楼一个山坳；村后大庙山与珠山间形成的山坳，外陡内缓，坳上设一门，两旁砌以石墙延至两山峭壁。村前两个门楼一座在西，一座在南，门楼高耸串联在坚实的护村石墙上。村中以青砖筑高楼，青石铺巷道，家家屋脊翘角，户户墙厚壁坚。居高远眺，整个玉西村有如坚固之城堡，十分井然，“小南京”之美誉因此而得名。

玉东村分别以三台山和珠山两座相向山体为村居靠山，珠山旁为大庙山，重要的文物点主要集中在玉东，如寺庙、祠堂、牌坊等都在玉东，这些古建筑从一定角度折射出清中期该村在经济和文化上的强盛。玉坡村不仅有着良好的经济基础和文化底蕴，还有着丰厚的革命传统，革命的薪火曾经在这里燃起并传递。在玉东村三台山下，至今保留了钟山县第一位中共党员廖祥勋的故居，当年，廖祥勋就是从这里走上了革命的道路。廖祥勋生于1906年，1924年春考入上海大厦大学，求学期间受到中共党员施乃铸、熊映楚的启发和帮助，阅读了进步书刊，思想觉悟不断提高，与进步学生提出了“读书不忘革命，革命不忘读书”的口号，1925于上海加入了中国共产党。1925年冬，受党组织的指派，廖祥勋从上海回到玉坡村开展地下革命活动。他在玉坡村五房祠堂办起了平民夜校，无偿提供灯油、文具，免费吸收村里六十多个贫苦青年男女入校学习，还在村中观音阁创办玉成小学，吸收贫苦家庭的儿童及青年男女入学，自任校长，自选、自编了一些通俗易懂的乡土教材，教唱革命歌曲，传播共产主义思想。1926年暑假期间，廖祥勋奉党组织的调派，离开家乡到广东省的海南、佛山从事地下革命活动。1928年10月，经广东省委批准，廖祥勋再次回到钟山，在玉坡村再以教书为名，从事发动群众、组织农民武装等地下革命活动。1929年5月，廖祥勋在英家、平乐的同安一带秘密筹集武器，被国民党钟山当局察觉后转移外地，先后到陆川中学、北流中学任教，利用教师的合法身份开展党的秘密活动，“九一八”事变后，又回到本县继续进行革命斗争。1937年，抗日战争全面爆发。同年10月，廖祥勋说服家人后带着胞妹廖卓、堂弟廖敦、工人张重汉四人北上抗日，1939年冬在山西省隔县抗日前线为国捐躯，享年三十三岁。

目前，玉坡村仍保存着数十间旧式青砖大屋，以及数十厘米厚的护村石墙和一些古井、门楼、石板巷道、石桥、古祠庙、石牌坊等。玉坡村的大庙山下，有一座玉坡大庙，名叫“协天宫”，建于清道光年间，该庙以青石做柱，青砖砌墙，小青瓦盖顶，雕花板封檐，墙头彩绘壁画，青石门框上雕双龙戏珠，一对雄健高昂的青石狮坐落于大庙前廊坊的两边，为大庙增添了许多威严和光彩，从中可以让我们窥视到玉坡村人那昂扬与富足的精神面貌。玉坡大庙旁是廖氏宗祠，该祠面阔三间，上下两进，青砖砌墙，梁柱构架，硬山式顶，高大气派，反映出玉坡人尊宗敬祖良好的传统。

恩荣牌坊是玉坡村最具特色、最亮丽的一道人文风景，也是广西有名的古建筑之一。该牌坊位于五房祠堂前，建于清乾隆十七年（1752年），为该村进士廖世德为纪其祖所建。牌坊由乾隆皇帝下诏，地方政府出银建造，整座牌坊使用青石雕刻嵌合而成，牌坊宽6.18米，进深1.66米，通高7.32米，占地10.30平方米。主体为四柱镶合，形成三间、五楼、庑殿顶结构。四条石柱分别立在四个石基座上，柱的前后设抱鼓石，明间正楼庑殿正脊两端饰反尾上翘鱼鸱吻，正中为宝葫芦顶，四斗拱间为透雕花窗，牌坊抬枋正背两面分别雕刻着多组玲珑剔透的传统吉祥图案和文字匾，这些牌匾和浮雕图，每一方都有着深刻的文化内涵和喻义。

牌坊背面，中间下抬枋浮雕“丹凤朝阳”图，抬枋上阳刻“光前裕后”匾，匾上抬枋浮雕“八仙贺寿图”，八仙贺寿抬枋上阳刻“世泽绵长”匾，其匾上方抬枋是浮雕“鱼跃龙门”图。左右两旁，下抬枋浮雕“书卷日出”图，寓意是只有多读书才能求取功名，才有前途，这体现了“学而优则仕”的儒家思想。左抬枋间中阳刻“诒厥孙谋”匾，右抬枋间中阳刻“遵乃祖训”，体现了期望子孙在未来建立功勋、光宗耀祖、恪守遵照祖宗的训示。

牌坊正面，中间下抬枋高浮雕加镂空雕“双狮戏球”，抬枋上为廖世德之功名匾：“敕授文林郎知河南光山县，康熙辛卯科乡进士廖世德”，该横枋上为廖肃功名匾：“明诰授奉直大夫云南临安别驾，万历丁酉科广西乡试进士廖肃”，这一些，记载了廖家曾出了多位举子及他们的官职与任所。该匾上横枋浮雕“双龙戏珠”，枋上托以“恩荣”匾，该匾是该牌坊中心，这里的“恩”指的是皇恩，“荣”即荣耀，“恩荣”即皇帝赐予的荣耀，“恩荣”匾以浮雕“双龙献珠”枋作托，以浮雕盘龙嵌边，给人一种至高无上的荣耀感。正面两旁间，下横枋各浮雕“麟吐玉书”吉祥图，“麟吐玉书”抬枋上为廖世德之儿、侄廖当毅、廖当树、廖当强、廖当权之金榜功名，左匾上阴刻记：庚午科乡进士检选知县，男、当毅。辛未岁进士候选儒学、男、当树仝附建。右匾上阴刻记：恩授儒林郎，候选州同，男、当强；恩授修职郎，岁进士、胞侄当权、仝附建。龙飞乾隆十七年岁次壬申榖旦。

站在“恩荣牌坊”前，任时光倒流，我们仿佛回到四百多年前的玉坡村，那一届进士及第的马蹄声，踏破了每一条青石小巷，进士廖肃骑着高头大马，锦衣高帽，红绸绶带，容光焕发，衣锦还乡的荣耀，给这座古老的村庄带来了多少吉祥喜庆的色彩，也鼓舞了无数的廖氏后世子孙勤学刻苦，诗书传家。多少年来，廖氏子孙们恪守祖宗的遗训，饱读诗书，求取功名，出现了别驾、文林郎、儒林郎、修职郎等多位功成名就者，这在钟山，甚至全国的乡村中，这是罕见的现象。

玉坡村这座“恩荣牌坊”，是廖世德一家为纪其祖廖肃和彰显廖世德一家积极进取之功绩而建的一座功名坊，广西目前存留的牌坊不多，恩荣牌坊也仅此一座。牌坊不仅记录了廖世德一家执着追求的奋斗精神，也表达了廖世德一家所向往的美好愿望。恩荣牌坊以大块石料雕刻，以卯榫嵌合，整座牌坊不用丁点灰浆，它不但完整地保存了作为一件文物所具有历史性、科学性、艺术性特征，在让人感受到它的古朴和气派之余，也让人从中窥视到廖世德一家积极进取的奋斗精神和金榜题名后的喜庆。

玉坡村的古民居布局严谨，规划有序，以纵向排列为主，每排约为两至三座，以铺石巷道分隔，每个巷口设以门楼，既可使我们看到明清至民国时期桂东北民居建造模式，也可以让我们从中窥视到该村在历史上的富裕程度。这些古民居的建筑庄重、大气。有纵向连排，也有单体独立，但风格基本统一，既每座分前中后三个部分，前部分中为天井，两旁为杂物房，部分杂物房上有小阁楼，天井前设山墙或杂房，大门通过天井南边杂物房横出；中间部分为主屋，主屋高三层，面阔三间，即中为厅，两旁为房，厅屋用雕花隔屏相隔，分厅前、厅后（厅后一般为上楼板梯），主屋地平面一般比前部分高数十厘米，主屋后加附属建筑，中为天井，两旁为厨房和杂物房，单层。建筑单体以三合院的院落式为主，硬山式顶，部分翼角高翘，精雅别致；部分屋脊博古规整，庄重厚实；装修精致富丽，雕刻精良，彩绘明丽，整体视觉给人一种规整、高大、精良之感。

玉坡村的确是个好地方，不管是自然环境，还是人文历史，都有其显著之处，这里不仅山清水秀，而且鱼肥稻香，由于水土原因，这里鱼多鲜美，其肉非常甜脆，稻米也非常香软，只可惜这座庄园式的村庄，经历战争动乱岁月，经历“文革”时期，已有很大的改变，虽然其原有的风貌仍可寻觅，但渐渐失去其过去的风光和风彩。

## 回龙古村——龙道村

龙道村位于钟山县城南面的回龙镇，距县城约十五公里，该村初建于宋朝，至今已有七百多年的历史。整座古村依山而建，村前池塘环绕，村后山岭逶迤，气势非凡。

龙道村整个村子均为陶姓，其祖先于唐末时期由山东迁入。在唐末天祐年间，山东青州太尉陶英以征南将军领兵出征昭州（现平乐县）平乱。平定后其长子迁居龙平县高村（钟山地）居住，其后人又于元朝时期迁居回龙，建立龙道村至今。

龙道村现存古民居约一百座，古民居建筑依岭而建，建筑格局十分独特，既有古代南越土著民族的建筑特点，又有着中原汉民族的建筑风格，为变异干栏式民居建筑，至今在广西境内都很少发现有类似的古民居建筑群。民居建筑家家相连相通，而且每一户的石库门上都雕刻着对联与八卦图，体现了该村别具一格的建筑风格和独特的文化底蕴。

该村古民居群以巷道为界，分为平地古民居和坡地古民居两个部分。村子前面较为平坦的部分为平地民居，这部分以封闭式的巷道划分为东西两个部分，东边以大四合院为主，院门向东，西边则以两条封闭式走廊向西深入，四户民居连成一个整体。村子越往后面，地势逐渐升高，成为坡地。这部分民居就依着地势，因地制宜地建在缓坡之上，数十座古民居由之字形巷道进入，大巷道又分叉为小巷道，每一条大小巷道口都设置了闸门和门楼，把整座民居连成了一个有机的整体。这些建筑风格特点，既体现出当时社会的动荡，也充分显现出建筑文化的丰厚，体现了村民们抵御外来侵犯、祈求安居乐业的朴素愿望。

龙道村古民居前面，以环绕的鱼塘作为壕沟，内塘基筑砖墙作为屏障，村中巷道结构复杂，村内闸门众多，炮楼林立，楼高墙厚，坚如城堡，形如迷宫，神秘莫测，形成了很强的防御体系。这从一个侧面反映了当时的社会现实。清朝中晚期，社会动荡，战乱频繁，民不聊生，当时的龙道村属昭平县管辖，因与县治较远，经常受到贼人、流寇的侵扰。为了防御贼寇的侵犯，一些富裕的村庄自筹资金，筑起了坚如城堡的村庄，龙道村就是其中一个重要的代表。

龙道村古民居的建筑以砖木结构为主，青砖黛瓦，屋前屋顶都有大型浮雕，雕刻的花鸟虫兽栩栩如生，精巧别致。这些房屋依着地势，前低后高，每一户分为两排，第一排是前院，前院两侧房屋为猪牛栏，中间为走廊和天井，中间有楼梯登上后排的二层走廊，二层的三间房屋是主屋，正中为堂屋，两边为居室。堂屋后面有神台隔屏，居室门对着厨房，由主屋前面的走廊经厨房进入，整座房屋既有南越土著居民的干栏式建筑特点，又有中原汉民族的建筑特点，成为独一无二的变异干栏式建筑。这体现了钟山境内南越民族与汉民族文化的融合与取舍。

龙道村民居最引人注目的特色是家家户户正门两边的石刻对联，这些对联与其他村庄不同，它们不是逢年过节才用红纸张贴的，而是长年累月镌刻在青石门框上的，这些对联字体雅致，风格多变，虽历经风雨洗礼，却不曾腐蚀，不曾脱落，字迹依然雄浑有力，清晰可辨。

除古民居外，龙道村现有门楼八座，炮楼六座，祖庙、寨主、书院各一座。祖庙的正门、后殿，书院的前门、后门，每一座门楼都毫不例外地雕刻着石门对联。现今保存下来的对联有四十多副，大多涉及修身、齐家、治国、平天下的道理。对联的内容，大多与文明处世、清白传家及诗书礼仪有关，弥漫着浓厚的文化氛围与气息。如龙门祖庙正门对联“龙安宁龙守二村天宝物华蔚起　门康泰门镇数房地灵人杰兴隆”，此联用“龙门”两字嵌入联中，希望祖先保佑二村蔚起、数房兴隆。书院正门对联“钦明门第流芳远　乐读家声衍庆长”，后门联“前堂永日同稽古　后进文风叠胜先”，意在教育子孙要勤奋读书，一代更比一代强。门楼对联有：“门对西山多爽气　人瞻北阙下彤云”“枫陛敷恩盈梓里　蓂阶凝瑞起松云”“芝兰竞艳德门新　奎壁联辉云路辙”等等，都充满着一种浓郁的传统文化气息。而古民居的对联则多数体现勤俭持家，崇尚读圣贤书，如“座镇龙山凝瑞气　门临池水焕人文”“蓂阶世泽垂明德　粟里家传好读书”；体现人文精神、传统做人理念和处世态度的有，如“勤俭居家为正本　温恭处世是长途”；教人勤劳持家的“岂种三槐夸世德　为栽五柳昭家风”；而意境深远的贺岁联有“桑麻共话丰登岁　松菊独存不老春”“门前五柳家声古　户外百梅气象新”“百梅日至花盈树　五柳春来絮满枝”；等等。

龙道村之所以蕴含着如此丰厚的文化底蕴，源自明朝末年一位名叫陶大鼎的举人。陶大鼎是龙道村一位有志青年，他饱读诗书，满怀报国的志向参加了科举考试，考中了举人，走上了仕途。但因社会的动荡与黑暗，陶大鼎毅然辞官回乡，开始了自己的教育生涯。他穷尽一生教书育人，为村里培养出一批批秀才，也使崇尚文化的风气在龙道村发扬光大。后人为纪念他，也为了体现村人崇文尚学的诗礼家风，在建造房屋时，都在门框上刻上对联，营造一个重视教育、提倡读书的风气，也造就了善教育人的对联文化。

漫步在龙道村里，斑驳的石墙到处都彰显着历史的痕迹。那粗黑的屋檐黛瓦，那些墙头上恣意生长的藤蔓植物，给人增添了几许历史沧桑、人去楼空的感慨。一百多座古民居中，大多已经颓败，只有少数仍然住人。当年那些满腹诗书的主人已把他们的才华和品德镌刻在这些对联中，时光荏苒，历史的风尘已随风而逝，一代又一代的龙道村民曾经在这里日出而作，日落而息，如今，他们也毫不例外地被卷入了乡村城市化的浪潮当中，那些民居已逐渐失去了往日的辉煌与颜色，但村庄南来北往的风里，依然残留着他们不朽的气息。

# 多少楼台烟雨中

## ——探访钟山古戏台

日月轮回，历史更替，多少前尘往事，已飘散在云烟中。但那些矗立在风雨中的历史古迹，却仿佛在向我们诉说着岁月的沧桑。地处湘、桂、粤三省的结合部、位于潇贺古道重要节点上的贺州钟山县，是一个历史悠久、文化底蕴深厚、民风淳朴的地方。自秦汉以来，钟山就有不少外来的移民迁入，商家云集，经济繁华，各种文化、习俗也不断融合并蓄，留下了许多历史古迹。经历了几百年风雨洗礼，在钟山不少乡镇村落中，依然屹立着一座座明清时期修建的古戏台。这些古戏台如一位位历经沧桑的老人一样，在他们皱纹密布的脸上，见证了岁月的变迁，历史的发展，也讲述了当时的社会风貌和民间文化习俗等。生旦净末丑，你方唱罢我登场。兴衰荣辱，忠良妄逆，都付笑谈中。

钟山境内，据普查，保存较完整的古戏台有十二座，著名的古戏台有位于公安镇大田村的大田古戏台，两安瑶族乡莲花村的莲花古戏台，还有丹霞观的古戏台，英家的粤东会馆戏台等，其中大田古戏台、莲花古戏台已列入自治区重点文物保护单位。这些戏台有的建于庙宇、祠堂旁边，有的建于古村落的显眼位置，有的建于商贸繁荣、商贾云集的地方，戏台的式样各异，种类繁多，它们的主要功能有供商家、富人们喝茶、听戏、谈生意的，也有供村民们祭祀、祈福、集会和搞大型活动的，更主要的还是用来唱戏、表演，传播文化，丰富广大人民群众的生活。一座戏台，就是一个文化活动的中心；一座戏台，就是一个道德教化的场所；一座戏台，就是一个地方文明的标志；一座戏台，就是一个时代和社会的缩影。

荷花飘香的八月，走进大田村，映入眼帘的是一片青翠欲滴的绿，村道两旁是一望无际的碧绿的稻田，间或几方荷塘掩映在稻田之中，荷叶田田，水珠晶莹，粉红的荷花半开未开，一阵清风吹拂，已是乱红飞渡，鼻息含香。大田村内，随处可见青砖黛瓦的古屋，大田古戏台就位于大田小学旁边，掩映在几株古老挺拔，枝干遒劲的大樟树下，显得异常古朴典雅。戏台对面有一座庙，叫水口庙，戏台是水口庙的附属建筑，“文革”期间，水口庙被焚毁，后来经过重建，保存至今。

大田古戏台建于清光绪四年（1878 年）。戏台坐西朝东，纵轴线布局。在中国，北是正位，南为下位，戏楼的建筑都是避开正位而建造，大多坐南朝北，或东西向，面对主体建筑，大田戏台也不例外。戏台属砖木石结构，重檐歇山顶，整体外观非常美观。戏台平面呈凸字形，通高十余米，由前台和后台两部分组成，前台面宽 6 米余，深 5.5 米，后台宽 10 米，深 3.6 米，基高 1.8 米。前台上方为八角形藻井，起到了共鸣和扩音的作用，这一切，都体现了劳动人民的聪明智慧与精湛的建筑艺术。基础为青石作垫，主体为青砖青瓦，六根红柱穿斗承托双檐翘角屋顶。每逢重大节日或者是庆典活动，都会在戏台上集会或者演戏，戏台的大柱上就会贴上祝福五谷丰登，百姓和乐，祈求国泰民安，风调雨顺的对联。对联通常是由村里有头有脸、有威望、有文化的人根据活动的主题来自己创作，自由发挥的，体现了深厚的文化底蕴和人文风情。

大田古戏台的台基装饰也非常讲究，雕有二龙抢珠，两虎显威，双狮呈瑞等图案，台基最底部还雕刻有精致的“八仙贺寿”图。就连支撑红柱的柱础也雕刻了非常精美的浮雕，玲珑有致、工艺精湛。戏台台基上还刻有古时修建戏台捐资的芳名榜。那些名字有的已经斑驳不清，但他们慷慨解囊的义举和造福乡间的功绩，却永远流芳百世，感召后人。戏台前台是唱戏的主要区域，前台与后台之间用木格屏风隔开，正中是一副对联，中间三块木屏上雕刻着楼阁山川、彩凤仙鹤、牧童樵夫及文臣武将等图案，色彩明丽，构图完整。从侧面看，戏台的马头墙高大巍峨，挺拔俊秀。马头墙的屋脊上，用砖瓦装饰着鸟兽等图案，每一处都体现了细节之美。

漫步在大田古戏台周围，触摸斑驳的石雕和木漆红柱，眼前仿佛展现了一幅当日唱戏时锣鼓喧天、热闹非凡的场面。只见那一身戏服的各色人马如行云流水，影影绰绰，折扇翩飞，水袖曼舞，朱唇轻启，余音绕梁。台上台下，戏里戏外，历史与现实纠缠，竟分不清今夕是何年了。

关于大田古戏台及水口庙，还有两个非常有趣的典故呢。每年农历六月十六是水口庙庙会，按惯例要请外地大戏班子到大田戏台来演出。按古时礼仪男女授受不亲，看戏时观众按照男左女右的原则分边而坐，中间划一条界线。有一年六月十六，好戏就要开场了，族长看到右边的女观众席上还有几个男青年混杂其间，于是出来维持秩序。族长登上戏台，大声吆喝："好戏开场，众人坐好，男为女，女为男。"他本来是要说"男为男，女为女"的，情急之下，导致口误。台下众人一片哄笑，有的趁机起哄："族长说了，今日男为女，女为男，捞捞乱啦。"族长自知说错了，又不好驳了脸面马上改口，只好将错就错，自言自语："算了算了，乱就乱过今天吧。"从此"大田寨，男为女，女为男，捞捞乱"的典故就在当地流传开来。时至今日，在钟山县境内很多地方，如果有人趁机拨乱时，或者形容秩序混乱，还会用"大田寨，捞捞乱"这个典故来调侃。

还有一个流传于钟山民间耳熟能详的典故就是"大田寨的庙祝，话不得（说不得）"。说的也是六月十六水口庙庙会时，村民们沐浴更衣后，提着供品到水口庙上香，祭拜神灵，祈佑平安。一个守庙的庙祝赤裸上身出来上香，众人看了纷纷劝他："赤膊祭拜，是对神的大不敬。赶紧进去穿了衣服再出来祭拜吧。"庙祝听后非常惶恐，忙返回屋里找衣服，但找来找去，发现除了挂在墙上的一件油光可鉴的破棉袄之外就没有别的衣服了，他只得穿了那件破棉袄出来上香。时值六月，天气炎热，再加上烟熏缭绕，致使他汗流满面。众人见状，都埋怨他："叫你穿件衣服，也不至于六月天穿棉袄呀。这人真是，话不得呢。”从那以后，人们就用“大田寨的庙祝，话不得”这个典故来讽刺那些听不得别人提半点意见的人，或者是别人说他一句就走向极端的人。

从大田古戏台出来，沿着国道323线往钟山县城方向，从牛庙岔路口或者大厂路口一直向北行进十多里地，就到了位于两安瑶族乡的莲花古戏台。莲花古戏台是钟山县较为典型和精美的一座古戏台，是瑶族人民的艺术结晶，也是思勤江、富江流域百越文化的重要物质载体。来到莲花古戏台，你仿佛就能感受到当年演戏酬神时“宝炬千家风不寒，香尘十里雨还干，落灯便演春台戏，又引亲人野外看”的热闹非凡场面和歌舞升平景象。

莲花古戏台建于清光绪九年（1883年），整座戏台建筑面积95.6平方米，台基高1.73米，前檐高13米，台口宽7.85米，深5.44米，后台横长12米，进深4.45米。台基上有龙凤花卉及人物的石浮雕，其下嵌有建造戏台由来的碑文。戏台总体平面呈凸字形，歇山式屋顶，重檐翘角，庄重中透着秀逸。整座戏台以青石作基，木质结构，朱屏碧瓦，绿柱飘檐，蔚为壮观。戏台坐北朝南，拥有一个可同时容纳一两千人看戏的广场。戏台对面，是一座古色古香的龙王庙，两者相互映衬，遥相呼应，既和谐统一又各具特色，充分体现了瑶乡人民群众的集体智慧。

戏台的台柱上雕着飞龙瑞狮，中屏刻有奇花异草、珍禽异兽、忠诚良将等，精细逼真，栩栩如生。戏台的前台与后台之间有左右两扇门，分别写着“凤舞”“龙飞”的门额，配上绣花帘幕，色彩缤纷绚丽。台前正面，东西台柱的顶端，各饰一只木雕精致的倒垂金猴。台口上方为八角藻井，状如特大的流线型灯罩，其天花板均绘八宝图案。演出时，藻井便能起到共鸣扩音作用。这种高超的构筑手法，不仅体现出外观上的壮美，而且显示了科学地运用声学原理，使演唱时声腔产生共鸣，可以得到“绕梁三日而不绝”的音响效果。藻井第二层隔一组斗拱置一对浑雕金龙；正脊也雕刻有飞龙戏珠和长着龙头、鱼身的怪兽——鳌鱼。据

《唐会要》中记载："汉栢梁殿灾后，越巫言海中有虬尾似鸱，激浪即将雨，遂作其像于屋上以厌火祥"。可见，戏台正脊及重檐间的金龙、鳌鱼都是消灾降火的吉祥物，既有防止戏台被火灾损毁的寓意，也表达了瑶乡人民祈求风调雨顺、国泰民安的美好愿望。

莲花古戏台历经一百三十多年的风雨砥砺，在县乡人民政府及当地百姓的重视和保护之下，依然岿然不动地屹立在瑶乡广袤的大地上。一百三十多年，在漫长的历史潮流当中只不过是短暂的一瞬，但这一瞬间所闪耀的光芒却足以照亮瑶乡人民每一个平凡普通的日子。它就像一座文化的风标，一个文明的号角，引领着瑶乡人民迈向更新的时代。

历史的云烟已滚滚而去，多少楼台烟雨中。钟山古戏台见证了钟山历史的风云变幻，陪伴着钟山人民度过了千古悠悠的漫长岁月，不仅丰富了人民群众的艺术生活，也成为一个地方文化传播与文明传承的重要载体。

# 第三辑

# 故园时光

南方的冬日，阳光慵懒地照在宅院上，
整座宅院就像披上一层暗黄的袈裟，
如一位垂垂暮年的老方丈
端坐在莲花宝座上闭目养神。

# 守望那段久远的时光

## 皱纹里的故事

大年初二回娘家拜年的时候，母亲说："明天是你外婆太的一百零二岁生日，你们姐妹几个去看看她吧。"我才想起，已有很长时间没有去看外婆太了。外婆太是我的曾外祖母，她是我奶奶的姨娘，虽然她只比我奶奶大八岁，却待我奶奶如己出，我奶奶也把她当亲娘看，她自然就成了父亲的外婆。

记忆中，我还很小的时候，外婆太就已经很老了。她的头发好像一直都是斑白的，挽成一个发髻用一根银簪别在脑后，并且用一个黑色的网兜把发髻网起来，决不让多余的头发有一根散落下来。我们曾经看过她的银簪，上面雕刻的祥云图案已经被岁月打磨得模糊不清，本来的棱角也已磨得浑圆，发出耀眼的光芒。我们曾经问过外婆太，那根发簪是不是曾外祖父送给她的定情物，外婆太满是皱纹的脸上似乎伸展开来，闪过一缕红润的光，既而又苦笑起来。她不置可否，但从她的表情当中，我们似乎找到了答案，又似乎永远也猜不透她笑容里的意味。

外婆太的村子有一个美丽的名字，叫燕子村。那是桂东北贺州钟山北边的一个小镇，美丽的思勤江从村边缓缓流过，永不厌倦地唱着春夏秋冬动听的歌谣。每当我读到"为迎新燕入，不下旧帘遮"，"落花人独立，微雨燕双飞"等与燕子有关的诗句时，心里自然而然就会想起那个美丽的小村庄。村前池塘环绕，荷花飘香，村后青山隐隐，松木成林。外婆太住在一座朱门黛瓦的大宅院里，那里总是带给我很多闻所未闻的故事。走进那座宅院，就像走进一个神秘的花园，让你总想揭开它藏匿在每个角落的秘密。

南方的冬日，阳光慵懒地照在宅院上，整座宅院就像披上一层暗黄的袈裟，如一位垂垂暮年的老方丈端坐在莲花宝座上闭目养神。宅院位于整个村子的中心地带，整片建筑由三座青砖瓦房的院落组成，院落由一座坐北朝南的主房和两座东西相对的偏房组成，主房正中是一个可以摆六张八仙桌的厅堂，两边是厨房加厢房，还有采光用的天井。青石镶成的高高的门槛，雄厚的杉木大门，为了安全，大门后面还另外镶了一道石坎，石坎上均匀地凿了九个坑洞，顶上一根二十多厘米的横木上同样凿了九个洞眼，晚上关了大门之后，就用九根手臂粗的杂木抵在上下对齐的洞眼里，给这座宅院加了一层坚固的防护栏。曾外祖父是四里八乡有名的大地主，全乡三分之二的田产几乎为他所有。并且在董家垌那边的石龙、凤翔等乡镇也拥有其他田地和产业。时光流转，往日的辉煌已成为过眼云烟，曾外祖父留给外婆太的唯一念想，就只剩下这座大宅院了。

小时候，每次跟随父亲去给外婆太拜年，是我最开心的事情。不仅仅是因为能得到外婆太和舅公他们给的压岁钱，我更感兴趣的是外婆太的故事，因此，我珍惜每一次和外婆太在一起那些奢侈的时光。外婆太的每一个皱纹里，似乎都埋藏着一个故事，或神秘莫测，深不见底；或幽默风趣，给人教益。那些故事就仿佛长了翅膀一样，载着我，飞向遥远的远方。

冬日的午后，过年的气息还没有散去，空气里还萦绕着烟花爆竹浓浓的硝烟味，我和表兄弟表姐妹围坐在外婆太的厨房里，灶台边，一堆火红的柴火被烧得旺旺的，柴火的四周，围着一圈茶籽壳，时不时有一两颗不饱满的茶籽被火点着，发出噼噼啪啪的响声。外婆太说，茶籽壳是冬天最好的烤火燃料，不仅火力足，而且经久耐烧。茶籽也是外婆太从山上采回来的。每年霜降，外婆太就和村里的一帮婆婆婶婶们到山上采茶籽。茶籽采回来之后晾在阁楼里，等它自然风干之后，一个个茶籽裂开来，露出里面的油茶籽仁。外婆太把茶籽壳拣出来堆好当作燃料，茶籽就用来榨油。外婆太说，那时乡下日子穷，一年到头也难得买一两回肉，这茶籽油就成了一家人一年四季当中的主要食用油了。她就靠着它，把四个孩子拉扯大，孩子们有个头疼脑热、痱子疮疖的，或者耳朵里进了小虫子，也就靠这一滴茶籽油来解决问题。就是这清汤寡水的日子，孩子们竟也无病无灾的长大了。

火堆越烧越旺，茶籽壳欢快地在火苗中跳跃着，发出毕毕剥剥的响声，把外婆太的脸映得亮堂堂的，外婆太的皱纹一条条舒展开来，故事就从皱纹的缝隙处源源不断地飞出来。外婆太给我们讲刘三姐唱山歌智斗地主莫怀仁，讲薛仁贵每天要吃十二斗米饭，讲到杨门女将保家卫国、穆桂英挂帅时，我们就说，外婆太，你也是杨门女将（因为曾外祖父姓杨），你就是佘太君。外婆太眯缝着眼睛笑呵呵地说，对呀，你们个个就是我杨家的好儿郎，无论去到哪里，都要记着国家，学好本领，保家卫国。我们信誓旦旦地答应着，顿时觉得豪情满怀，好像真的跨上战马，驰骋沙场，披荆斩棘，杀敌立功。

七夕节的夜晚，月朗星稀。当月亮爬上树梢，露出半个头的时候，外婆太就让我们围坐在院子里的葫芦架下。大大小小的葫芦穿过头顶密密麻麻的藤蔓垂挂下来，月光把它的影子投映在对面的围墙上，像五线谱上悬挂着的高低起伏的音符。我们坐在葫芦架下，每个人的身上都落满了斑驳的影子，像穿着一件明暗相间的夜行衣。外婆太给我们讲牛郎织女的故事。当讲到织女被王母娘娘召回天庭，牛郎用箩筐挑着他的一双儿女去寻找，正要赶上时，王母娘娘拔下头上的银簪一划，牛郎织女就被一条滔滔的天河隔开了，我们就牙齿咬得咯咯响，一个劲地诅咒起那个可恶的王母，觉得她是多么的冷酷无情，硬生生地把一个母亲与她的孩子给拆散了。那两个孩子多么可怜呀，小小年纪就没有了妈妈。小表妹听到这里的时候，竟然情不自禁地嘤嘤啜泣起来。外婆太安慰着每一个人，给每一个孩子倒了一小杯她自己熬煮的凉茶。当大家的情绪稍稍平静下来之后，外婆太又说，不仅我们同情牛郎织女和他们的两个孩子，连喜鹊也被他们感动了。每年的七月七日，成千上万只喜鹊就会自觉地飞到银河上，用它们的身体搭起了一座鹊桥，牛郎织女就能通过鹊桥相会了。外婆太指着天空中一团拱桥形的云团说，你们看，那就是鹊桥。看到了吗？牛郎织女正在鹊桥上相会呢。我们欢呼雀跃，纷纷抬头看天，果真看到了一座云桥，桥上仿佛真的有两个人在拥抱着呢。外婆太说，当夜深人静的时候，你只要伏在葫芦藤下仔细聆听，还会听到牛郎织女说的悄悄话呢。于是，我们都不肯睡去，都趴到葫芦根下，屏住呼吸，大气也不敢出，侧耳倾听，唯恐错过了良辰美景。可无论我们怎样努力，也许牛郎织女被我们吓跑了，压根就没有听到悄悄话，耳畔只有唧唧啾啾的夏虫拉长声音拼命鸣叫，还有远处田野传来的时断时续的声声蛙鸣。

## 不老的童谣

最喜欢的是下雨的时候到外婆太家里去。那样的时光，一切仿佛都是流动的，跳跃的。岭南的春天总是湿答答的，整个天幕就像一块巨大的吸饱了水的海绵，随便一捏，就会滴滴答答落下水来。回南天的时候，镜子永远是模糊的，用手轻轻一抹，一颗颗水珠顺着镜面慢慢往下淌，流成一道道细长的水柱，镜子里的脸，也被水柱划分成无数块不规则的碎片。门框是湿的，楼道是湿的，挂在露台的衣服越挂越沉，散发出淡淡的霉味。大人们望着天，无奈地发出一声声长长的叹息。看着雨不像要停的意思，大人们就坐不住了，他们拿起斗笠，披上蓑衣，或者围上一块塑料布，就到田里插秧，播种，种瓜，种豆。孩子们才不管这些呢，他们自有他们的乐子。最好的是下大雨的时候，大人们不用到地里干活了，他们三五成群，聚在某一户人家里东家长、西家短地闲扯，一边打着油茶，一边天南海北地聊着天。谁家媳妇生了个大胖小子，谁家老母猪下了一窝猪仔，谁家煮的油茶最好喝，谁家做的糍粑最美味。一句句诙谐的调侃，一碗碗滚烫的油茶，驱走了潮湿的寒气，拉近了彼此的距离。

这样的雨天，坐在外婆太的堂屋里，看雨水顺着瓦楞汩汩而下，流到天井里，不一会儿，天井里也积蓄了一池足以漫过脚踝的水。雨还在下，一道一道落在天井里，激起一个一个透明的水泡，挠得孩子们心里痒痒的，只想冲到水中嬉戏打闹。外婆太是不允许孩子们玩水的，但她又不想扫大家的兴，于是就教我们念童谣。至今，我还能记得她那抑扬顿挫的声调：

下大雨，过瓦背，瓦背有个丫姑儿（小姑娘），穿红衫，踏红碓，踏着个狗儿汪汪吠。正好爹爹骑马回，扫净阶头爹下马，扫净灶边（厨房）爹抽烟。大嫂入房抓阉鸡，二嫂急忙做油糍。阉鸡飞上桃子树，桃树开花通通红。

这些童谣是用我们本地的土话来念的，我不知道，现在的孩子还有谁会念这些童谣。他们的世界里充斥着手机、电脑、游戏，各种高智商的玩具，各种时尚的流行的音乐，那些遥远的歌谣成了我们这一代人的追忆与怀想。外婆太的童谣还有很多："月亮光，光光桂，猪儿虫，油麻蒂，桃子花，泥鳅鱼儿炒苦瓜。苦瓜苦，炒牛肚，牛肚长，炒大肠。大肠香，炒子姜，子姜辣，辣老鸭……""下大雨，过屋背，屋背有个后生仔。骑白马，下英家。英家妹，会煮茶，洗好茶杯煮茶芽……"屋外，是雨水滴滴答答的响声，屋内，是孩子们稚嫩的嗓音，组成了一曲和谐欢快的合奏曲。

童谣读累了，外婆太就教我们看指纹。外婆太指着表妹的大拇指说，像这种同心圆形状的指纹叫作"螺"，又指着我的食指说，像这种不规则形状的叫作"簸箕"。外婆太看看这个的手，又看看那个的手，一边看，一边教我们念歌谣：

一螺穷，二螺富，三螺蒸酒卖豆腐，四螺骑马上大路，五螺得官做，六螺被鬼磨，七螺织箩筐，八螺当叫花，九螺足，十螺起间大新屋。

我们问“骑马上大路”是什么意思？外婆太就说，那是要进京赶考的。那“六螺被鬼磨”呢？外婆太就说，手上有六个螺的，命运就会多点磨难。我们常常围着外婆太，让她帮我们看看自己有多少个“螺”，多少个“簸箕”，并对应上边的歌谣来卜测命运。测到好的自然皆大欢喜，测到不好的就满怀失落，满心不高兴，嘴巴翘起老高，足足可以挂十二个箩筐。外婆太当然知道孩子们的心思。她说，这只是一种说法而已，不必太计较。是穷是富，是当官还是当叫花子，并不是靠手上的几个螺来决定的，关键还要看你是否努力。读书刻苦了，工作努力了，才会有收获，才会达到自己的目标。孩子们于是破涕为笑，一扫刚才的不快，又活蹦乱跳起来了。外婆太就像我们的知心朋友，她总能给大家带来快乐和启迪。

我们也常常问外婆太有几个螺。外婆太伸出双掌，把手递到我们面前，说，你们自己看吧。我们于是就一只一只掰开她的手指，仔细地辨认。外婆太手指的纹路很深，指肚布满无数道密密麻麻的竖纹，竖纹里染上了泥土的颜色，看着像螺，又像簸箕。表妹说，是两个，表姐却说，不对不对，是三个，而我却觉得有六个。最后，也没争出个高低，直到现在，我们也不知道外婆太到底有几个螺。她的一生有过美好的过往，也历经了岁月的坎坷，这岂是掌心里的纹路所能诉说清楚的呢？

## 往事可堪回首

外婆太的娘家在距离我们十几公里的另外一个乡镇，她于民国 3 年（1914 年）出生在一个地主的家庭里。外婆太的父亲是一个比较开明的乡绅，他中年得女，视若掌上明珠，并没有像其他的家庭一样要求女儿去裹脚，而是把女儿当成一个男孩子来养。外婆太三四岁的时候，父亲就教她识字、算数、打算盘；母亲则教女儿学习女红、针线、刺绣，还带她去采草药，认识各种草药的形状、功效等。开明的家庭环境，良好的家庭教育，使外婆太度过了一个快乐无忧的童年，也使她成为一个多才多艺的女子。外婆太微闭着双眼，干瘪的嘴唇上下蠕动着，像是自语又像是对我们说：那时候啊，天好像一直都是蓝的，水也一直都是绿的。根本就不知道什么是忧，什么是愁。除了跟着父亲识字和跟着母亲做针线，村后的青山，村前的小河，想去哪里就去哪里。跟着村里的小孩到后山去采野果，春天的时候，漫山遍野，青松翠绿，映山红开满了山坡，野果遍地都是，随便一摘，就能吃得嘴唇发紫，舌头发麻。松针落下去的地方软绵绵的，掀起一看，一朵朵褐色的蘑菇好像突然间从土里冒出来似的，把它们摘起来，随便用一根野草拴在一起，不大一会儿捡了几大串，拿回家里，晚上又是一顿鲜美的野蘑菇宴。小河里的水一年四季都是清的，无数的小鱼小虾在河水里游来游去。跟着男孩子们到河边去摸鱼虾，也绝不会遭到大人的训斥。如果一直这样下去，一切该多么美好。可这一切，都在她十二岁那年彻底改变了。

父亲曾经说，等她十二岁生日那一天，会给她一个特别的礼物，为此，外婆太就一直盼望着，盼望着这一天早点到来。可她等来的不是期盼已久的惊喜，而是一个足以改变她一生的噩耗。一向身体健康，与人为善的父亲在去收租的路上突发恶疾，被人抬回家的时候已经奄奄一息。她哭着喊着扑到父亲的怀里，却感觉到他的心跳已经非常微弱。父亲的手上紧紧地攥着一样东西，他吃力地抬起手想去够着她的头，想把手中的银簪插到女儿的头上，可刚抬到半空时却突然僵住了，随后无力地耷拉下来。她拼命地摇晃着父亲的身子，声嘶力竭地呼喊着爹，可那个四十多岁的男人再也不会醒来了。她的天塌了下来，地也陷了下去，整个人也随着跌落无底的深渊，几乎要追随父亲而去了。可当她醒来时，看到已经哭得气息奄奄的母亲时，她知道，她必须坚强地活下去。

父亲去世之后，外婆太的家境开始中落。虽然她和母亲也曾做过努力，但一方面，由于“二五减租”运动的冲击，那年九月，政府做出了“减轻佃农田租、禁止重利盘剥”等规定，还发动农民反对土豪劣绅，打倒军阀，随后进入了没收地主的土地，分配给无地和少地农民的土地革命新时期。外婆太一家主动让出了一部分田地，由家大业大的地主家庭变成了仅能维持正常运转的中农。

外婆太十六岁那年，命运把她交给了一个比她大十几岁的男人，这个男人就是我的曾外祖父。当时，虽然民国政府已提出禁止男人纳妾的规定，但在这个偏远的桂东北小乡镇中，外婆太还是成为了镇上最大的地主杨家的小妾。那时，曾外祖父已经有了我奶奶这个女儿，可之后的七八年，他的太太没有为他再添一男半女。那么大的家业，怎么能够没有一个男丁来继承呢？曾外祖父不甘心，于是他花了重金，聘请媒婆，让她为自己物色年轻健壮的女子，为他们杨家延续香火。外婆太没有辜负曾外祖父对她的厚望，她一生生养了两儿三女，成为了这个大家族里最大的功臣。外婆太娶进门没多久，我奶奶的生母因郁郁寡欢而离开人世。外婆太把十岁的我奶奶当成自己的亲生女儿，把她养到了十八岁，风风光光地嫁了出去。后来，曾外祖父因为赌博输光了所有家产，他抛下年轻的姨太太和五个未成年的孩子，离家出走，不知所踪。外婆太多次派人出去寻找，杳无音讯，她含着泪，咬着牙，用自己单薄的双肩，承担起了整个家族的兴衰荣辱。三十多岁的外婆太，从一个家财万贯，万千宠爱集于一身的地主夫人，到一个孤独的年轻寡妇，最后成为了普普通通的农家妇女，其间经过了多少酸甜苦辣，历经了多少的悲欢离合，如今已是耄耋之年，儿孙满堂，这一切，都已随着斑驳的年轮，刻入她脸上沟壑纵横的纹路里。外婆太指着院子里那棵叶子稀疏的柚子树，若有所思又似乎有所暗示地说："你看，那棵柚子年年开花，年年结果，不知道已结成了多少果实。现在，它的叶子已经那么稀少了，明年，它还会结果吗？"我们说，会的，肯定会的，明年柚子结果的时候，我们还来看您。外婆太咧开无牙的嘴，欣慰地笑了。

土地被没收之后，外婆太带领儿子媳妇们办起了腐竹加工厂。外婆太在宅院旁边的空地上用自己烧制的泥砖起了几根大柱子，并从附近的瓦厂一担一担地挑回瓦片，她让儿子从山上背回一根根杉木搭成屋顶，一间厂房就落成了。看好日子，请了师傅，垒起两排土灶，买回又宽又大的平底锅，舅公用独轮车从后山拉回青石，一凿一凿地凿，凿成一个大大的磨槽，再一凿一凿地凿，凿成了两扇磨盘，石磨凿好了，腐竹加工厂就这样顺利开张了。

每天鸡叫三遍的时候，外婆太就起床了。月亮挂在半空中，半明半睸，淡淡的月光洒落在这座大宅院里。昨夜泡好的黄豆，此刻已经吸足了水分，颗颗晶莹饱满，像个可爱的孩子在等着谁来把他抱起，脱落的豆皮浮在桶面上。外婆太漂开豆皮，又把黄豆淘洗了两遍，然后一勺一勺地舀到石磨里，磨起豆浆来。在石磨欸乃的声音中，在磨盘的咬合厮磨下，浓稠的豆浆顺着磨沟流到了木桶里，溅起了一层层雪白的泡沫。那种黄豆特有的香味在空气里弥漫着。外婆太的额头上沁出汗珠来，她抹了一把汗，用手捋了捋额前垂下来的几缕发丝，然后继续推磨。她的身子一会向前，一会向后，手不停地转动着，月光也跟随她一会向前，一会向后，她到哪里，月光就到哪里，始终陪伴着她直到天亮。

豆浆磨好后，外婆太把它们倒进豆腐甑里进行过滤。这时，她的儿子女儿也起来了。他们烧起了火，炊烟袅袅升起，飘散在村庄的上空，与乡间的薄雾缠绕在一起，一片空濛。外婆太把过滤后的豆浆分别倒入到几口扁平的铁锅里。她和儿女们一起轮番给灶下添加柴火。不大一会儿工夫，烧开的豆浆上面凝结成一层豆皮。待到豆皮变成黄色并起皱纹时，外婆太轻轻地用手指试点了一下，确认已经可以了，就用小铁铲在铁锅周围画了一个圈，然后麻利地拎起豆皮的一端，轻巧地把整张豆皮拎起来，捋成长条状，并对折挂在铁锅上面的一排竹竿上，这样，一根腐竹就做出来了。火还在继续烧。外婆太一边烧火，一边来回巡视着，看哪口锅里的豆皮已经凝结、发黄，然后把它们一一拎起来挂到竹竿上。烧腐竹时必须要掌握火候，火太小了凝结就慢，火太大了又容易烧焦。一张豆皮就是一根腐竹，一般每口锅里可以烧出十根左右。挂在竹竿上的腐竹晾到五六成干的时候，铁锅里的豆浆也差不多烧干了。这时要把这些半干的腐竹收下来，放到铁锅里挂浆，尽量让每根腐竹都沾上豆浆，然后重新晾晒。

中午时分，趁着腐竹晾晒在竹竿上的当儿，外婆太就和儿女们到后山上采松针、松果，钩松枝，砍柴。晚上回来之后，腐竹上面的豆浆也基本晾干了。这时，就把腐竹收回来放到火炉里烘烤。经过烘烤后的腐竹，去除了太阳晒的味道，因了炭火的烘焙而更加香醇。外婆太说，这样做出来的腐竹煮起来容易变软，且不会烂糊，而且带有黄豆特有的清香。每到圩日的时候，外婆太就挑着腐竹到集市上去卖，一年的化肥农药、吃穿用度，全都在肩膀上的一担腐竹里。平常日子里，外婆太一家是舍不得吃腐竹的。她把做腐竹过滤下来的豆腐渣炒干，拌上酸菜、青菜、萝卜干之类的，一家人也吃得津津有味。烧腐竹时，锅里会有一层类似锅巴的腐竹皮，用小铁铲铲下来，分给孩子们，这就是对他们最大的奖赏。

外婆太烧了三十多年腐竹，吃了三十多年的豆腐渣，直到她年近七十的时候，舅公又代替她继续烧腐竹，她则由主要劳动力变为助手，每天天不亮就起来帮舅公烧火。她总是闲不住，一有空就到后山去采松针、松果回来烧。还在自家院子旁边围了个菜园子，种菜、浇水，菜园里一年四季都有吃不完的蔬菜瓜果。

## 夕阳照晚晴

大年初三一大早，我们姐妹带上给外婆太准备的棉衣、围巾、糕点、水果、牛奶去看望老人家。一进大门，就看见外婆太坐在堂屋的摇椅上，她像一只柔软的大猫一样斜靠着，金色的阳光透过天井洒落在她身上，反射出万丈光芒。她微闭着双眼，双手扶在双膝上，安详地晒着太阳。没有牙齿的嘴巴不停地蠕动着，好像在咀嚼什么美味的东西，实际上什么也没有，这是她的一个习惯，也许是在叩动牙龈，通过咀嚼产生唾液，然后把唾液吞到肚子里，这大概也是她的长寿秘诀吧。

我们走到外婆太的面前，叫了一声她。外婆太睁开微闭的双眼，浑浊的瞳孔里闪出欢喜的光芒。她微笑地答应着，声音还是那么洪亮。我握着她满是青筋却依然红润的手，问她还记得我吗？外婆太轻轻地摩挲着我的手，笑呵呵地说："记得，记得，你就是他远浩表哥家的九妹吧，你长得最像你爸爸了，无论去到哪里，你都带着他的影子呢。"寒暄过后，外婆太就要起身去给我们打油茶喝。我们说，您那么老了，怎么能让您招待我们呢？可她却说："你们别看我一把年纪了，我每天都要喝几碗自己打的油茶呢。一顿不喝就想得慌。他们年轻人用电磁炉打的我还吃不惯，总觉得没有自己用柴火打的香呢。"

外婆太说，那么多年了，她一直住在这座大宅院里，厨房里一直保留着烧柴的土灶。儿孙们都起了水泥楼房，厨房厕所都和大屋连在一块了，还添置了彩电、冰箱、洗衣机、煤气灶、电磁炉等。他们每次动员外婆太到新房子去住，可她一直都不愿离开这座她生活了大半辈子的老宅子。那里，有过她美好的青春回忆，也有过她辛酸的不堪回首的历历往事。无数个漫漫长夜，外婆太就是数着宅院天井上，那一颗颗昏昧的星子，直到天空露出了鱼肚白。她每天看着太阳从天井上空升起，又看着落日从院子的马头墙下西坠，日升日落，岁岁年年，韶华已逝，两鬓霜白。外婆太在回忆往事的时候，眼睛里就会升起一片雾蒙蒙的水汽，那水汽氤氲着，升腾着，像一汪深不见底的池水，在岁月的搅拌下已渐趋浑浊。

我们跟随外婆太来到东边的厨房里。厨房的窗口不大，即使是白天也显得有些昏暗。外婆太随手拉亮了房梁上悬挂着的电灯泡，昏黄的灯光顿时给这座空旷的厨房带来了光明与温暖。厨房的角落里堆满了松木柴、松针、秸秆等。灶门前，支着一个圆形的三脚架。外婆太用松针点火，点燃了松木柴，然后架上煮油茶专用的带滤嘴的小铁锅，烧水、泡茶叶，我们帮着洗生姜、剥蒜米，一切准备停当，外婆太开始挥动手中的七字形木槌，捶打茶锅里的茶叶、姜蒜，她要亲自为我们煮一锅油茶吃。她的动作还是那么娴熟，手脚依然麻利，不大一会儿工夫，一锅热气腾腾的油茶就打制出来了，屋里顿时弥漫着壮乡油茶的香味。外婆太从壁橱里拿出早已准备好的炒米、炒花生、酥果，还有切好的葱花、香菜。她让我们给每个碗里加入以上佐料，然后一手拿着竹子编织成的滤勺，一手拿起带木柄的油茶锅，按照由近到远的顺序，依次把锅里的油茶过滤到每一个碗里，碗里的炒米、花生等在滚烫的油茶中慢慢舒展开来，嗞嗞地冒着热气。端起碗来一闻，葱花与香菜的味道混合着油茶的醇香扑鼻而来，轻轻啜饮一口，生姜的辛辣与油茶的微苦从舌尖抵达喉咙，细细品咂，是微苦之后的清甜。一碗油茶下肚，身上的每个毛孔都好像被激活了，整个人也神清气爽起来。

外婆太用刚才过滤下来的茶叶和姜蒜等重新倒入油茶锅里，再一次捶打，揉搓，待锅里起了一层茶胶之后，放入花生油再搓几下，然后加水烧开，再放入一小勺食盐，第二锅油茶又出炉了。茶叶可以反复敲打，一般加一次茶叶可以打三到四锅油茶。如果你觉得淡了，还可以每一锅都添一小撮新茶叶。外婆太说，在我们壮乡，喝油茶有一句谚语，叫作“一盅无情，两盅无义，三盅四盅麻麻地（本地土话，差不多的意思）”，也就是说，如果你到谁家喝油茶，不能只喝一碗两碗，至少要喝三碗四碗。如果你喝完后一直把碗放在桌面上，主人就会不停地煮，不停地给你加满，直到你推辞为止。以前还有一种说法，就是你不想喝了，可以把碗收到桌子底下，或把碗反扣在桌子上，主人就不再给你斟茶了。只要有碗还在桌上，油茶就不会停下来，这也是我们桂东北一带壮乡人待客的礼节。每天至少一餐油茶，这是外婆太雷打不动的习惯。茶叶是外婆太自己种在后山的。每年清明谷雨时节，外婆太就背着竹篓到后山去采茶叶。采回来之后放在大铁锅里翻炒，揉捻，烘干，然后装进小竹篓里，挂在灶台上方，随用随取，一年四季，自给自足，绝不担心茶叶会受潮发霉。

喝过油茶之后，我们搬了几把椅子到院子里，坐在那棵古老的柚子树下开始泡茶。那架烧腐竹磨豆浆的石磨，曾经陪伴了外婆太近半个世纪，当年，石磨在外婆太手中就像一个听话的孩子，它在外婆太的推动之下日夜不停地旋转，白花花的豆浆化成了黄澄澄的腐竹，撑起了一家人的生计。如今，外婆太再也无力去推它，亲手打凿石磨的舅公也已衰老，它只能退役了。去年，在县城工作的孙子回来，把石磨改装成了茶桌，石磨静静地安放在柚子树下，冬日的阳光暖融融地照在它身上，它就像一个古稀老人在安详地晒着太阳。石磨上，那些深刻的纹路已经被打磨得些许光滑，废弃的茶水倒上去，立刻顺着纹路慢慢往下淌，淌到磨槽里，流到接水的茶桶里，无声无息。

几碗油茶下肚，外婆太整个人显得更有精神了，脸上的皱纹在阳光下像一朵盛放的菊花，散发着古铜色的光泽。她张罗着，要带我们到她的菜园里去摘菜。她说，城市里的都是大棚种的蔬菜，整天施化肥洒农药的，吃了不安全，容易得病。她种的菜用的都是农家肥。外婆太养了几只鸡，她把鸡粪和茶麸混合在一起，堆放到菜园的角落里，既可以当肥料，又可以防虫害。我们到了外婆太的菜园里，虽然已是冬季，但南方的冬天是没有冰的，甚至连霜冻也少，菜园里依然是绿油油的一片。荷兰豆的藤蔓爬上了扦插的小竹枝上，朵朵紫色的小花在轻风中摇曳着；油麦菜、小白菜绿得晃你的眼；茼蒿刚摘过一茬又长出了一茬；芹菜圈在用稻草和篱笆围起来的菜畦里，防止它细长的茎叶被风吹倒；萝卜露出半截雪白的身子在地面上，等着谁来欣赏，还有四季葱，青蒜，韭菜等。外婆太每样采了一把，装了满满的几大口袋让我们带回去，还说吃完了再来摘。夕阳中，她佝偻着的背影被拉得长长的。

历经岁月的坎坷和人世的辗转轮回，外婆太始终保持着乐观向上的姿态，从容地笑看人生风雨。年轻时的艰苦和磨难，不但没有磨灭她的意志和信念，反而铸就了她的坚韧与淡定。两个世纪的风霜雨雪，在她身上雕镂下了深刻的痕迹。沟壑丛生的脸上，是饱经忧患之后的安详与从容。干枯而瘦弱的手，那是多少爱与辛劳的沉淀。老了就老了吧，也许，她早已看淡了一切，就这样与时间做着可有可无的较量，那样的与世无争，与人无求，将生命活出了最高的境界。

# 回不去的老家

最近经常做着相同的梦，同样的影像反复重现。梦中，我时而奔跑在一座座长满青松与灌木的山岭上，苍翠茂密的松树逶迤蔓延，如一条盘踞着的青龙，不见其发端，也不见其终结，任凭我如何努力，也无法跑出那一片长长的山岭。有时，我又徜徉在一汪汪种满荷花的池塘里。池塘清水涟涟，里面种满了粉藕，微风吹过，绿荷摇曳，藕花展颜，脉脉清香伴随着声声蛙鸣响彻着空旷的夏夜。我蹚着清凉的池水，走啊走啊，可怎么也走不到池塘的尽头。醒来的时候，看着窗外一弯月儿孤独地斜挂在半空中，我的思绪，又回到了那个小山村里。

龙塘，一个多么富有诗意的名字，那是我梦中的故乡。有多久没有回去了呢？故乡离我到底有多远？我无法用时间来丈量。直到冬月初六，一个阴冷裹风的日子，一个叔伯娶儿媳，请回去喝喜酒，我终于踏上了那个魂牵梦萦的小山村。

记得小时候，有人办喜酒时，是村里最热闹的时光。远亲近戚、左邻右舍、三姑六婆都穿上了平常日子里很少穿的漂亮衣服，大家汇聚在一起，互相帮忙，互相谈笑。临时搭建的厨房里，砖头垒起来的灶膛柴火通明，大铁锅里雾气蒸腾，青壮年小伙子们抡起锅铲，左右翻飞，顿时，香气弥漫在整座村庄的上空，引得全村甚至是邻村的狗都跑来凑热闹，时刻准备着捡拾人们吃饭时吐在地上的骨头。一张张八仙桌摆满了堂屋和院落，酒菜上齐，大家举杯畅饮，喝酒吃菜，猜拳行令，热闹非凡。晚上闹洞房的时候，年轻小伙子拼命往新房里挤，都想一睹新娘的芳颜。其实他们最主要的目的，还是想去看一下哪个陪嫁娘更漂亮，好趁机去挑逗她们，与她们打情骂俏，或故意把同伴推到姑娘们的身上，看她们的糗态，以此为乐，不闹到半夜不肯罢休，直到新郎的母亲来催促、驱赶了，大家才意犹未尽地离去。好多年没参加过这样的喜宴了，我期待着重温那时的热闹。

叔伯家在村子的水井附近，盖起了一座三层带阳台的小楼。近几年，村里许多年轻人都下广东打工了，他们打工赚回来的钱，大部分都用来盖了新房，所以这样的新式三层小楼在村中并不少见。回到叔伯家，还没到午饭时间，我循着香味往厨房里走去。临时搭起的厨房里，十几个五六十岁的白发老头在来来回回忙碌着，有的在杀鸡，有的在剖鱼，有的在砍排骨，有几个头发还算浓密一点的则抡起锅铲，在油烟滚滚的土灶前，奋力地翻炒着大铁锅里的莲藕、腐竹、猪肉炒木耳等，灶下柴火燃得正旺，大铁锅里刺啦刺啦地冒着烟，一股浓郁的香气弥漫在整个厨房里，浓烟呛得几个老头忍不住别过脸去，不住地打着喷嚏。厨房外面，几个头发一样斑白的伯娘正在水井边洗青菜、洗碗、洗盘子，几个四五十岁的媳妇则在旁边一边做豆腐酿，一边天南地北地闲侃着。她们见了我，都亲切地叫着我的小名，问九妹什么时候回来了？吃了午饭到我家里去打油茶吧。我一一答应着她们，问她们，怎么你们都要亲自上阵了，年轻人都没回来吗？一个伯娘说：“年轻人忙着找钱去了，说厂里请不了假，回不来了呢。”一个伯娘说，她儿子媳妇都到福建刮松脂了，路途太远，车费太贵，就不回来喝喜酒了，等割完松脂才回来呢。只有近点的几个年轻人赶了回来，和留在家的几个小伙子去搬家具了。

午饭的时候，左等右等，不见新郎新娘来敬酒。旁边的伯娘告诉我，新娘早就来了，是你叔伯家儿子在广东打工时认识的。上个月才第一次带回来见父母，就已经怀了七八个月的身孕了，所以不便出来。叔伯、伯娘盯着新媳妇隆起的肚子，非常高兴，赶紧请八字先生选好日子，好赶在媳妇生养前把喜事给办了。这不，家具还没来得及买回来，今天才派人到镇上去拉呢。哦，原来如此，我才明白过来。这让我想起二十多年前我还在读初中的时候，隔壁做木工的堂兄不知从哪村带回来一个女子，那个女子穿衣走路总是遮遮掩掩的，且很少出屋。据有经验的叔娘、伯娘讲，那个女子至少有四五个月的身孕了。于是，大家对堂兄家指指点点，伯父、伯娘也觉得没有面子，在村里人面前抬不起头来。有的人从堂兄家经过时都要吐两泡口水，认为那样可以辟邪。碰巧隔壁家一只正在生蛋的老母鸡莫名其妙地死了，竟说是那个女子带来的晦气冲撞，要那女子给她家挂红，原本关系不错的两家，却因为这件事成了冤家。伯娘说，现在，有几家不是媳妇怀孕了才带回来？回来办了喜事，生完孩子，养到几个月，最多一岁就丢给公公婆婆，小两口又去打工了。旁边一个白发老太接着说："现在的小伙子呀，凡是机灵点的，到了广东打工，结交女朋友的时候总要多长几个心眼，先睡了再说。那些不会下蛋的他们才不要呢，大不了甩了再处一个，直到开花结果才往家里带，这样才保险呢。""你看，现在哪村不是老的老，小的小？你见有几个青年人肯老实待在家里的？"伯娘很无奈的样子，但又表示非常理解年轻人，继续说，"也是，老待在家里，哪能找钱养家糊口，况且还要盖房子呢。"我相信，伯娘说的是实情。

吃饱午饭后，登上叔伯家的楼顶，我用一种久违的目光，打量着这座曾经留下过无数美好记忆的村庄。在这座三层小楼的前面，一座座低矮古旧的砖瓦房展现在我的眼前。那些因年久失修而泛着青苔的瓦片，许多已经脱落下来，坍塌的墙头上，枯黄的草叶在冬日的寒风中瑟瑟发抖。几只麻雀停落在墙头上，无精打采地啄食着颗粒饱满的草籽。在这些老屋当中，有一间屋顶已经全部塌陷，只余下四周的断墙裸露着。一棵高大的香椿树从原先天井的位置拔地而起，落光了叶子的枝丫肆无忌惮地向四周伸展着，旁若无人地坚守着这最后的家园。我问母亲，那原来是谁的房子。母亲说，那是我的一个远房三叔公的房子。三叔公早已去世，他的三个儿子都在城里工作，在城里买了房子成了家。平时很少回来，只有清明节的时候回来给他的父母和祖父母扫墓。他们经常是从山上扫完墓就直接回城里了，基本没回老屋来了。我不知道，那棵香椿树已经长了多少年，大概从屋主人离开那一刻开始，它就在此处扎根落户，代替三叔公来守住这座老屋，守住一个姓氏最初的发源地。倘若三叔公地下有灵，他会不会后悔自己把三个儿子都送到外面读书，结果，一个也没有回来继承了他的祖业，才使得老屋变得如此颓败呢？曾经，三叔公是这个村里多么辉煌的人家呀。三进三出的青砖瓦房，三妻四妾的繁茂景象，仿佛在一夜之间就土崩瓦解了，这大概是三叔公做梦也没有想到的吧。

“孩子读书读不下去的，说是家里风水不好，没有读书命，出不了读书人。孩子读书越聪明，离家就越远。”母亲似在自语，又似在对我说，“像你八叔公吧，孙子到美国留学去了，当时全村的人都羡慕的，眼红的，吃不到葡萄就说葡萄酸的都有。他去世的时候，孙子都没能回来，那些人的风凉话可就多了，什么养儿防老呀，什么送儿读书不如给儿娶媳妇呀的。而你九叔公家那俩小子，初中毕业就辍学在家了，二十岁不到就娶了媳妇，而今孩子都能打酱油了。你九叔公去世的时候，孝子孝孙都跪满了整个堂屋。那排场，才叫光宗耀祖呢。”母亲的语气里，除了羡慕，也有着迷茫，她是不是也后悔把我们兄妹都送去读书，现在连回家的机会也越来越少了呢？

从三叔公的老屋出来，我漫无目的地踯躅在老家的小路上。沿着新修的水泥路，两边都是新砌的两层、三层的小楼，走到村子正中间的时候，眼前的景象却是另外的样子了。原先的青砖瓦房，像一个垂暮的老人呆坐在冬日午后慵懒的阳光下，无精打采地打着盹。墙壁上，暗绿的青苔爬上了木格子的窗台，一些被腐蚀的墙面上长了一层银白色的屑，小时候，我们在村里最古老的几间废弃老屋当中曾经看到过这种银屑，就会用竹片或棍子把它刮下来，说是盐，过家家的时候用来煮菜。现在，银屑结得很厚了，仿佛只要稍一触碰就会纷纷下落，但却再也没有小孩子像我们那时一样把它刮下来当盐了。孩子们有看不完的动画片和手机游戏等，没有谁再来过家家扮新郎新娘了。

走着走着，一座梦中无数次出现的宅子突然挡住了我的去路。不知有多少次了，我回到那一座熟悉的宅子，熟悉的晒谷坪，熟悉的炮楼，熟悉的花厅，一切恍如昨日，可我却怎么也找不到大门口的方向，我大声呼喊着奶奶，却没有人应答，每次总是在惆怅中醒来，怅然若失。我心心念念的祖屋，她位于整个村子的中心地带，整片建筑由三座青砖瓦房的院落组成，其中占地面积最广、最有气势的一座院落是我家的。院落由一座坐北朝南的主房和两座东西相对的偏房组成，主房正中是一个可以摆六张八仙桌的厅堂，两边是厨房加厢房，还有采光用的天井。青石镶成的高高的门槛，雄厚的杉木大门，为了安全，大门后面还另外镶了一道石坎，石坎上均匀地凿了九个坑洞，顶上一根二十多厘米的横木上同样凿了九个洞眼，晚上关了大门之后，就用九根手臂粗的杂木抵在上下对齐的洞眼里，给这座宅院加了一层坚固的防护栏。太爷爷是村里最大的地主，拥有全村三分之二的田地和山林，爷爷作为长房，继承了近一半的家产，在那个兵荒马乱的年代，要想保住自家的产业，就不得不在房子的结构和安全方面做些必要的措施。小时候，祖屋里还是有人居住的，我的爷爷和他的四个儿子就住在这座青砖瓦房里，他的两个弟弟就分别住另外两套规模稍小的院落。他们在这里繁衍生息，开枝散叶。那时候，我们一帮小孩子经常到这里玩。夏日，我们坐在门槛上乘凉，青石门槛已被磨得发亮，那是岁月无声的磨砺。春天，我们在院子里挖荠菜，拔一种叫“假萝卜”的野菜，我至今不知道“假萝卜”的学名叫什么，只知道它有一个像小萝卜一样晶莹透明的根，嚼在嘴里甜丝丝的，它细长的茎酸酸的，也可以吃。那时候没有什么零食吃，我们经常因为抢那个小萝卜样的根而怄气甚至吵得面红耳赤的，大有这辈子不再来往的架势，但隔不了多久，终耐不住寂寞，其中肯定有一个缴械投降，对另一个示好，或者拿出家里的一块红薯干、一块头菜来贿赂对方，于是双方尽释前嫌握手言和，又在一起有说有笑了。孩子的脸就像六月的天，总是阴晴不定的，但终究还是晴天多。童年的时光就像长了翅膀，它一去不回来了。少年的姐妹和玩伴也各奔东西，彼此走在自己的轨迹上，仿佛命运早把一切做好安排。

如今，当我再一次回到这座祖屋时，这里早已是人去楼空。我的大伯伯参加了广西省工委组织领导的英家起义，走上了革命的道路。革命胜利后，他从乡供销社到了县革委会，然后当了纪委干部，在城里落了户，一年难得回来一次。我的二伯伯从部队复员回来后，到了桂林绢纺厂，当了工会干部，离家更远了。我们家也随父亲搬走了，只是老家有什么红白喜事或者是传统节日时回来一趟。祖屋俨然一位历尽沧桑的老者，紧闭的大门像一位忠实的卫士一样锁住了这座房子里所有的秘密，一把生锈的大铁锁俨然把守城池的将军，日复一日年复一年地守护着他的城池。透过雕花镂空的窗户，我看到屋里一些没有搬走废弃不用的旧家具上蒙了一层厚厚的灰尘。屋角、房梁之上，一张张硕大无比的蜘蛛网横七竖八，那织网的蜘蛛却不知躲到了何处。一股陈旧与腐烂的气息穿过岁月的蛛网蒙昧了我的视线，我仿佛看到了一个慈祥的老人在向我微笑，耳畔间还回荡着孩子天真无邪的笑声。我知道，这一切都只是幻觉，我，我们，再也回不去了。

站在老宅的天井里，冬日微弱的阳光暖融融地照在我的身上，把我的影子拉得长长的。我转身，留给老屋的只剩下单薄的背影。漫无目的地在村子里走来走去，却看不见几个人影，大部分人家都是铁将军把门，一把生锈的大铁锁，锁住了房子里所有的故事，想找个人说句话都难。正在我百无聊赖的时候，听到有人叫我："这不是九妹吗？进来坐坐吧。"循着声音，我看到一颗灰白的脑袋从前面的院门里探出来，那是我的一个远房伯娘。

这个远房伯娘家的两儿两女早年成家，生下孩子后，儿子、儿媳、女儿、女婿都外出打工了，每人两个孩子一共八个都丢给了年迈的伯爷、伯娘。进到院子，我看到他们刚建起的一层水泥楼里，房子还没来得及装修，只建起了一个框架，灰沙抹成的火砖裸露着，窗口也没有装上玻璃，而是用几个旧床单拉成的临时窗帘遮挡着，里面没有床架的两个床垫并排铺在房间地面上，旁边散放着孩子的杂乱的衣物。伯爷说，那是四个孙子和外孙住的地方，另外两个大点的孙女住一间，两个最小的孙子和外孙则和他们两个老的住在一块。他们二老除了种些水稻外，还种了玉米、花生、红薯等，种些四季蔬菜以改善孩子们的伙食，减轻儿子、女儿们的经济负担。

犯有腰椎间盘突出的伯娘已七十多岁了，因长期腰痛，她的略显臃肿的腰部向后凸起，上半身则自然地向前倾斜。她两手护着腰部，有些费力地抬起头来招呼我，忙着给我拿凳子，我坐下，和她拉起了家常。她说，田地里的活基本上是伯爷去做，她主要负责家里八个孩子的一日三餐，浆洗衣服，打扫庭院，也养些鸡鸭。这些年轻时候干起来得心应手的家务活，现在对她来说已经成了不小的负担。平时还好，一到刮风下雨腰腿就疼痛，像天气预报一样准时。可没办法，八张嘴等着吃饭呢，虽然大一点的也能帮点忙，但他们还要上学。

为了不耽误孩子们的学习，伯娘经常是忍着疼痛，自己包揽了大小的家务活。我说，这些你都告诉儿女们没有？能不能让他们回来一两个帮忙一下呢？或者，让他们把孩子带下广东去读书，也好减轻你的负担。可伯娘说，他们都知道呢，过年回来时曾给她带回了治疗腰椎间盘突出的膏药和口服的药物。可贴药的时候病情好转，一到雨天又复发了。想让他们回来，他们一个也不乐意了，说在家里干农活没有什么收入，进厂打工或去建筑工地干活，一月至少也有两三千元，虽然在外面开销大点，但也能寄些钱回来补贴生活。况且盖房子用光了他们的积蓄，他们还要赚钱回来装修房子呢。而要把孩子带下去读书这几乎是不可能的，一来读书费用高，开销大，二来他们也没有时间照顾孩子，还不如留在家里给老人看管更放心。伯爷伯娘觉得他们说得也有道理，只好由着他们去。

伯娘说，像他们这样有老人的家庭还算好的了。有的没有老人的家庭，父母都去打工，只留读小学或初中的孩子在家里。孩子平时住校，周末回来对着空荡荡的房子，对着冷锅冷灶台，只能自己照顾自己了。有些孩子忍受不了家里的寂寞冷清，只好跑到外面闲逛，跑到网吧上网，或者把小伙伴召集到家中，打牌，喝酒，抽烟，甚至去做一些偷鸡摸狗的事情，很多孩子因此不思学习，慢慢学坏了，成了学校和村里都头疼的事情。

伯爷说，他家这间房子，是危房改造补贴时建起的。现在国家的政策好，给了农民很多的优惠政策，凡是拆了老屋建新房的，都可以申请危房补助，他家拿到了补助款一万八，再加上儿子儿媳打工赚来的钱，盖起了这座水泥楼，这是他做梦也没有想到的。我告诉他，好日子还在后头呢。他笑笑说，那我得保住这条老命，等着看年轻人过好日子呢。

从伯爷灿若菊花的笑脸中，我仿佛看到了那落光了叶子的枝丫上，在一夜春风的吹拂之下，又绽出了点点新绿。要不了多久，那绿意就会越来越浓，渐渐地长出叶片，开出花朵，结成果实。我仿佛又看到了村前的池塘里，那一片一片的青青翠荷在随风摇曳，小荷才露尖尖角，早有蜻蜓立上头。在冬月里，我闻到了荷花香。

离开的时候，转身，回望笼罩在薄雾青烟中的故乡，我在想：这一座被岁月的长河搁浅了的村庄，也许在不远的将来，就会找到它可以停靠的彼岸了吧。

# 百岁老人黄荣花

位于桂东北的贺州市钟山县两安瑶族乡，是一个环境优美、风景秀丽、人杰地灵的地方。悠悠的思勤江水自大桶山脉顺流而下，流过山川，流过田野，灌溉了这一片富饶的土地，也滋润着世代生活在这里的人们。思勤江畔的大�村是个依山傍水、风景秀美的小山村，生活在这里的人们世世代代沿袭着淳朴的民风，与自然山水和谐相处，生生息息。

当我们走进两安瑶族乡大岷村的时候，就被这里恬静优美的山水田园风光所深深吸引。一座小山村，村后是逶迤的青山，常绿的乔木，村前是蜿蜒的小河，淙淙的溪水。虽已是深冬时节，河床里的部分石头裸露出来，但溪水依然清澈见底，水声叮咚，清亮激越，欢快流淌。小河两岸，有些树木已然落光了叶子，但依旧遒劲挺拔；有些树木依然青翠，四季常绿。偶见一树一树梅花悄然绽放，梅骨朵朵，暗香袭人。

走进村里的百岁老人黄荣花家里，未见其人，先闻其声。从老人响亮的声音里，我们听出了十足的底气。老人听说我们到来，急忙穿上外套迎了出来，还要亲自打油茶给我们喝。

年届百岁的黄荣花老人，身体十分硬朗，耳聪目明，口齿清晰，声音响亮。老人告诉我们，七十多年前，她从附近的红花镇俄柳村嫁到这里，风风雨雨大半个世纪的时间，她在这个小山村里生活下来，亲眼见证了小山村的今昔变化。七十多年间，老人在这里生儿育女，抚养孩子，过着艰苦而平淡的生活。老人一生勤劳简朴，耕田种地，辛苦持家。在那艰苦的年代里，她养育着三男一女，抚养孩子成人。老人一向与人为善，几十年间，她一直与村里人和睦相处，从没跟人红过脸。虽然自己的生活拮据，常常是捉襟见肘，但她还经常拿出有限的食物去接济比她更艰难的邻里及村人。谈起黄荣花老人，村里人无论男女老少无不竖起了大拇指，说她是村里的活菩萨，是一位德高望重、人人尊敬和爱戴的老人。

艰苦的生活锻炼了她坚强的体魄，也磨砺了她刚强的意志。由于经常从事体力劳动，老人的身体一直非常健康，年逾百岁了还身板硬朗，脊背挺直。繁重的劳动和艰苦的生活没有压垮她，反而使她愈加坚强。年轻时耕田种地，上山砍柴，养猪喂鸡，老人是样样拿得起放得下，田里家里，里里外外是一把好手。如今年纪大了，黄荣花老人还是闲不住，经常主动去做一些力所能及的家务，她说年轻人养家糊口，生活不容易，自己能做的事情尽量自己做，不能给年轻人增加麻烦。老人紧紧握着我的手，她告诉我，自己的三个儿子都先她而去了，只有自己枉活在这个世上，如果可以，她愿意用自己的寿命去换取儿子们的健康。我安慰她，一切都自有天数，儿孙自有儿孙福，只要你健康长寿了，儿子们在九泉之下也会为老母亲感到欣慰的。

如今，儿媳妇和孙女在老屋对面盖起了楼房，经营着一个小卖部。可老人不愿住到新房子里，她舍不得老屋，舍不得这间她亲手一块砖、一片瓦堆砌起来的老屋，舍不得离开这间她生活了大半个世纪，留下了她无数或辛酸或美好回忆的老屋，她选择了独自一人住在老屋，守着老屋度尽自己的余生。老屋与新楼隔路相望，从老屋的窗口可以看到新房，有什么事只要招呼一声她们就会听到。孙女每天煮好了饭菜都要给她送过来。可老人家体贴孙女，让她不要每顿都送，只要晚餐送过来就可以了。早餐和午餐她可以自己动手，煮点红薯、芋头、玉米、南瓜等杂粮，老人最喜欢的还是喝油茶。

俗话说，民以食为天。远古时期，为了生存，神农尝遍百草，寻找食物。依靠食物，人们积攒了能量和营养成分，事实证明，只有来自大自然的植物才是延年益寿的灵丹。“食以养生”，随着人们生活水平的提高，食物不仅仅是为了果腹，更重要的是要吃出健康，吃出品位，吃出文化来。一方水土养一方人。思香垌一带的两安瑶族乡，自古以来就有喝油茶的习俗。无论是日常生活还是待人接客，油茶已经成为必不可少的饮品。

老人说，她每天都要喝一到两餐油茶，都是她自己亲手打制的。简朴的厨房里还保留了原始的灶台，厨房的角落里堆满了松木柴、松针、秸秆等。灶门前，支着一个圆形的三脚架。老人用松针点火，点燃了松木柴，然后架上铁锅，烧水、泡茶叶、洗生姜、剥蒜米，一切准备停当，老人开始挥动手中的木槌，捶打茶锅里的茶叶、姜蒜，她要亲自为我们煮一锅油茶吃。她的动作还是那么娴熟，手脚依然麻利，不大一会儿工夫，一锅热气腾腾的油茶就打制出来了，屋里顿时弥漫着瑶乡油茶的香味。老人说，打了几十年的油茶，她已经习惯了，一日不吃就浑身不自在，好像缺少了什么。以前生活条件艰苦，粗茶淡饭，清苦度日，谷物杂粮，能填饱肚子就不错了。现在生活水平提高了，儿孙孝顺，常给她买些鸡蛋、牛奶等营养品。老人说，什么都可以不吃，但油茶天天不能少。宁可食无肉，不可饮无茶。老人一生很少吃肉，却每天必须喝油茶，这已经成为了她日常生活当中不可或缺的一道程序了。几十年来，老人恪守着淳朴的生活原则，饮食清淡，心态平和，家庭和睦，子孙孝顺，这大概就是她的长寿秘诀吧。

除了良好的心理状态和健康的饮食方式外，尊重自然的法则和生命的规律，动静结合是人类健康长寿的密码。黄荣花老人是个闲不住的人，年逾百岁了还坚持做些力所能及的体力劳动，平日里，没什么事情可做，老人就打扫房子，甚至从屋内扫到屋外，从门口扫到大路上，每天把屋里打扫得一尘不染，连大路上的垃圾也被她打扫得干干净净。在劳动中，既锻炼了肌体，舒活了筋骨，又清洁了环境，不但使自己的生命得到了延续，也给他人带来了方便。老人的衣服也常常是自己手洗，她不让孙女用洗衣机给她洗衣服。她自己在天井的水井里汲水，用肥皂慢慢搓洗。她说，这样洗的衣服才干净，而且洗出来的衣服还带着阳光的味道。一生辛劳，与人为善，生命不息，劳作不止，与世无争，与人无求，这就是黄荣花老人长寿的秘诀，也是她一生恪守的生命准则。

临走时，我握着老人满是皱纹、布满沧桑的手，希望她一直保持乐观的心态和健康的生活方式，健康长寿，安享晚年。

# 探寻钟山长寿密码

位于桂东北的贺州市钟山县，是一个环境优美，风景秀丽，人杰地灵的地方。在钟山县1472平方公里的土地上，生活着42.33万人口，其中有百岁以上老人35位。生活在这里的人们世世代代沿袭着淳朴的民风，与自然山水和谐相处，生生息息。

优美的自然环境，和谐宜居的生态环境，造就了这里得天独厚的优势。对于人类而言，水是人类长寿的命脉。老子的《道德经》里有“上善若水，水善利万物而不争，处众人之所恶，故几于道”。这可见，水滋养万物、造福万物却与世无争。人之所以长寿，是与他所处的自然山水分不开的。位于钟山县西北部思香垌一带的两安瑶族乡和红花镇，悠悠的思勤江水自大桶山脉顺流而下，流过山川，流过田野，灌溉了这一片富饶的土地，也滋润着世代生活在这里的人们。红花镇汤公村委汤水村，是著名的红花山矿泉水的产地。那里有一眼温泉，水温长年在三十五摄氏度以上。水中含有多种微量元素和矿物质，具有促进人体免疫功能、调节植物神经系统的作用。引自山中的自来水，冬暖夏凉，水质纯正，入口清甜，用来煮饭、洗菜、洗澡、洗衣均可，这确实是一种奢侈的享受。就连用这里的水种出来的蔬菜水果，也格外的清香甘甜。这是上天赐予人们的福分，也是大自然无私的馈赠。

当我们走进两安瑶族乡大岷村的时候，就被这里恬静优美的山水田园风光所深深吸引。一座小山村，村后是逶迤的青山，常绿的乔木，村前是蜿蜒的小河，淙淙的溪水。虽已是深冬时节，河床里的部分石头裸露出来，但溪水依然清澈见底，水声叮咚，清亮激越，欢快流淌。小河两岸，有些树木已然落光了叶子，但依旧遒劲挺拔；有些树木依然青翠，四季常绿。偶见一树一树梅花悄然绽放，梅骨朵朵，暗香袭人。

走进村里的百岁老人黄荣花家里，未见其人，先闻其声。从老人响亮的声音里，我们听出了十足的底气。老人听说我们到来，急忙穿上外套迎了出来，还要亲自打油茶给我们喝。年届百岁的黄荣花老人，身体十分硬朗，耳聪目明，口齿清晰，声音响亮。老人告诉我们，她每天都要喝一到两餐油茶。儿媳妇和孙女在老屋对面盖起了楼房，经营着一个小卖部。老人不愿住到新房子里，独自一人住在老屋。从老屋的窗口可以看到新房，有什么事只要招呼一声她们就会听到。孙女每天煮好了饭菜都要帮她送过来。可老人家体贴孙女，让她不要每顿都送，只要晚餐送过来就可以了。早餐和午餐她可以自己动手，吃点杂粮，煮杯油茶。以前生活条件艰苦，粗茶淡饭，清苦度日，谷物杂粮，能填饱肚子就不错了。现在生活水平提高了，儿孙孝顺，常给她买些鸡蛋、牛奶等营养品。老人说，什么都可以不吃，但油茶天天不能少。饮食清淡，心态平和，家庭和睦，子孙孝顺，这大概就是她的长寿秘诀吧。

俗话说，民以食为天。远古时期，为了生存，神农尝遍百草，寻找食物。依靠食物，人们积攒了能量和营养成分，事实证明，只有来自大自然的植物才是延年益寿的灵丹。“食以养生”，随着人们生活水平的提高，食物不仅仅是为了果腹，更重要的是要吃出健康，吃出品位，吃出文化来。

一方水土养一方人。思香垌一带的两安瑶族乡和红花镇，自古以来就有喝油茶的习俗。无论是日常生活还是待人接客，油茶已经成为必不可少的饮品。两安瑶族乡位于大桶山脉脚下，产于深山老林的茶叶，长年氤氲在山岚雾气中，集天地之灵气，吸日月之精华，得山水之润泽，保持了茶叶最原始、最纯正的本色。采摘下来的新鲜茶叶，可以用开水烫过之后，揉成一团一团的茶叶团放冰箱里冷冻，一年四季都可以喝到味道清醇的新茶。或经手工炒制、揉搓、烘焙做成的干茶，不含任何色素、香精和防腐剂，是纯天然无公害的绿色食品。据说茶叶中的儿茶素，具有抗氧化、抗突然异变、抗肿瘤、降低血液中胆固醇及低密度脂蛋白含量、抑制血压上升、抑制血小板凝集、抗菌、抗产物过敏等功效。茶中含有丰富的钾、钙、镁、锰等 11 种矿物质。茶汤中阳离子含量较多而阴离子较少，属于碱性食品，可帮助体液维持碱性，保持健康。

除了茶叶，本地人打油茶时还会加入生姜和大蒜。生姜具有健脾暖胃、驱散寒气、增进食欲的作用，还有排汗降温、提神兴奋等功效，可缓解疲劳、乏力、厌食、失眠、腹胀、腹痛等症状；大蒜是古老的抗衰老明星，具有抗衰老的神奇功能，经常食用大蒜能有效地防止高脂膳食引起的血清胆固醇升高、血液凝固性增强以及纤维蛋白溶解活性降低，从而减少高血脂、高血压、动脉硬化、血栓形成等心血管疾病的危险因素。大蒜还具有抑菌作用，能抑制致癌物质如亚硝胺的合成，保护组织免受亚硝胺的侵害，能促进肝脏的解毒功能，保护肝脏免受强毒物质的侵害，因而对肝脏疾病有良好的调养功能，对多种微生物也有强大的抑制和杀灭作用。把茶叶、生姜、大蒜等几味具有长寿基因的植物融合在一起，经过反复敲打，用源自大山深处的地下泉水熬制而成的瑶乡油茶，可以说是思香垌一带人们的发明创造，也是他们在长期的生活积累和与自然融合时一种智慧的结晶。善良淳朴的思香垌人，从油茶中吸取了丰富的营养，获得了强身健体的保障。热情好客的思香垌人们，无论谁家来了客人，都要招呼一声“喝杯油茶先”，这些饮食习惯和醇厚的民风，为长寿提供了丰厚的物质基础和人文环境。

一个“寿”字的伸展，承载了几千年长生文化的思考；一个“和”字的延续，造就了无数个家庭长寿的梦想。仁和者寿，一直是中国人对寿命长短的一种认知。道家始祖老子的养生精华就是崇尚自然、天人合一，其核心就是返璞归真。红花镇桃加村一百零二岁的韦汉斌老人，看上去样子清瘦，但精神矍铄，神智清楚，性格开朗豪放，语言风趣幽默。让人惊叹的是，老人已一百零二岁高龄，但头发还是乌黑发亮的，只有少许斑白，眉毛和胡须也浓密青黑。我们问他是否染过头发，老人说：哪有那份闲钱和闲心去管呢？老人开玩笑似的说：“人家说，到了六十岁头发还不变白，这个人的一生吃穿都困难。”自己年轻的时候家庭条件艰苦，吃穿问题都解决不了，长年吃的是五谷杂粮和青菜，也喝点酒，但因为血压升高，所以就戒掉了。他很少吃肉类等高脂肪的食物，喜欢吃油茶泡饭。艰苦的生活环境和朴素的生活态度，与世无争、与人无求的处世原则，成为了老人的长寿秘诀。

人类学家认为，命是天给的，寿是自己争取的。研究表明人的健康有60%取决于自己。尊重自然的法则和生命的规律，动静结合是人类健康长寿的密码。两安瑶族乡立头村的黄盆凤老人，一百零二岁了还坚持做些力所能及的体力劳动，是个总也闲不住的人。平日里，没什么事情可做，老人就打扫房子，甚至从屋内扫到屋外，从门口扫到大路上，每天把屋里打扫得一尘不染，连大路上的垃圾也被她打扫得干干净净。在劳动中，既锻炼了肌体，舒活了筋骨，又清洁了环境，不但使自己的生命得到了延续，也给他人带来了方便。生命不息，劳作不止，这就是黄盆凤老人给我们最大的启示。黄盆凤老人的儿子告诉我们，他们村子的后面有一棵巨大的榕树，从他们小时候就一直是现在这样繁盛。不知经过了多少风雨的洗礼，历经了多少岁月的沧桑，大榕树就像村民们的保护神一样，庇佑着全村老小，守护着芸芸众生。

人生于天地之间，大自然给我们提供了充足的阳光、纯净的水源和清新的空气。人类只有与自然和谐相处，顺应自然，尊重万物，做自然的改造者和保护者，才是对自然最好的回报。对自己负责，对他人友好，才是对生命最大的尊重，才是长寿唯一的密码。

# 尘世之外的家园

有没有这样一个地方，能让你远离尘世的喧嚣，荡涤心灵的尘埃，在你疲惫的时候，给你一个释放的空间？有没有这样的一处所在，能让你暂时忘了俗世的烦扰，身心的负累，给你一个安放灵魂的家园？也许，久居城镇的你，每日困扰于钢筋水泥的丛林之中，需要给自己沉重的肉体安上一双轻灵的翅膀，去放飞一份惬意的心情。在钟山，有很多这样的地方，你无须远足就能感受到自然山水的妙处，你不必跋山涉水，就能感受乡村生态旅游带给你的独特体验。正在建设中的钟山镇朝南厂生态旅游度假村，就是你最理想的选择。

七月的骄阳似火，晒得水泥路面发出刺眼的光芒，路边的树也无精打采，耷拉着低垂的脑袋。我们一行七人冒着酷暑驱车前往，都想一睹朝南厂的芳容。小车在钟山西路拐进了一条芳草丛生的小路，一路蜿蜒前行，两旁的树木丛生，夏草葳蕤，打开车窗，竟有清风拂面，稻花飘香，顿时让人感觉神清气爽起来。在我的印象中，城厢一带历来都是黄泥遍野，旱地连片的，却没想到，就在距离县城不到十里的地方，竟然有一个这么美丽的地方，真是躲在深山人未识，有一种相见恨晚的感觉。

车子在拐弯的地方停了下来，我们下了车，眼前豁然开朗。蔚蓝的天空澄澈如洗，朵朵白云轻轻飘荡，蓝天下，远处的群山像一道绿色的屏障，苍苍莽莽，蜿蜒起伏，像忠诚的卫士守护着这一片安宁的土地。群山之前，另有几座小山拔地而起，错落有致地呈扇形分布，把中间的一片低洼地带包围起来，形成了四周青山环抱，中间平坦开阔的一个盆地。随行的村主任告诉我们，这里正在建设一座大型的观景台，建成之后，可以俯瞰整个朝南厂的景观，是最佳的摄影取景之地。站在还没建设完成的观景台前，我们拿起手中的相机，想把眼前的蓝天、白云、青山、绿树记录在自己的镜头中，在翻看照片的时候，竟然发现有一只蜻蜓状的小东西镶嵌在蓝蓝的天幕背景中，同伴中有说是蜻蜓的，也有说是飞机的，不管是什么，镜头中所记录的一景一物，都是令人眼前一亮，心生欢喜的。在这样一个晴朗的天气里，处身于如此明净的山水田园间，整个人都感觉到神清气爽。

从观景台下来，是一片更低洼的地方，一条S形的小河绕村而过。村主任带我们到了村里小河的源头。源头掩映在一个溶洞的下方，上面翠竹葱茏，灌木丛生，水面上水草漂浮，绿色水生植物长势茂盛。我们惊奇地发现，从溶洞口处涌出来的泉水平静如镜，就连水面上漂着的落叶也纹丝不动，直到一米开外的地方，溪水才源源不断地流淌，如一块流动的蓝水晶，唱着欢快动人的歌谣。“问渠那得清如许，为有源头活水来”，可这里源头口的水却如此平静，到底蕴含着怎样的秘密呢？我们不得而知。

源头附近，正在筹划利用这里独特的自然优势和优质的水源条件打造一座人工湖泊，放养各种鱼，供人们垂钓娱乐，休闲养生，陶冶情操，想想那种“闲来垂钓碧溪上”的感觉，清风徐来，水波不兴，又岂是姜太公所能比的呢？那简直是神仙一样的享受了。人工湖下面，是一座正在建设中的游泳池。游泳池将引用天然的湖水，湖水从高处冲下形成一座天然的瀑布，瀑布流入水池，源源不断地供给，使泳池里的水成为长流水，常流常清。在瀑布之下的泳池里游泳，嬉戏，就像在一条天然的河流中戏水，头顶上的蓝天白云投映在碧水间，四周的青山绿树在池水中流动，水天一色，形成一块巨大的蓝绿相间的翡翠，游人就是镶嵌在翡翠里一颗颗跳动的明珠，那是怎样的一种诗情画意？那是怎样的一片人间仙境？洗去身心的疲惫，荡涤心灵的尘埃，世事的纷扰，红尘的羁绊，俗务的烦恼，都消散在这一片青山碧水间，让你暂时忘却一切，放下一切，尽情地嬉戏，尽情地释放，尽情地融入这一片山水间。

我很好奇：从游泳池里流出来的水流向哪里呢？村主任指着四周一片望不到边际的果林告诉我们，这是村里的扶贫项目——万亩贡柑种植基地。泳池里的水流出来，灌溉了周围的万亩贡柑，这是综合利用水资源开发农业生产，实现老百姓脱贫致富的一项重大举措，体现了党和政府对农民及农业的重视与支持。贡柑成熟后，除了对外供给，游人们还可以自由采摘、品尝，实现生态农业的高效发展与旅游的双向共赢。优美的自然环境，得天独厚的自然资源，造就了朝南厂小家碧玉般的清雅灵秀，这里虽没有江南水乡的小桥流水，也没有大漠草原的广阔无垠，但是，这里的一山一水，一草一木，一景一物，都以它的独特魅力展现着自己诱人的风姿。生态旅游，休闲度假，浓妆淡抹总相宜。这里，还将建成一系列的农家乐。村民们自己种菜、养鱼、养鸡，为游客们提供纯天然、无污染的绿色食品。

村主任告诉我们，这里是一个移民新村。原来，村民居住的环境比较荒芜，交通也相对闭塞，村民只靠几亩旱地生存，种些花生、玉米、红薯、木薯、红瓜子等作物，然后卖了这些作物来换取粮食，一年辛苦下来，只能维持基本生计。村民们没有额外的经济来源，劳动积极性也不高。自从村里引进了扶贫项目，村民们似乎一下子看到了希望，热情空前高涨起来，都积极投入到新农村的建设当中。他们自筹资金，并利用政府扶持资金建房修路，改变村容村貌，整个村子焕然一新起来。

贡柑林的尽头，隐约可见红墙黛瓦的民居依山而建。走进小村，装修一新的民房高低错落，分布在山脚下，一律的红墙蓝瓦，自然古朴又透着现代气息，其中一座从低往高处看，像布达拉宫一样气势恢弘。一条新建的水泥路绕村而过，车子与行人从村子进出，不必走回头路，右边进去，左边出来，非常方便。村子后面，靠近山脚的地方有几棵古老的香樟树，浓密的树荫下，几位老人悠闲地坐在台阶上抽着旱烟，几个淘气的小孩在大石头旁边追逐打闹，一派安宁祥和的景象。沿着台阶拾级而上，旁边有一个还未开发的岩洞，岩洞里清凉舒爽，是夏季避暑的好去处。

村子前面，一条小河绕村而过，小河两岸翠竹林立，植物丰茂，远处的小凉亭隐约可见。河水清澈见底，河底大部分是连绵起伏的麻石和青石。其中有几块青石被打磨得光滑如镜面，村主任说，那是村民们长期在石头面上搓洗衣服的结果。千百年来，我们的先民们就是利用这种方式维持着古朴的生活，那夜半的捣衣声，惊醒着多少游子的梦境，又温暖着多少人思乡的心绪？如今，生活节奏快速运转，洗衣机早已代替了手洗衣服，那几块因搓洗衣服而被打磨光亮的青石迟早会完成它的历史使命，若干年后，还有人记得它曾经的辛劳吗？

赤脚站在青石板上，清凉的河水漫过脚背，绕过脚踝，无声无息地向前流去。忍不住俯下身子，掬一捧清凉的溪水洗脸，脸上的每个毛孔都张开了，吮吸着清爽的水分子，整个人也神清气爽，飘飘欲仙起来。我们互相打闹着，在水中嬉戏，扬起的水花落在头发上、身上，仿佛又回到了童年的时光。水生万物，有了水的滋润，万物才能茁壮成长，生命才能延续不断，自然才得以生生不息。与水亲近，与花草树木相亲相爱，任何尖锐的棱角，也变得如水温柔。

小河出口处，一个喀斯特地貌的溶洞安然静卧在那里，它在等谁去揭开它神秘的面纱？村主任告诉我们，我们进来时看到的源头是小河的入口，而这个溶洞，是小溪的出口。也许，小溪的水就是从这里汇入溶洞，形成了看不见的地下暗河，谁也不得而知。洞口处，青翠的藤状植物爬满了周围的石头，一些不知名的小树枝干盘旋，顺着岩石的方向自由生长，像一道绿色的屏障护卫着岩洞。岩洞里石笋林立，顶上钟乳石倒垂下来，千奇百怪，形状各异。岩洞地下，一潭略带黄色的水也像静止了一样，看不出它流向哪里。由于不清楚里面的状况，我们不敢贸然进入，但我相信，这里经过开发建设，一定会成为一处独特的喀斯特溶洞。

从溶洞上来，是一座小型的广场，规模虽然不大，但却是村民们娱乐休闲的好去处。广场边上，几位工人正在施工，有的项目已完成前期建设，有的还在筹划中，但却让人感受到了一派生机勃勃的景象。正在兴建的永贺高速从村前笔直通过，又为朝南厂这座生态旅游度假村提供了更为便利的交通条件。我们有理由相信，不久的将来，一座集旅游度假、休闲养生、娱乐于一体的生态村就会呈现在大家面前。

我们期待着，美丽的朝南厂，早日揭开它神秘的面纱，敞开它宽广的胸怀，迎接八方的游客，成为你我放飞心灵的诗意家园。

# 花间隐

前几日路过梅子桥的时候，无意间往车窗外一瞥，眼前霎时被一抹亮丽的粉红所惊艳。是桃花开了吗？忍不住驻足观望，只见突兀的枝丫间，星星点点的粉红花蕾含苞待放，仿佛蕴蓄了一冬的力量，只等一阵风来把她唤醒，她就会绽放明媚的笑颜，带给你整个姹紫嫣红的春天。

都说三月桃花始芳华，而我的小城，那些长在野外无人看管的桃花，总是按捺不住萌动的春心，小寒节气里竟迎风盛放，极尽妖娆。很喜欢“点绛唇”这个词牌名，觉得它就是为桃花量身定制的，一瓣桃花，就是点在美人唇上的一抹嫣红，让人无来由地想起了唐代仕女图上，那粉面含春，朱唇轻启的俏佳人。宋代的秦观在《点绛唇·桃源》里写道：醉漾轻舟，信流引到花深处。尘缘相误。无计花间住。　烟水茫茫，千里斜阳暮。山无数。乱红如雨。不记来时路。词人于醉眼蒙胧之中，荡着小船随着流水任意漂荡，不知不觉来到了桃花源的花丛深处，都想这样流连于花丛之中，无奈还有许多尘俗未了，不得不回到滚滚红尘当中。很多时候，我们也曾想过，抛却世俗烦扰，来一场说走就走的旅行。电影《罗马假日》里的有一句经典的台词：You can either travel or read,but either your body or soul must be on the way。是谁说的，要么旅行，要么读书，身体和灵魂，必须有一个在路上。在路上，看不同的风景，遇见不同的人，听不同的故事，寻找那个陌生的自己。为了达成这个心愿，不知策划了多少次，最终，还是挣不脱自己为自己所设置的牢笼，总是借口工作忙，借口要照顾家人，借口各种俗事牵绊，一次又一次的希望落空。

那天，友说：江南的梅花开了，年后，我们相约去看梅花吧。我何曾不想，与你踏雪寻梅，烹雪煮茶，把盏言欢呢？“寒夜客来茶当酒，竹炉汤沸火初红。寻常一样窗前月，才有梅花便不同。”那年成都郫园一别，匆匆已六个年头了吧。那一场相见欢，虽是初相遇，却胜似久别重逢。我们住在同一间客房里，窃窃私语，相谈甚欢。相聚的时光总是短暂的。你在晨曦中踏上回家的归程，我不敢去送你，最不愿见到那种伤离别的场面。约好了来年桃花开，我们再聚首。曾经约定，与你在西湖断桥边，看杨柳岸晓风残月；在秦淮河边，看乌衣巷口夕阳斜。可花开了又谢，春去了秋来，那场美丽的约定，始终只是文字里最美的花开。江南，成了我一块放不下、未了结的心病。其实，遥远的不是距离，而是横亘在心头的某一道沟壑，终有一天，我将去逾越它，放下一切，义无反顾，说走就走，只为我们的约定。

源于对江南的心心念念，缘于一个未了的梦，儿子在报高考志愿的时候，我就有意无意地进行了暗示，本来他是要去武汉的，我却极力推崇杭州与南京，说什么南京市六朝古都，历史文化底蕴厚重，又是沿海开放地区，背靠沪上优越的地理环境和经济资源，以后就业也有一定的优势等等。结果，事遂人愿，儿子去了南京，从此，那座江南金陵城，又多了我的思念与牵挂。金秋九月，送儿去学堂，一家三口踏上了去往南京的旅途。偌大的南京城，只有短短的三天假期，是定然不够的。总统府、中山陵，那些恢弘的往事，已经定格成了历史中一个无法更改的画面，瞻仰也罢，缅怀也罢，谁也无法改变历史。秦淮河畔，流水悠悠，更能激起我的淡淡旅愁。是谁说，不去夫子庙，就等于没来过南京，所以，我来了。

九月的夫子庙人潮涌动，一个又一个旅行团在导游小姐的彩旗指引下匆匆地来，又匆匆地走。踯躅在青石板铺就的街市上，看那些明清时期的古建筑，不知被毁坏了多少次又重建了多少次，如今，历史的风云变幻已成过往，眼前的繁华足以消弭了心中的遗憾。各种风味小吃店里，以“秦淮八绝”为代表的秦淮风味小吃足以吸引你的目光，引诱你的味蕾。黄桥烧饼、牛肉锅贴、什锦菜包、鸡丝浇面、桂花夹心小元宵、五香豆，不要说那金黄的色泽和诱人的香味，光是看名字，就有一种想尝遍各种美食的冲动。买了烧饼、桂花糕、桂花糖、盐水鸭……临走了还不忘大包小包地带上几大袋。悠悠的秦淮河水流淌了千年，河畔两边，高低错落的河厅河房、歌楼舞榭，以及商业街众多的书肆、小吃店、茶馆与酒楼，这一切，都在映照着一个时代的辉煌。站在桥头，远远就看到了白墙黛瓦下的“秦淮人家”，绝迹多年的“秦淮画舫”又一次出现，十里秦淮，十里繁华，当年，那“隔江犹唱后庭花”的商女已不知去往何处，只有那幽幽的旋律还在河面上轻轻飘荡，久久不散。

在乌衣巷口，读到了刘禹锡的诗句：“朱雀桥边野草花，乌衣巷口夕阳斜。旧时王谢堂前燕，飞入寻常百姓家。”一时感慨良多。当年的乌衣巷，曾是晋代王导、谢安两家豪门大族的宅第，乌衣巷门庭若市，冠盖云集，王谢两户大家族，在这里居住了三百年，走出了王羲之、王献之，及山水诗派鼻祖谢灵运、谢朓等文化巨匠。曾经的繁华已然落幕，当年栖息在王谢堂前的春燕，已飞入寻常百姓的檐下筑巢。在时代的风云际会中，乌衣巷目睹了历史的变迁与世事的更迭。这是乌衣巷的幸运，它的名字随着这一大批天才的青史留名，已经同样被写进历史，再也抹不去了。走出王谢古居，仍然回到乌衣巷的那条青石小路上来。两旁青砖小瓦，回廊挂落，一栋栋建筑起伏有序，浑然一体。不知怎的，刘禹锡的句子，好像总是在心中徘徊不去。六朝的金粉和风流，给秦淮河和乌衣巷涂抹上了最绚丽的色彩。然而，随着一个时代的坍塌，乌衣巷的神话，乃至金陵六朝帝王都的神话盛极而衰。乌衣巷似乎要从人们的记忆中消失了。或许多年以后，只有从前人那意兴湍发的诗句里，只有从六朝那流金错彩的骈句中，我们才能重新找到有关它的只言片语。想象它的如梦繁华，然后发出一声巴比伦式的叹息吧。

乌衣巷，一代又一代文人墨客来了又走了。王安石来了，周邦彦来了，朱敦儒来了，李白来了，杜牧来了，李后主来了，苏东坡来了……他们在这里留下了传诵千古的名篇名句。李白来到金陵，他登上凤凰台，眺望白鹭州，写下了《登金陵凤凰台》：“吴宫花草埋幽径，晋代衣冠成古丘。”杜牧夜晚停泊在秦淮河上，听见弦歌声声，于是写下了名篇《泊秦淮》：“烟笼寒水月笼沙，夜泊秦淮近酒家。”宋词的集大成者周邦彦的《西河·金陵怀古》：“夜深月过女墙来，伤心东望淮水。……燕子不知何世。入寻常、巷陌人家，相对如说兴亡，斜阳里。”在怀古的同时更多了一种悲壮。金陵怀古已经成为了中国文化的一大奇观。历经岁月的沧桑和历史的风云变幻，如今，十里秦淮又开始喧攘如初。

在夕阳西下中离开乌衣巷，还未开始说再见，心中已生出了无限的怀念。什么时候，我们一定要再约，就约在金陵城下，就约在秦淮岸边，就约在乌衣巷口，一起看斜阳落尽，等待繁花盛开。隐于繁花间，择一间小小的酒肆，选一处幽静的茶坊，与三五好友，推杯换盏，对月小酌。

人生当中总要有那么一两次奋不顾身的抉择，我们都想做一回真正的自己，不为谁左右，只想朝着心的方向飞翔，飞到自己想去的地方。那一次，就是几句不经意之间的调侃，就下了相约中原的决心。于是约好日期，上网订票，不顾国庆长假的车水马龙，再一次踏上了开往中原大地的列车。我们在出站口会合，久别重逢的喜悦瞬间冲淡了旅途的疲累。接上了从北京赶过来的月儿，天南地北，我们相聚在嵩山脚下的枚家小院。彼时，小院里桂花开得正浓，她以芬芳的香气迎接了我们。沐浴在桂花的清芬里，每一场遇见都染上了诗意。是夜，我们漫步在嵩岳小路上，围着启母阙一圈一圈地走着，全然不顾树影下，一对窃窃私语的情侣愕然地望着我们。月光下，枚儿用登封窑的小瓷杯给我们沏了橘普茶。在弥漫着茶香的客厅里，三个女人一台戏，戏里戏外，家长里短，共同的话语说不完。钻进被窝里，我们还继续天南海北地聊着，不觉已是月上中天，远处传来阵阵鸡鸣，我们才在意犹未尽中沉沉睡去。

清晨，我们被叽叽啾啾的鸟鸣唤醒。鸟儿们在桂花树上跳来跳去，欢快地叫着、唱着，把天亮的讯息奔走相告。打开窗，桂花的清香裹挟着晨风钻进房间，迎面扑来，沁人心脾。友人已提前起来，亲手摘了葱花、红薯苗，为我们煎鸡蛋饼，熬小米粥，拌红薯苗。闻着鸡蛋饼的清香，我们互相嬉笑着：你为我洗手做羹汤，我为你铺床叠锦被。如果一直这样下去，多好，不是吗？我们一边吃，一边还不忘异想天开：如果在鸡蛋饼里，再加入一些桂花粒，又会是怎样的味道呢？

久居红尘的牢笼当中，很多时候，我们都想远离尘世的喧嚣，去寻觅一处安静的所在，隐居于山水田园间，让身心宁静下来，荡涤心灵的尘埃。那一日，我们仨，在禅心居里，我体会到了一种隐士的生活。那些由废弃的乡村改造成的房子，虽然陈旧，却处处透出一种古朴宁静的美。我们沿着石子镶嵌的小路蜿蜒前行，小径两边长满了灌木和修竹。一片不大的池塘里，荷花早已枯萎，只有一些荷茎擶着枯黄的荷叶。池塘边，稀稀疏疏地长着几簇芦苇或别的水草，几只鸭子在水中悠闲地游来游去，时不时扭过头来啄一下自己的羽毛，任凭我们怎么叫唤，它们也置之不理，而是自顾自地在水中嬉戏。一些身穿灰色道服的小学童在一旁习武，小小年纪所表现出来的坚强与淡定，让人看了忍不住心疼。

我们登上了半山腰中的小阁楼，小阁楼里摆着木质的茶桌、木凳，每张凳子上都垫着一个草蒲团。茶桌上摆放着茶具、茶叶、茶水，可以自助泡茶。门外执勤的小学童非常负责任，说今天暂停泡茶。当我们说了是他师父的朋友，并给他师父打了电话之后，他们竟对我们非常友好起来。我们自己煮水，洗茶具，自斟自饮，还臭美地拍小视频，录像，录了半天，竟然发现录像开关没有打开，浪费了表情，我们仨笑得东倒西歪，花枝乱颤。就这样在一起，不知不觉虚度了一下午的时光。是谁说，好时光是用来虚度的。与有情人，做快乐事，虚度时光又何妨？

禅心居里，每一处都幽静，每一处都充满了禅意。就连习武的小学童住宿的地方都满是清幽。篱笆围成的睡莲池里绿肥红瘦，碧绿的莲叶密密匝匝，层层叠叠，浓得化不开，偶或几株睡莲含苞待放，点缀在这一片绿池中分外显眼。我们用自拍杆去捕捉着她嫣然的笑颜，留住永恒的美丽。菜园里，员工们自己种植的蔬菜长势喜人，绿的蔬菜、豆角，红的番茄、辣椒，黄瓜、丝瓜爬满了藤蔓，这些蔬菜是供应给这里的师父与学童们的。我们要与几位小师父合影，他们腼腆地笑着，互相推搡着往后退，甘做我们的背景。我们用镜头记录下了那动人的一幕。

暮色四合，禅心居里，晕黄的灯光次第亮起。每一盏灯都那么别致。路边的一个小瓦罐是一盏灯，台阶上的一个小木箱也是一盏灯，随便的一个玻璃罩里都透出朦胧的亮光，一切浑然天成，没有一丝雕琢的痕迹。入夜，我们在禅心居里吃素食。小学童们排着整齐地队伍先做祷告，然后按照顺序依次进入餐厅。看到餐厅里的每一个人，他们都双手合十施礼。拿到食物之后，他们也互相行礼，等大家都落座了才开始吃。吃饭的时候，食堂里静悄悄的，大家都低头吃着碗里的东西。我们要了面条、青菜、芝麻汤圆，与师父和小学童们共进晚餐，有一种庄严肃穆的感觉。

晚饭后，大师父请我们到他的茶室喝茶。茶室里，一个巨大的草书字体展现在我们眼前，看着像“我”又不像“我”。都说仁者见仁，智者见智，佛家心中是没有“我”的，只有俗人心中才有自我。大师为我们焚香、煮茶，在袅袅的檀香中喝茶，谈心，听大师讲经布道，谈人生，谈俗事，谈茶道，谈文学，接受灵魂的洗礼。那一刻，我们就在心中暗暗许下愿望，有一天，等我们老了，退休了，不用再为俗务烦扰，我们就相约到禅心居来做义工，在这里耕田种菜，打扫庭院，焚香煮茶。大师说，现在报名做义工的已有不少人，要排着队来。如果你们来的话，我会给你们开绿灯，让你们插个队。大师的涵养与幽默，让我们肃然起敬。

一次旅行，就是一次心灵的洗礼。下一站，我们将去哪里？如果有缘，就会相聚。我期待着，与你，久别重逢。

# 生态养生在茶乡

一个“寿”字的伸展，承载了人类几千年长生文化的思考，自古以来，延年益寿就是人类不懈的追求。在神话世界里，人们想象着高寿的人类先祖那充斥神话与传说的长寿秘籍，返老还童的青春泉、长生不老的极乐园、无所不能的灵丹妙药，这一切，似乎都笼罩着神圣的光环，让多少人为之孜孜以求。在现实生活中，巫术和科学一起加入了长寿这项伟大的事业，一切能够用来延长寿命和改善生命的手段与方法千奇百怪，层出不穷。人类对健康长寿的崇拜与向往，追求与探索的脚步，一直从未停歇。

随着时代的发展，社会的进步，生活节奏的加快和各种压力的增大，人们对健康养生的需要也在日渐迫切。在名目繁多的养生方式当中，生态养生成为了人们的一种共识。道家始祖老子的养生精华就是崇尚自然、天人合一，其核心就是返璞归真。因此，一切遵循自然的规律，顺应自然的法则，才是最基本的养生之道。良好的生态环境，健康的饮食习惯，这一切，都为人类健康养生和延长寿命提供了得天独厚的优势。

对于人类而言，水是人类长寿的命脉。老子的《道德经》里有“上善若水，水善利万物而不争，处众人之所恶，故几于道”。这可见，水滋养万物、造福万物却与世无争。人之所以长寿，是与他所处的自然山水和生态环境分不开的。

位于桂东粤西结合地带、地处桂江中游的广西昭平县，悠悠的桂江自猫儿山缓缓流淌，流过山川，流过田野，流经昭平县境内，灌溉了这一片富饶的土地，也滋润着世代生活在这里的人们。因桂江流经石灰岩地区，沿岸多石林岩洞，江水清澈，风景秀丽，使得昭平境内青山长碧，绿水长青，这一切，都为昭平提供了优良的水源和优美的自然环境。再加上其特殊的地理位置，在亚热带季风气候的影响下，气候温和，雨量充沛；群山环抱，山高林茂，云雾缭绕，甘泉潺潺，山光水色，美不胜收。昭平县犹如镶嵌在桂东南一颗璀璨的绿宝石，县内生物资源丰富，森林覆盖率高，空气质量好，是一个天然的绿色氧吧。走进昭平，就仿佛走进一轴清丽旖旎的山水长卷，有一种“舟行碧波上，人在画中游”的感觉。纯净的自然山水，绿色的生态环境，为人们健康养生提供了良好的保障。

俗话说，民以食为天。远古时期，为了生存，神农尝遍百草，寻找食物。依靠食物，人们积攒了能量和营养成分，事实证明，只有来自大自然的植物才是延年益寿的灵丹。昭平山地较多，土地肥沃，土壤呈酸性至弱酸性，适宜茶叶生长，被茶叶专家称为最适宜茶叶生长的地方。勤劳淳朴的昭平人，充分利用这一有利的自然条件，因地制宜地发展起种茶和制茶的产业，种植和制作了大量的优质茶叶，使昭平成为全国茶叶生态最适宜区、全国生态农业示范县、广西名优绿茶优势区、广西无公害茶叶示范县、“全国重点产茶县”和“中国名茶之乡”。

那些产于深山老林的茶叶，长年氤氲在山岚雾气中，集天地之灵气，吸日月之精华，得山水之润泽，保持了茶叶最原始最纯正的本色，是大自然对人类最珍贵的馈赠。茶来自草木，因人而获得独特价值。《本草纲目》中这样来描述茶：“茶苦而寒，最能降火。火为百病，火降，则上清矣。”《神农本草》里说：神农氏“日遇七十二毒，得茶而解之”。这可见，茶是一种解百毒的良药。现代医学认为：茶叶中的儿茶素，具有抗氧化、抗突然异变、抗肿瘤、降低血液中胆固醇及低密度脂蛋白含量、抑制血压上升、抑制血小板凝集、抗菌、抗产物过敏等功效。茶中含有丰富的钾、钙、镁、锰等十一种矿物质。茶汤中阳离子含量较多而阴离子较少，属于碱性食品，可帮助体液维持碱性，保持健康。

昭平自古就有种茶和饮茶的习俗，茶文化历史源远流长。早在1000多年前，昭平人就已掌握了种茶制茶的技术，20世纪三四十年代，就已经出现分散的小茶园，并有了民间茶叶手工炒制作坊。如今，昭平大力发展生态茶、无公害茶和有机茶产业，广西客家红生态农业有限公司就是这众多产业中杰出的代表。这是一家集有机农产品种植、加工、销售及科研为一体的产业化龙头企业，公司本着“传承经典、独树一帜、创新发展”的经营理念，以弘扬客家文化，打造世界名茶为发展方略，倡导做良心企业，制放心产品，立志让世人喝上健康茶、放心茶。该公司所生产的“客家红”红茶，因其味道纯正，品质优良，先后荣获第四届广西春茶节红茶金奖；第九届“中茶杯”全国名优茶评比一等奖；第九届中国—东盟博览会农业展品牌茶业优质奖等。红茶是一种发酵茶叶，它来源于客家人最初的“车筒茶”。客家人把春天采摘下来的茶叶，经过炒制，烘干，为了防潮，就把茶叶装进竹筒里，悬挂在灶台上。在烟熏火燎中，茶叶经过自然发酵，形成了其独特的风味，天然的醇香，因此得到了人们的青睐。

进入昭平的茶山，展现在你面前的是一片片醉人的绿意。远处山峰云雾缭绕，恍如仙境，一垄垄碧绿的茶树绵延不断，直到天边，波澜起伏，仿佛一幅青绿的山水画卷，直逼你的眼。置身在这大自然的怀抱中，呼吸着这天然大氧吧的清新空气，世事的纷扰，人情的冷暖，俗念的烦忧，此刻都已烟消云散，有的只是内心的宁静和空明。那穿梭在茶树间的采茶女，她们身手灵活，手脚麻利，一片片雀舌似的茶芽在她们手中不断翻飞，像一个个调皮的小精灵一样，纷纷落入她们前面的背篓里，一幅幅清丽动人的清明采茶图，在春风吹拂之下徐徐展开，连空气里也充满了茶香。

“山环水绕是故乡，明清砖瓦巧梳妆，一条石板街穿越岁月时光，一座古戏台演绎历史沧桑……”黄姚古镇，这座历史悠久、山清水秀、民风古朴、有着深厚文化底蕴的古镇，像一位“藏在深山人未识”的小家碧玉正在向世人撩起她神秘的面纱，向世人展示着她清丽脱俗、古典优雅的优美风姿。黄姚因为其优美的自然风光、光滑的青石板路、精致的亭台楼阁、古朴的民风民俗，被人们誉为“人与自然完美结合的艺术殿堂”，素有“梦境家园”之称，成为了昭平发展生态旅游和养生文化的一张名片。2009年以来，黄姚先后被授予“中国最具旅游价值古城镇”“中国历史文化名镇”“中国最值得外国人去的50个地方”、“全国生态农业旅游示范点”等荣誉称号，成功举办了多届广西茶王节暨生态旅游文化节，引起了人们的广泛关注和一致好评。近年来，昭平县依托“一片森林、一条桂江、一座古镇、一群寿星、一片茶园”五大资源优势，突出茶文化、长寿文化、古镇文化、民俗文化、养生文化等旅游资源，成功打造了“游黄姚古镇、品昭平银杉、览桂江风光、探长寿文化”的生态养生品牌，为人们旅游休闲和健康养生提供了广阔的天地。

漫步在黄姚古镇的青石板小路，徜徉在古朴而宁静的小巷中，所有的时光都慢了下来。选一处僻静的茶肆，约三五知己，泡一壶红茶，看片片茶叶在水中舒展着优美的身姿，酡红的茶汤自水中慢慢洇漾出来，缕缕茶香弥漫在空气中，伴着舒缓悠扬的古典音乐，和着清风明月轻轻啜饮，斟一斛盛唐的烟雨，煮一阙宋时的小令，那些千年积淀下来的时光，此刻仿佛已经静止，什么也不用想，我只和你对坐在光阴的两岸，看花开花落，云卷云舒。黄姚古镇兴宁庙的亭子门楣上，晚清文人林作楫所书的“且坐喫茶”一匾，巧妙地将喝茶和品禅结合在一起，表现了人们在品茶时追求寄情于山水，忘情与山水，心无杂念的忘我境界。这体现了一种“以茶论道”的悠闲自在的生活方式，是昭平人健康养生理念的集中体现。

一方水土养一方人。优美的自然环境，和谐宜居的生态环境，造就了昭平得天独厚的优势。而丰富的茶叶资源和独特的饮茶文化，又为健康养生提供了物质基础和人文底蕴。

“择一城终老，遇一人白首。”作为中国长寿之乡、中国名茶之乡的昭平县，这一片绿色的土地，黄姚古镇“小桥流水人家”的“梦境家园”，这里，无疑是你最理想最完美的选择。

# 雾锁茶林

阳春三月，清明时节，又到了采茶的季节了。这个时候，我总会想起家乡的那片茶林。

我的家乡是桂东南小镇上一个不很偏僻的小村庄。村子后面，一座长满松树的山岭像虬龙一样蜿蜒而过，四季常青。村子前面，几顷荷塘水光潋滟，碧波荡漾，每到夏季，荷花盛开，清香四溢，蛙声齐鸣，一派热闹的景象。这也许就是“龙塘村”这个名字的由来吧。

村子后面，有一片名叫梅花冲的坡地，也许因为那里的泥土富含铁质，适合茶树的生长，所以早在生产队的时候，梅花冲就种有很多茶树，成为了村子里的一片茶林。每到春季，茶叶抽出了碧绿的嫩芽，村民们就开始了采摘茶叶。那时候，村子西边有一块很大的晒谷坪，晒谷坪旁边有一排白墙黑瓦的平房，是知青上山下乡时住的地方，村民称之为“插青屋”。知青回城后，“插青屋”就被闲置了下来，生产队就把这里作为加工茶叶的作坊。那时，村里有一整套加工茶叶的设备，有专门炒制茶叶的大铁锅，有揉搓茶叶的揉捻机，有烘焙茶叶的烘干机等。每到采茶时节，村民们把采摘到的茶叶拿来这里过称，采茶的多少也被记录到工分里，以此来计算社员的劳动量和劳动报酬。我们村里所生产的茶叶，在整个公社里都是小有名气的，以至于到了现在，镇上很多卖茶叶的商贩，都会给自己的茶叶冠以“龙塘茶”的美名，以此提高茶叶的身价，获得较高的声誉和利润。

20世纪80年代初期，改革开放的春风吹遍了祖国大地，农村开始推行家庭联产承包责任制，实行“分田到户”的政策。村里的水田、土地，包括村后的松岭、茶林都被按人口比例分到了各家各户，我家除了分到三亩六分水田外，还分得了六垄茶树和几百棵松树。这样，那几垄茶树就成为了家庭经济的额外来源，采茶也成了我们上学之外一项重要的家务劳动。

每年清明前夕，是采摘第一道茶叶的最佳时期。这时的茶叶经过了一个冬天的滋养，饱蕴天地精华，茶芽细嫩娇美，滋味清纯，被称为“明前茶”。周末的早上，母亲早早就起床准备早餐，还要煮猪食，喂猪，喂鸡等，我和姐姐则背上小竹篓到山上去采茶。此时的山上雾岚轻锁，一片朦胧，布谷鸟咕咕咕咕的叫声，给宁静的茶林增添了几许春天的气息。一垄垄茶树在薄雾的笼罩下，仿佛披着轻纱的秀美女子，眉眼如黛，不胜娇羞，好像在等谁揭开她神秘的面纱，露出碧绿滴翠的罗裙。茶林里，三三两两的大姑娘、小媳妇们各自散落在自家的茶树间，动作娴熟地采摘着茶叶，偶尔还传来说话的声音或一两阵笑声，给山间静谧的早晨抹上了无限的生机。

姐姐心灵手巧，干起活儿总是得心应手，采摘的动作也熟练快速。而我天生的过敏体质，对那些小花小草、小虫蝼蚁之类的总是敬而远之，一不小心沾染上，就会皮肤发红，奇痒无比。因此，我总是小心翼翼地选杂草比较少的，相对干净的茶树去采摘。摘着摘着，不觉太阳已慢慢升起，水汽也逐渐蒸腾挥发，此时才觉得肚子咕咕地叫了起来，于是踮起脚尖，翘首望着通向村里的路，盼望着母亲快点送早餐来。望穿秋水，终于看到村口处，母亲戴着斗笠，挑着箢箕急匆匆地往这边赶。母亲还没放下担子，我就急急忙忙去翻看担子里的早餐。母亲带着歉意的微笑，温和地招呼着我们：“丫头片子，饿坏了吧，赶紧吃吧。”母亲给我们带来了米饭、粥、炒菜豆、酸菜等，我们狼吞虎咽地吃着，觉得那是世界上最可口的美味。直到现在，每当吃得太饱，胃口不好，消化不良的时候，我还常常怀念起那一段在茶林里大快朵颐的美好时光，它是我儿时记忆里，一段最清晰、最纯真的影像。

吃过早餐后，渐渐恢复了体力的我们又继续采摘茶叶。母亲说，咱们比赛吧，看谁摘得快，摘满了小竹篓我们就回家去，回去给你们做好吃的。于是，我们顿时来了劲，快速地采摘起来。但只是三分钟的热度，太阳一晒，浑身就软塌塌的无力，动作也变得迟缓起来。为了能快点回家，我采了几把野草垫到了竹篓底下，把茶叶覆盖在野草上面，告诉母亲我采满了，想回家了。母亲用手按了按茶叶，顿时明白了。但她没有责怪我，而是把野草选了出来，把她背篓里的茶叶匀到我的背篓里，让我原地休息，她自己则以更快的速度继续采摘。

采完了明前茶，再过半月，就到了谷雨，又开始了第二道茶叶的采摘。此时的茶叶春梢肥硕，色泽翠绿，叶质柔软，富含多种维生素和氨基酸，滋味鲜活，香气怡人，称为谷雨茶或二春茶。谷雨茶生长在温和的春季，性味温凉，清热去火，民间常用作去火消食、灭菌消毒等良方，因此，采摘谷雨茶，就成为了茶林里最热闹的时光。谷雨这一天，家里的亲戚朋友、三姑六婆也都会慕名而来，采摘一些谷雨茶以做不备之需。母亲和我们姐妹两个带着亲戚朋友去采茶，父亲则在家里准备午餐，以招待亲朋们。此时的茶林里人头攒动，笑语殷殷，连树上的鸟儿也欢快地唱起了歌儿，叽叽喳喳地从这棵树飞到那棵树上，仿佛在迎接远道而来的客人。

采摘回来的茶叶，不再拿到生产队里去挣工分，队里那套茶叶生产设备，也不知到了哪儿。茶叶都是拿回家里，自己加工。母亲支起铁锅，生火炒茶，给茶叶杀青。这时候，我最喜欢帮母亲把柴火捅进灶膛里，在微红的火光中，看母亲娴熟地把茶叶倒进铁锅里，洒些清水，抡起锅铲不停地翻炒，茶叶在铁锅里毕毕剥剥地响，锅面上升起一团团水汽，母亲微红的脸庞氤氲在一片朦朦胧胧的水汽里，亲切温暖，有一种别样的美丽。经过杀青之后的茶叶，摊开在簸箕里微晾一会之后，就要趁着热气用力揉搓。直到把茶叶揉搓成细长卷曲的条状，就可放到铁锅里烘焙。刚才炒过茶叶的铁锅里还留有余温，烧过的柴火变成了炭灰，用来烘焙茶叶是最适合的。烘焙时要不停地给茶叶翻身，直到把整锅茶叶都烘干了就可以包装起来备用了。如果烘焙不及时，茶叶干得不透，煮出来的茶汤味道就不醇。或者火力太大，茶叶烤焦了不行，煮出来的茶汤会有一股焦苦的味道，这都会影响茶的成色和口感，因此，烘焙茶叶也是要讲究技术的。母亲干起这类活儿来，技术熟练，耐心细致，所以她的茶叶无论成色还是口感都极佳的。

我的家乡是广西壮乡，祖祖辈辈都有打油茶的习惯。因此，采摘回来的茶叶一般不泡茶喝，而是打油茶来喝。明前茶、谷雨茶是打油茶的最好原料。家乡民风淳朴，村民热情好客，平时在家，总爱打上一锅油茶，喝油茶成为了本地的特有风俗，更是招待客人的一种至上礼节。“打油茶”有一套专门的炊具，包括一口特制加厚的带嘴儿的小铁锅，一把七字形的木槌（最好是茶树做成的），一把竹篾编成的茶滤，一只汤勺。把泡好的茶叶，连同生姜、大蒜放进烧热的铁锅里，用木槌反复舂捣，捶打，直到锅底起了一层茶焦，就可以放入茶油或花生油、猪油继续搓擦，把茶叶里的水分炒干之后，加入开水再一次煮沸，一锅绿汪汪、香喷喷的油茶就做好了。此时在碗里撒入葱花、香菜、花生、炒米、油果等，把滚烫的油茶倒进碗里，花生、炒米在油茶里嗞嗞冒着热气，香气扑鼻，喝上一口，满嘴留香，满心舒畅，顿时让你神清气爽，精神百倍。油茶具有提神醒脑、驱寒暖胃的作用，把茶叶、生姜、大蒜等几味含有不同药效的植物融合在一起，经过反复敲打，用源自大山深处的地下泉水熬制而成的壮乡油茶，可以说是家乡人们的发明创造，也是他们在长期的生活积累和与自然融合时一种智慧的结晶。善良淳朴的家乡人，从油茶中吸取了丰富的营养，获得了强身健体的保障。热情好客的家乡人，无论谁家来了客人，都要招呼一声“喝杯油茶先”，这一切，都让我们感受到了一份浓浓的亲情。无论是离开家乡到外地工作的人，还是远嫁他乡的姑娘，只要想起了家乡的油茶，就会激起深深的思乡之情。

美不美，家乡水。亲不亲，故乡人。又到一年采茶时节，家乡的那片茶林，茶叶儿早已抽出嫩绿的芽儿了吧？母亲是否早已守候在村口，等待着我们回家去喝她亲手打制的油茶了呢？

# 第四辑

# 故园旧俗

二月二，大地回暖，
正是春耕开始之际。
一年之计在于春，种瓜得瓜，种豆得豆，
春天播下了希望，秋天就收获欣喜。

# 过大年，打米饼

家乡的大年，从腊月初十就开始预热了，每年这个时候，粮食已收割完毕囤到了粮仓里，油菜、大白菜、萝卜等冬令蔬菜也已栽种下地里，忙碌了大半年的主妇开始闲下来，她们要着手准备过年的重头戏，那就是打米饼。

和所有的主妇一样，母亲也会在腊月初十左右，选一个阳光晴朗的日子来簸大米。母亲坐在太阳底下，金色的阳光洒满了她的全身，给她蓝色的粗布大襟衣镀上了一层明晃晃的光泽。母亲双手捧着簸箕，像拜佛似的上下摆动着手臂，头部也随着手臂的摆动上下起伏着。随着母亲身体的摆动，簸箕里一些谷壳和碎小的麦粒被簸了出来，随即引来了一大群小鸡的啄食。母亲嘴里哦哦地驱赶着小鸡，手中的活计却没有停止。簸好大米之后，母亲把大米倒入一个大木桶里淘洗干净，用簸箕装上沥干水分，就开始炒米。炒米的时候，为了增加香味，通常要在米中放入陈皮、八角等同炒。灶膛里，火苗烧得正旺，大铁锅里，母亲挥动着锅铲，不停地翻炒，直到大米变得焦黄，厨房里弥漫着陈皮八角的香味时，就可以出锅了。接着再炒第二锅，如此反复，直到把几十斤大米炒好为之。母亲在炒米的时候，我最喜欢给她烧火。通红的火苗把母亲年轻的脸庞映照得满面红光，仿佛两片晚霞飞上她的脸颊。母亲一边挥动锅铲，一边不时用袖子擦擦额头上沁出的汗滴，她仿佛把所有的喜悦与祈愿都凝聚在手中的锅铲里，似乎她翻炒的不是大米，而是白花花的银子，黄灿灿的金子。多年以后，这幅画面一直浮现在我的脑海中，成为我最美好最富足的记忆。土灶里，柴火发出毕毕剥剥的响声，一股植物燃烧的香味弥漫在整个厨房里，听着锅铲的叮当声，闻着大米的香味，想象着吃米饼时的乐趣，那是最具诱惑的事儿了。

炒好的大米晾凉后，即挑到碾米房去碾成米粉。那时村里只有唯一的一家碾米坊，碾坊里早早就有人在排队等候了。我拉着母亲的衣襟跟随在队伍中间，伸长脖子焦急地等待着。大伙儿七嘴八舌地闲聊着，发动机轰隆隆的声响也盖不住主妇们的大嗓门。在碾坊里待了半天，大家的头上都被覆上了一层白白的米粉和灰尘，像初雪落在茂密的松柏树上。刚碾好的米粉太干燥，还不能马上打成饼子，必须要潮一段时间。为了让米粉更好地受潮，母亲通常会往里放入几块萝卜条或白菜梗，并且把米粉放到箩筐里用布盖好。过了十几天，邻近腊月底，就可以打米饼了。

打米饼时常常是几家人合作的。那时候，是孩子们最快乐的时光。他们不但可以随意串门，帮大人们打饼，还能吃到美味的米饼，这对他们来说就是最大的乐趣。在我的家乡，几乎每家都有十几个雕刻精美的饼模子，当地人称为“饼印”。主妇们早已把自家的“饼印”洗干净晾干，还有擀饼用的竹筒。打饼前一天晚上，必须先煮糖水。根据米的数量，按一定的比例烧煮红糖水，等到红糖全部融化，用筷子捞起糖水连续不断的时候即可。煮好的红糖水晾凉了第二天备用。

为了让炒好的米粉与糖水充分地混合在一起，必须要用石碓去舂捣。现在，我老家的柴房里还有一架这样的石碓。村子里只有几家有石碓，所以左邻右舍都用簸箕盛着和好红糖水的米粉来我家舂捣，那段时间，我家是最热闹的，从早到晚，主妇们来来往往，整间石碓房里米香四溢，踏碓的声音此起彼伏，像一首优美动听的彩调一样回荡在乡村的上空。历经岁月的沧桑，石碓不知舂过多少稻米，石头做成的石臼底，也留下了一个凹陷下去的小坑。现在，石碓已经完成了它的历史使命，像一个年迈的老者一样安详地躺在老屋的一隅，它见证着日月的变迁，记载着祖辈们走过的历程。终有一天，它将会退出历史的舞台，但却抹不去我们心底温暖的记忆。在舂米粉的时候，通常是一人踏碓，一人用木棒不断地翻动混有糖水的米粉，如果只有一个人的时候，则一边踏，一边用长木棒搅拌，随着碓头的一起一落，木棒在石臼里有节奏地搅动着，直到米粉能用手抓成团就可以了。这时的饼团也可以吃，只是有些黏牙，容易噎着。

打饼时，先用蚊帐布包一包干米粉，为了不让饼团粘在饼模上，得往每个饼模里扑上一层薄薄的干米粉，然后把饼团塞进饼模里，塞满之后，再扑一层干粉，并用小竹筒用力擀压，等到表面擀得平整后，把饼模翻过来用力在桌面上一磕，米饼就自然脱落下来了。打饼的时候，孩子们来回穿梭在大人之间，尝尝这家的米饼，又尝尝那家的粉团，并抢着去敲米饼。我最喜欢把米饼从模子里敲出来，乒乒乓乓的响声像一曲交响乐，随着交响乐的起起落落，一个个米饼脱颖而出。为了让米饼更结实并存放得更久，必须把米饼放到竹筛里，用炭火或灶火进行烘烤。等到米饼变硬时，就可以放到瓦罐里储存起来了。那时家里打米饼时常常是由姨妈负责烘烤的。年近七十的姨妈眼睛因为白内障而视物不清，但她却要每一筛都数一遍有多少个米饼，全部打完之后一共有多少饼，她可是一清二楚，除去谁吃掉的多少个，还剩多少个，她也不会含糊。米饼上印有各式各样的花纹，有牡丹，有金鱼，有喜字，有福字，好看极了。每一种花纹，都代表着吉祥与喜庆，表达着丰收的喜悦与祈愿。米饼打好后，孩子们可以放开了吃。小时候，我们常常是吃得嘴角上火糜烂，母亲就会给我们冲陈年的老梅子水喝。酸酸甜甜的梅子水喝下去，烂嘴角的食火消退，过年时就可以啃鸡腿了。

大年初二，到外婆家拜年，家家都得带上一篮子米饼，还有腊肉，鸡肉等。外婆把米饼分送到各个舅舅家，舅舅并会回赠一个红包当作压岁钱。凡是嫁出去的女子，不管你是三四十岁还是五六十岁，甚至到了七八十岁，正月里照样是要回娘家拜年的，自己不能回则由儿子、孙子到舅家去拜年，拜年的礼物也是以米饼为主。谁家的米饼做得好看好吃，谁家的做得硬邦邦，通常成了大家议论的话题。正月里，赶会期，走亲戚，也会带上一筒用报纸包扎好的米饼当作手信。米饼，不仅仅是过年时的一道美味小吃，还成了联络亲朋情感的信物。在物质匮乏的年代里，这种朴素的方式一直被沿用下来，形成了独特的民俗风情。

现在，每到过年的时候，我就怀念起母亲打的米饼，那种香甜的味道，软糯的口感，一直是儿时最美好的回味。母亲说，现在大家都图省事，米饼早已不打了，家里的饼模也不知丢到哪里了，石碓还静静地躺在柴房里，像一位沧桑的老者，多年没用了，木头部分已经腐朽。拜年时，各家也不再送米饼，而是改送各种包装食品。近几年，很多人下广东打工了没回来，连拜年的习惯也逐渐改掉了。

# 二月二，祭关公

“二月二，龙抬头”，它是我国农村的传统节日。在我的家乡，每年二月二都会举行祭祀活动，祈求龙神赐福人间，保佑家人平安，六畜兴旺，五谷丰登。

二月二，大地回暖，正是春耕开始之际。一年之计在于春，种瓜得瓜，种豆得豆，春天播下了希望，秋天就收获欣喜。家乡有一座二帝宫，里面供奉着关帝。关帝，又称关圣帝君。在广大信众的心目中，关圣帝君也是一位武财神，关公的传说故事几乎家喻户晓。中国人普遍崇拜两个人物，一个是文圣孔子，一个是武圣关公。千百年来，集忠孝节义于一身的关羽在人们心目中的地位是很高的，他勇猛、讲义气、忠贞不贰的形象已经是不可改变的了，这是因为他早已具备了被神化的条件。很多地方都建起了关公庙，这不仅是封建统治阶级对关公褒扬喝彩的产物，更是百姓精神生活的需要。

家乡的关帝庙也叫二帝宫，一年到头，香火旺盛，尤其是二月二这一天，镇上都要举行大型的祭祀活动。一大早，村民们做好了糍粑、油茶，准备好三牲、果品、香烛等，纷纷到二帝宫去祭拜关帝爷。祭祀活动有专门的组织者，由镇上选出德高望重的人来轮流担任，每年一换。轮到组织祭祀仪式的头头在前几天就做好了各项准备，活动的程序也在有条不紊地进行。主持者身穿道袍，宣布仪式的开始。大家纷纷拿出自家的供品摆上，在关帝爷的神像前焚香。主持者口中念念有词，为村民们祈福，说的无非都是关帝爷保佑，一家老小，四季平安，五谷丰登，六畜兴旺之类祝福的话，在袅袅的香烟雾中，村民们拱手作揖，低头膜拜，更有虔诚者双膝跪倒在棉布蒲团上，双手合十，头抵地面，行三拜九叩大礼，都希望关帝爷能给自己带来平安吉祥。

拜完关帝，还有其他民俗活动。陆地行舟是一项必不可少的内容。陆地行舟在一些地方也叫跑旱船，由男女演员两人，一人扮渔女，一人扮艄公或渔婆，两人腰间系一条薄红绸，摇着一只木头做成的底下空的船，上面用彩纸包裹，一人摇桨，一人抓住船边，徐徐漫步街头，做水上荡舟的种种姿态。很多人跟着船走，小孩子更是乐得屁颠屁颠的，跳着，跑着，跟在表演者后面，从街头走到结尾。附近村寨，甚至外乡镇的人也闻讯而来，加入游行的队列。

记得那时在镇上读书，每到二月二这天，学校就会放半天假。我们跟着游行的队伍，人挤人，摩肩接踵，时不时有几个调皮的男孩子，趁着人多的时候，扯扯女孩子的头发，拍拍别人的肩膀，被扯的女孩回过头来，却不知是谁做的坏事，只能骂几句了事。村民们家里也是准备了大鱼大肉，接待从外村寨、外乡镇赶来看热闹的亲戚朋友。那一年，我们一帮同学到了街上一位同学家里，她的几个嫂子的外家人都来做客，每轮四桌，摆了四五轮，都午后三点了，还没轮到我们吃饭，有同学等不及了，不高兴了，要跑，被他们家人拦了下来。晚上，因为不用上自修，我们聚集到另一个同学家里，打油茶，看录像，记得是由镇里统一播放的《雪山飞狐》。那个同学房间里只有一张床，我们几个女孩子挤在一起，困的就躺，不困的继续看通宵录像。那时年少，多少青春往事已成过往，回首来时路，旧时的人已各奔东西。

在老家，二月二还有一个习俗，就是每年的这一天，凡是有新出嫁的女儿，娘家都要为女儿准备一份大礼，这份大礼叫“蓑衣担”，也就是为新出嫁的女儿准备一件蓑衣、一个斗笠、一把锄头、一把刮子，这些东西都贴上红纸，由娘家的兄弟或堂兄弟送到女儿家去。也就是说，女儿到了婆家，就要担负起婆家的农事。二月二是开春节，开始耕种了，娘家特意为女儿准备了这一套农具，就是希望她能在自己的新家里做好耕种，做好当家人。现在，村里种田种地的人越来越少了，这一风俗也逐渐淡化了。

今年二月二，镇上举行民俗摄影大赛，很多摄影家慕名而来，他们用镜头记录下了祭关公、陆地行舟、腐竹的制作、壮乡打油茶等多姿多彩的民俗风情。我回到街上，却发现路上的行人较之早些年少了好多。当年从街头走到街尾，人挤人，两三里的路，挤了一两个小时。现在，除了车子多一点，街上基本可以通行。来关帝宫祭拜的，基本是上了年纪的老人，跟随陆地行舟的，基本是半大的小孩，许多年轻人过完春节就背井离乡，到外地淘金去了。

我还是怀念那时的年节，那年的二月二，还有那段温暖的时光。

# 三月三，对歌台

农历三月初三，古称上巳节。相传三月三是黄帝的诞辰，中国自古有“二月二，龙抬头；三月三，生轩辕”的说法。

每年三月三，各个民族、各个地区都有自己不同的节日习俗。在汉族，三月三，除了祭祀之外，还有河畔嬉戏、男女相会、插柳赏花、郊外踏青等民俗活动。唐代大诗人杜甫曾经写过“三月三日气象新，长安水边多丽人”的诗句，这说明，三月三已成为当时青年男女河边戏水，互相往来的节日。

宋代欧阳修也在一首词中写道：“清明上巳西湖好，满目繁华。争道谁家。绿柳朱轮走钿车。　游人日暮相将去，醒醉喧哗。”试想，西湖河畔，垂柳依依，波光潋滟，山色空蒙，朱轮华盖，游人相携，饮酒作诗，踏花归去马蹄香，这该是怎样的一派安恬祥和的景象。政治清明，百姓和乐，歌舞升平，钱塘自古繁华。

农历三月三，在中国还被称为“情人节”或者“女儿节”，这样的习俗也是由来已久。早在盛唐时期，浪漫主义诗人的代表李白就曾经写过一首诗：“啸声咽，秦娥梦断秦楼月。秦楼月，年年柳色，灞陵伤别。　乐游原上清秋节，咸阳古道音尘绝。”年年岸上，柳色依旧，折枝相赠，儿女情长，惹无数离愁别绪，几多浪漫，几多深情，都付与兰舟，垂柳无端馈赠别，绊惹春风别有情。

我的家乡位于桂东北，是世界长寿市贺州市所属的钟山长寿乡。对于生长在岭南的壮族儿女来说，年年三月是歌节，月儿明亮歌儿甜。三月三又被称为“三月歌圩”，传说是为了纪念歌仙刘三姐而流传下来的。

刘三姐是壮族民间传说中的“神女”，从小聪慧过人，能歌善唱。十二岁即出口成章，妙语连珠，以歌代言，名扬壮乡。三姐不但能歌善舞，而且勤劳聪明，纺纱织布是众人夸赞的巧手，且长得宛如出水芙蓉一般，貌若天仙。她常和附近乡村的青年男女聚在一起学歌，对歌，用山歌唱出穷人的心声和不平，也因此触犯了土豪劣绅的利益。当地财主莫怀仁贪其美貌，欲占为妾，遭到她的拒绝和奚落，便怀恨在心，禁止她唱歌，而且欲制其于死地。为免遭毒手，三姐偕同哥哥在众乡亲的帮助下，趁天黑乘竹筏，顺流沿天河直下龙江后入柳江，辗转来到柳州，在小龙潭村边的立鱼峰东麓小岩洞居住。后来被恶霸地主追捕至此，为了不连累乡亲们，三姐毅然从山上跳入小龙潭中。她用自己的歌声，唱出了穷人的心声，也用自己的生命，换来了一方的安宁。人们世世代代缅怀她，纪念她，遂把每年三月三当作歌节。每逢这一天，四乡八邻的岭男儿女齐聚一堂，歌如海，人如潮。那不绝于耳的嘹亮歌声，寄托着人们对歌仙刘三姐的思念和对丰收、对爱情、对幸福美好生活的憧憬和向往。

在壮乡，男女对歌的习俗古已有之。南宋周去非的《岭外代答》载，壮人“迭相歌和，含情凄婉……皆临机自撰，不肯蹈袭，其间乃有绝佳者”。宋《太平寰宇记》中也记载：“壮人于谷熟之际，择日祭神，男女盛会作歌。”这说明，当时的歌墟已经相当兴盛。烟花三月，草长莺飞，花香鸟语，木棉怒放，苦楝吐香，麦苗儿青，菜花儿黄，壮族儿女身着艳丽的民族服装，襟缠香囊，手执绣球，纵情放歌，山歌好比春江水，这边唱来那边和。这样的景象，怎不叫人欢欣鼓舞，豪情满怀。

家乡的三月三，是歌的海洋，花的盛世。搭起歌台，自编自唱，很多歌曲都是即兴的，既有情歌对唱，也有歌唱劳动生活，歌唱美好社会，歌唱党的惠民政策的。你听，壮族阿妹那甜美的歌喉，像清泉漫过山坳：“妹是西边红花树，哥是东边白花藤，树长一寸缠一寸，是要缠上一百年。”“妹是高山一兜梅，哥是南风慢慢吹，南风吹到梅枝上，梅摇南风也跟随。”那边壮族阿哥豪放的歌喉马上回应：“马儿常恋山中草，蜜蜂常恋园中花，燕子常恋楼门口，情哥常恋妹成家。”“鱼儿生来全靠水，蜜蜂生来全靠花，喜鹊做窝靠树杈，哥今全靠妹成家。”阿哥阿妹，情深意长。男女青年就在彼此对歌中相互认识，彼此爱慕，通过对歌表达心中情感。女子看中了男子，还可以通过抛绣球的方式来芳心暗许。

三月三抛绣球，也是壮族人民的传统习俗。在中国古代，“抛绣球择佳婿”的习俗相传在汉代就有了。而在壮乡，抛绣球是广西壮族人民在歌圩开展的一项传统体育活动。在歌圩中男女青年相邀聚集在地头、河畔，他们分成男女两方，拉开适当距离，互相引吭高歌，用歌声来表达问候和增进了解，对歌有问有答，丝丝入扣，声音此起彼落，娓娓动听，姑娘们情不自禁地拿起手中精致的绣球，向意中人抛去，小伙子眼疾手快，准确无误地接住绣球，将它欣赏一番后，又向姑娘抛回去。经过数次往返抛接，如果小伙子看上哪一位姑娘，就在绣球上系上自己的小礼物，例如银首饰或钱袋，抛回馈赠女方，馈赠愈重说明小伙子对姑娘情意愈深。姑娘接住小伙子的礼物时，若收下，就说明她接受了小伙子的追求。这时，两人或继续对歌表达情意，或相约到僻静处聚会。抛绣球不仅是一项体育活动，更是壮族青年南女表达爱情的一种方式。“佳人凝妆抛绣球，南来北往争风流。长街短巷喧哗起，谁缘鸾轿向闺楼。”这种童话般纯真的浪漫色彩，历来被文人墨客们所传道。

此外，家乡三月三还有许多丰富多彩的节日习俗。如蒸五色糯米饭、碰彩蛋等。壮家人过三月三，必不可少的一件事是做五色糯米饭。时值春季，大地上百花争艳，百草丰茂，绿草儿青，红花儿艳，勤劳的壮乡妇女采来了紫蕃藤、黄花、枫叶、红蓝草等的嫩叶，浸泡出液，分别拌着糯米，做成色彩斑斓、味道香醇的五色糯米团，象征着吉祥如意、五谷丰登的美好寓意，也表达了人们对美好生活的向往，对纯洁爱情的追求。壮家人用五色糯米饭来祭祀祖先，祈求神灵庇佑，并且用来招待远道而来的客人，热情好客，善良淳朴的民风生生不息，一直沿传。

现在，三月三已经成为广西最盛大的节日，每年三月三，全广西放假两天，共同庆祝自己的节日，庆祝的方式更是多姿多彩，有传统的对歌，还有竹竿舞、板鞋舞、簸箕宴等，成为推进旅游发展的项目。

又是一年三月三，年年三月是歌节。桃红柳绿歌盛世，莺歌燕语诵华章。勤劳的壮族儿女，伟大的华夏子孙，让这飘荡着泥土气息的节日生生不息，世代永存。

# 四月八，敬耕牛

农历四月初八是广西各民族的传统节日，这一天，各地都会举行一系列和农事有关的活动，根据活动内容的不同，节日的称呼也有所不同。在桂北龙胜一带的山村，把四月八当作“耕牛节”。认为四月初八是牛王的生日，要举行隆重的活动为牛王庆祝。广西的三江侗族自治县同乐则把这一天当作民俗坡会节，数以万计的各族人民从四面八方赶到同乐村的坡地赶坡会。

广西桂平的西山作为岭南地区佛教圣地，则把每年的农历四月初八当作“浴佛节”，区内各地及港、澳、台、广东、福建等沿海地区的游客都纷至沓来，烧香还愿、礼佛诵经、布施钱物、听法师讲经等，浩浩荡荡的自驾车队亦成为西山的一大景观。

南宁地区的隆安县那桐镇，则把四月八当成“农具节”，这项已被列入自治区非物质文化遗产名录的民俗活动，充满了浓烈的壮族特色。据说，那桐镇农具节形成于明朝万历年间，是壮族人民对古老的大石铲祭祀的传承。古代骆越人在水稻插秧农事活动结束后，要举行洗犁耙收存的祭祀仪式，祈求农业祖神赐予丰收，后来就演变成了过农具节的习俗。农具节中的祭拜农具、向耕牛唱“敬牛歌”等风俗，是农民感谢农耕工具带来富足生活的表现。农具节的开幕式在传统的祈雨仪式中开始，几名身披绘有神秘图案披风、头戴鬼怪面具的人走进会场，他们中有的手持红色纸板制成的“太阳”，有的举着“月亮”，还有人捧着不知名的神秘器物，在一名黑衣人的指挥下，不断变换阵形和动作。随后，上百名村民对着水车、铁犁等农具，展开了隆重的祭拜仪式。这一系列活动，都体现了先民们对于传统农耕文明的尊崇。

我的家乡位于桂东北贺州市，2016 年 10 月，贺州市通过了“世界长寿市”的认证，贺州市所属的昭平、富川、钟山也分别获得“中国长寿之乡”的称号。贺州市成为目前全国唯一一个“中国长寿之乡”县域全覆盖的地级市，是名副其实的世界长寿市。

家乡风景优美，气候宜人，具有深厚的民族传统文化和丰富多彩的民俗风情。四月八是家乡的牛王节，每年这一天，都要举行盛大的节日来为耕牛庆祝生日。这一天，所有的耕牛都集体放假，“人放犁，牛脱轭”，春天的秧苗栽下田里，此刻已经返青，地里的花生、玉米也已经种下，正等待着拔节生长，辛苦了一个春天的耕牛该歇歇了。任何人在这一天都会停止犁田耙地，把套在耕牛脖子上一个多月的牛轭卸下来，牵着耕牛到河里去洗澡。春夏之交的河水已经开始暴涨，耕牛躺在河中，全身浸泡在水里，仅露出牛头和一对弯弯的牛角。细心的主人用毛刷给牛擦洗，从牛头擦到牛背，从牛背擦到牛肚子，擦到牛尾，甚至连牛蹄都要擦拭干净。温顺的老牛惬意地躺在水中，嘴巴不停地咀嚼着反刍，任凭主人怎样刷洗。沐浴之后的水牛毛色光滑油亮，精神抖擞，浩浩荡荡地回到牛栏里。手脚勤快的女主人早已把牛栏内外清扫得干干净净，做好了五色糯米饭，准备好自酿的糯米甜酒，来犒劳这一家的功臣。在农耕时代，一头耕牛就是一家人最大的劳力。民间有一句谚语：千锹万锹，不如耕牛伸下腰。意思是说，依靠人力来耕田锄地，那效率是远远不如用牛来犁耙的，这可见，耕牛对于一辈子从事农业生产的乡亲们来说是多么的重要。四月八这一天，任何人都不能打牛，如果打了牛，就会把牛的魂吓跑，对农事大为不利。中午时刻，家家都要举行敬牛仪式。全家人坐在摆满酒菜的方桌前，由家长牵着牛绕桌子走一圈，唱着敬牛歌：牛角生来两弯弯，身上负着千斤犁，水牛做饭给人食，四月初八歇一时。唱完之后，喂给牛吃五色饭。抚摸牛头，牛背，拉牛出去吃嫩草，沐浴大自然的光辉。

小时候，家里曾经养过一头牛，是刚刚承包到户的时候从生产队里分得的。那是一头已有些年头的老牛，它的两只角向头后弯着，几乎要连在一起了，走路的时候步履蹒跚，深一脚浅一脚的。母亲每天下地干活的时候，都要拉着老牛出去饲养。春天，母亲给茶叶施肥、除草，她把牛放在山坡上青草茂密的地方，老牛在一旁悠闲地啃着青草，母亲在一旁弯腰弓背，挥汗如雨。夏天的午后，母亲把吃饱的牛牵到小河里，让它躺在水里舒服地洗个澡，洗完之后，把牛牵到大樟树底下，抱了两抱刚打完谷子的新鲜的稻草，让牛美美地吃个够。到了秋冬季节，田野里的草开始枯黄，母亲早早晒干了稻草，挑回家里囤起来，为牛准备了过冬的粮食。到了冬天，牛很少牵出去放养了，而是拴在牛栏里，给它足够的干稻草和水。有时候，母亲还会把秋天里晒干的红薯藤、生姜叶进行熬煮，有时加入红薯、南瓜或者半斤米进去一起熬熟了喂牛。虽然没有新鲜的草料，牛却吃得津津有味，养得膘肥体壮，毛色比刚来的时候油亮了好多。别人犁田耙地的时候，总喜欢一边吆喝，一边拿着细长的竹鞭或树枝去鞭打耕牛，而父亲从来不拿树枝，连吆喝的声音也是轻轻的，好像对待自己多年的老伙伴。

那头老牛在父母亲的精心伺候下，还是难逃老迈的命运，它一天一天地衰老下去，以至于有一只蹄子都坏了，不能走路了。母亲把牛拴在牛栏里，整天喂给它草料或米汤，帮它清理身子和牛圈，可最终，老牛还是站不起来。舅舅是个屠户，一天，父亲和母亲商量，准备让舅舅把老牛拉去宰了，免得它死在牛栏里。母亲开始的时候怎么也不答应，但最终拗不过父亲的反复劝说，只好答应下来。老牛被拉走的那天晚上，吃饭时，母亲背过脸去偷偷地抹眼泪，父亲问她怎么啦？母亲哽咽着说："我想起了咱家那头老牛，吃不下。今天弟弟来牵走它的时候，我亲眼看到了，那头老牛双眼满是泪水，可怜巴巴地看着我，好像在哀求我不要让它走。想起来心里就难过。"父亲安慰着母亲，与其让它老死在牛栏里，还不如卖了它。你想养牛，以后我再买一头小牛让你养吧。母亲才慢慢停止了流泪。可自那以后，家里再也没有养过牛。但那头老牛流泪的眼，却总在我的眼前闪现。

# 五月五，过端午

“粽子香，香厨房。艾叶香，香满堂。桃枝插在大门上，出门一望麦儿黄。这儿端阳，那儿端阳，处处都端阳”。

端阳为每年农历五月初五，又称端午节，是我国汉族人民纪念楚国大夫屈原的传统节日。该节日以围绕才华横溢、遗世独立的屈原而展开，传播至华夏各地，形成了独特的民俗文化，表达了人们缅怀先贤、追怀华夏民族的高洁情怀。

位于桂东北的贺州钟山县，是一个以汉族为主的聚居区，这里的人们也有过端午节的习惯。端午，在本地也称“对五”，意即五月初五。关于端午的习俗，在本地主要有采草药，挂菖蒲、蒿草、艾叶；吹雄黄酒，包粽子等。很多村寨在这一天也会做各种糍粑，大摆筵席，迎接亲戚朋友的到来，俗称“惯节”。

端午邻近，集市上，到处可见摆卖菖蒲、艾草、鱼腥草等的农妇，也有卖雄黄的小贩。这些小贩把雄黄包成一小包一小包的，每包一块钱，很多人家都会提前买回去备用。端午节当天，不管是风和日丽，还是刮风下雨，摆卖菖蒲、艾草、鱼腥草的农妇就更多了。它们把菖蒲、蒿草、艾叶等扎成一把一把的，每把两至三块钱。还有新鲜的鱼腥草、田基黄等中草药，人们买回家晒干，当作凉茶饮用。因为端午前后是草药茎叶成熟、药性最好的时节，这个时期所采的草药，其药效是最高的。

无论是农家小户，还是城镇居民，甚至是机关单位里的人员，在端午节这一天，每家都要买上一两把菖蒲、蒿草、艾叶，拿回去之后，用红纸绑成一束，悬挂在门窗上面，或摆放在门的右边，用以驱邪祛鬼，祈求平安。传说菖蒲为五瑞之首，象征驱除不祥的宝剑，可以斩千邪。艾草在我国古代就一直是药用植物，很早以前，就有用艾草作为主要成分打成艾绒，做成艾条，放在穴道上进行灼烧来治病的，成为中医里面一种传统的灸法。将艾草插在门口，可使身体健康，有招百福之意。家家插菖蒲、艾草，已形成一种特定的习俗，也形成端午时节一道特别的风景线，表达了人们祈求健康平安的朴素心愿。

为了迎接端午节，勤劳的主妇早在节日前的一两天就开始包粽子了。说起钟山的粽子，其品种与形状也是各式各样。有方形的，三棱形的；有咸的，有甜的；有粳米的，有糯米的；其中最有特色的是灰水粽。灰水粽是用灰水泡糯米做成的粽子。灰水是用干稻草、花生、黄豆的秸秆加上植物的干枝烧制而成的。把烧成的灰装入一个垫有稻草的簸箕，用开水浇在这些草灰上进行过滤，滤出来的水就是灰水。

小时候，经常看母亲包粽子。从开水浇在草灰上那一刻开始，就眼巴巴地期待着粽子煮熟，这是一个漫长而又充满诱惑的等待。将淘好的糯米放入灰水中，等糯米染上金黄色时，就可以捞上来包粽子了。包好的粽子放进大铁锅里，大火烧开再用慢火熬炖，一般要七八个小时。从日上三竿，一直等到日薄西山，满屋氤氲的水汽和飘散在空气中淡淡的香，无不撩拨着你辘辘的饥肠，让你望眼欲穿，欲罢不能。终于等到粽子煮熟那一刻，剥开箬叶，金灿灿的粽子顿时令你垂涎欲滴。蘸上白糖或浇上黄糖水，就可以吃了。那带着丝丝清凉的甜味刺激着你的味蕾，是这个炎炎夏日里独一无二的味觉享受。

端午节当天，本地居民还有吹雄黄酒的习惯。雄黄是一种矿物质，俗称“鸡冠石”，雄黄酒有杀菌驱虫解五毒的功效。人们把少许雄黄融化在白酒或自酿的米酒中，用手指轻轻搅拌，使其均匀。调好后，主妇们则口含雄黄酒，到自家房屋的四周、各个角落里吹上一口，有的还口中念念有词，说着一些降毒祛虫、保佑一家大小平安之类的话。有些大人还会往小孩子的额头、耳鼻、手足心等处涂抹上一点雄黄酒，意在消毒防病，虫豸不叮。

端午，已由一个传统节日，上升为国家的法定节假日，并于2009年被列入世界非物质文化遗产名录。传统节日里的各种习俗，也成了本地民俗文化中最突出的部分，得到了更好的发扬与传承。

# 七月七，接祖先

纤云弄巧，飞星传恨，银汉迢迢暗度。金风玉露一相逢，便胜却人间无数。

柔情似水，佳期如梦，忍顾鹊桥归路。两情若是久长时，又岂在朝朝暮暮！

秦观的这一首《鹊桥仙》，相信大家都不会陌生。在中国古代传说中，农历七月七日是七夕节，是牛郎与织女鹊桥相会的日子，又被认为是中国的情人节。一个多么浪漫的日子，一个颇具神话色彩的节日。这一天，不同的地方有不同的习俗，构成了一幅幅多姿多彩的民俗风情画卷。

七夕节最普遍的习俗，就是妇女们在七月初七的夜晚进行的各种乞巧活动。乞巧的方式大多是姑娘们穿针引线验巧，做些小物品赛巧，摆上些瓜果乞巧，各个地区的乞巧的方式不尽相同，各有趣味。浙江的杭州、宁波、温州等地，在这一天用面粉制各种小型物状，用油煎炸后称“巧果”，晚上在庭院内陈列巧果、莲蓬、白藕、红菱等。女孩子们坐在月光下，对着月亮穿针，以祈求织女能赐以巧技，谁能最快顺利穿过针眼，谁就是手最巧的女子。有的地方有吃巧巧饭乞巧的风俗。七夕当天，七个要好的姑娘分别从自家凑来米、面等粮食，还有各种蔬菜，大家一起包饺子，把一枚铜钱、一根针和一个红枣分别包到三个水饺里，乞巧活动以后，她们聚在一起吃水饺，传说吃到钱的有福，吃到针的手巧，吃到枣的早婚。还有些地方有做巧芽汤的习俗，一般在七月初一将谷物浸泡水中发芽，七夕这天，剪芽做汤，给孩子们吃。

在我的家乡，七夕这一天，没有乞巧之类的活动，而是把它当作“鬼节”，一个祭祀祖先的节日。七月初七这一天，各家各户早早包好了粽子，做好了糍粑，在堂屋前摆上供品，把祖宗迎回家里，叫作“接佛。”记忆中，七月七这一天，天空总会下起小雨，叫“接佛雨”，预示着风调雨顺，顺风顺水，迎接祖宗归位。如果七月七之前的一段日子都没有雨下，天大旱，秧苗无法栽种，人们总会寄希望于七夕这一天，认为到那天肯定会下雨，以解干旱之苦。事实上，七夕很少下大雨，只是天空偶尔飘过几粒雨点，几缕雨丝，大家也会欣喜欲狂，觉得是祖宗保佑。从初七到十四这一周，都属于“七月半”，这七天祖宗都住在家里，因此每天都要上香，摆上酒肉、糍粑、水果之类的供品来供奉祖先。这七天，镇上的每一个村子都轮流过节，今天是你家，明天是他家，亲戚朋友之间互相串门。过节的人家必定准备好糍粑、酒菜等招待，大家吃饱喝足了，还要带几个粽子回去做礼物。

七月七这一天，正好是农忙季节，双抢的关键时刻，很多人家忙于割禾插秧，都想在立秋前栽下晚稻，所以这是一个忙碌的节日。前一天，母亲就把晒干的粽叶用水烧开，泡在洗碗盆里。她下田干活前就嘱咐我和姐姐洗粽叶。我们拎着两只水桶，提着两个小板凳，到门前的水井边汲水，把粽叶一片一片漂在水中，一片一片从头到尾捋一遍，洗得干干净净，再过一次清水，然后用稻草把粽叶扎成一把一把的泡在水中。母亲出门前早已泡好了糯米、豆子，中午回来吃过午饭，利用休息时间，包起粽子来。粽子包好后装入一个大铁锅里，加满水，大火烧开，小火慢熬，要从下午熬到晚上，熬上几个小时。母亲继续出去干活，把烧火的任务交给我。她嘱咐我，要时刻保持锅里的水是开的，但又不能烧太大火，以免烧焦，把握火候很重要。我一刻也不敢怠慢，坐在柴灶前专心烧火。灶里放入一根粗大的松木，能烧很长时间，其间只要时不时往里添加一些小松木之类的陪衬就行了。那些熬粽子的时光是那么漫长，又是那么充满了期待。蒸汽袅袅升腾，水雾蒙蒙一片，锅盖被热气顶起，发出咕噜咕噜的响声，一股粽叶和着糯米的香气在厨房周围弥漫着，诱惑着你的味蕾。忍不住又添加一把柴火，希望粽子快点煮熟，就可以慰劳自己垂涎已久的辘辘饥肠了。

父母亲照例是很晚了才回来，母亲打开锅盖，拎出一只粽子，剥开叶子，装入碟子里，用筷子夹开，确认熟透了，就给我们姐妹几人每人分一块。她把粽子捞起来，用稻草穿起，挂到竹竿上。另外选两只最大的粽子摆在茶盘中，供到神台上，焚香、斟茶，供奉祖先，嘴里念念有词，祈求祖宗保佑。父亲用煮粽子的水杀鸡，整只用开水焯熟，同样是装在茶盘里，斟酒，盛饭，先敬祖先，再轮到一家人享用。有一年七夕，因为父母回的晚，我们又吵着要吃，父亲差点把祭祀这一道程序忘了，直接杀好鸡就砍来煮。香喷喷的鸡肉一端上桌，我们就迫不及待地举起筷子，夹起鸡肉正要往嘴里送，母亲突然像想起什么重要的事情一样吆喝起来："先别吃，还没供祖宗呢。"我们像听到命令一样，举在半空的筷子赶紧放下来。父亲把煮熟的一盘鸡肉端到神台上，斟上三杯酒，点燃三炷香，双手合十，虔诚地跪拜，我们也跟着作揖。拜过祖先之后，大家早已按捺不住了，纷纷举起筷子，大快朵颐。往年拜祖先，用的都是整只鸡，只有那一年，用的是砍成块煮熟的鸡肉，印象特别深刻。

吃过晚饭，坐在院子里乘凉。抬头看天空，寻找传说中的牛郎织女，不知他们在哪一片天空上，度过鹊桥，暗中相会。母亲说，到葫芦架下听听吧，看能不能听到牛郎织女的悄悄话。于是我们争相跑到葫芦架下，屏住呼吸，侧耳细听，却什么也没有听到，只有夏虫在耳边叽叽啾啾，还有远处时断时续的蛙鸣。

日子就在忙忙碌碌中飞驰而过，很快就到了七月十四了。祖宗在家里住了七天，也该把他们送回山上去了，这一天也会下雨，叫"送佛雨"，家家户户都要举行隆重的仪式，欢送祖宗。母亲照例是包好粽子，煮熟肉片，泡好水饭，准备恭送祖宗回山。这中间还有一道重要的准备工作，就是为祖宗们准备纸衣鞋帽。母亲买来彩纸，为太公太婆剪纸衣。纸衣男女有别，颜色和式样也是不同的，男的基本是绿色、紫色，女的是红色、粉色，至少要各剪三套，多的九套。剪好纸衣，还有纸鞋纸帽。我们女孩则负责用烟盒里面那一层带银箔的烟纸折叠成元宝形状，男孩负责印钱，也就是用一个专门打制的中方外圆的铁凿子在纸钱上面盖戳。兄弟配合，铺好纸钱，把铁凿子压在纸钱上，用木槌敲打凿子，纸钱上就会出现一个铜钱的形状。一沓纸钱上，横三个，竖六个，那是给祖宗烧的冥币，印的越多，烧的越多，祖宗返还的就越多，所以大家争取多印点，以祈求祖宗保佑自己发大财。剪好的纸衣、印好的纸钱摆到竹筛里，粽子、肉片、水饭盛入竹篮里，带上香烛、鞭炮，一家大小提着东西出到路口，摆好，焚香，点蜡烛，香烛一直沿着路口插出去，一路红彤彤的，插完香烛，把纸衣、元宝之类的也一起烧了。袅袅烟雾升腾，母亲说，那是祖先腾云驾雾而去。母亲一边撒着水饭，一边恭送祖先。撒完之后，点燃鞭炮，就是把祖先送走了，大家才收拾东西回去。一路上，都是各家各户插的香烛，烧的纸钱。整条街巷里，红彤彤的香烛连成一片，成为一道别样的景观。还有更神奇的，说是七月十四当晚，路上看到的都是挑着粽子、糍粑的祖先，他们晃悠悠、轻飘飘地走在回山的路上，所以这天晚上，没事不要随便出门，以免撞上别人的祖先。尤其是小孩子，撞上了别人的祖先会中邪的。说得令人毛骨悚然，所以，小时候的这一天，总是不敢出门去，送完自家祖先就回家关上大门了。

# 故园婚嫁习俗

在中华民族几千年的文明长河中，孕育了极其丰富多彩的文化，形成了风格各异的民俗，创造了灿烂珍贵的文化遗产。我的家乡是位于桂东北的世界长寿市贺州市钟山县是著名的长寿之乡，是一个多民族聚居的地方。壮族、瑶族等少数民族与汉族长期杂居在一起，形成了复杂多样的民俗风情和独特的地域文化。其中，与婚嫁有关的仪式与习俗就多种多样，独具特色。成为钟山民俗文化的重要组成部分。

父母之命，媒妁之言，这是中国传统婚俗里约定俗成的惯例。青年男女到了谈婚论嫁的年龄，父母就会请媒人上门说媒牵线，并找机会让男女双方及父母见面。在举行婚宴之前，有几个程序是必不可少的。“去担”就是其中之一。“去担”通常包括“合好担”“日子担”“迎亲担”几种。

“合好担”也称“报好担”，意思就是男方已相中女方，并请八字先生对双方的年庚八字做出推算，合上八字后，男方家把双方确立关系的好消息报告给女方家，让女方心中有数，早做准备。正规的“合好担”里有一张礼单，上面罗列了给女方送去的各种礼物，都取吉祥如意的含义。比如：“山盟百代”指的是茶叶，“海誓千秋”指的是生盐，还有“家肉成方”指的是猪肉必须是一方一方的，禁止砍成小块，一方面可以表示完整圆满的意思，一方面可以显示男方的慷慨大方。“金凤成双”指项鸡两只，“绸布成匹”指布料两块。还有油糍两盒，即用红糖炸成的糯米粑，分别装入两对用竹篾编成的、有盖子的礼盒里，俗称“捧盒”，寓意成双成对，永不分离。还有莲藕代表喜结连理，粉条代表情深意长等。

食物中所蕴含的美好寓意，表达了人们对幸福美好生活的祈求和向往，也体现了劳动人们朴素而真实的愿望。

男方定下娶亲的日子后，还要向女方送去“日子担”。包括佳期帖一份，彩礼一份，糍粑一担，酒菜一桌。送“日子担”这一天，女方会宴请家族长辈、至亲及媒人，宣告男女终身大事已经定下。女方会请两位有儿有女、父母双全的妇女来“领担”，即领取彩礼。礼物不能照单全收，而要每一样都留下一点，称为回福回禄，双方都好的意思。这两名妇女除了负责“领担”外，还要负责给新娘铺床、缝被子、穿衣，出嫁那天送出门时为新娘打雨遮等，是一个非常重要的角色。领下日子担之后，一切已水到渠成。女方开始待嫁闺中，等待迎娶。如值当年女家儿子成亲、新居落成或老人过世等事，则不领佳期贴、退回重择，男家必须尊重。

举办婚宴、迎娶新娘的前一天，男方还得给女方家送去“迎亲担”，由男方选定一个有儿有女、父母双全的男子带路，带上几个年轻男子，挑上担子，送去猪肉、大米、米酒、衣服等。这一天，男方家还有祭猪头的仪式，俗称“吃猪头夜”，除了本家叔侄外，男方的舅舅也要参加。当天，男人们搭帐篷、起灶台、杀猪宰鸡，女人们则做糍粑、摆桌子等，做好第二天婚宴摆酒的准备。猪杀好后，把猪头猪尾巴割下来煮熟，盛放在木制的四方托盘里，上面盖上一层网状猪油。傍晚时分，几个年轻力壮的小伙子扛着装有猪头、糍粑、酒肉的箩筐，陪着新郎一起去祭猪头。一行人浩浩荡荡，有说有笑，前往寨主（村子里供奉土地神的地方）、宗祠、泰山（河边的石头，寓意稳如泰山）、孔夫子庙等处去祭拜，后面还跟随一帮孩子们，好不热闹。祭猪头意即把新郎娶亲的消息向各路神明汇报，以求得神明们的庇佑，以保幸福安康，人丁兴旺。如果一个村子里同一天有几个人娶亲的话，祭猪头时往往要赶早。传说谁先去谁就会在婚后最先生下儿子，被人抢先的落后者就会生女儿。这种说法当然没有什么科学根据，也表达了当时重男轻女的思想在农村的根深蒂固。但人们为了博取一个彩头，还是尽量赶早，唯恐落于人后。祭完各路神明后，猪头还要继续供奉在家里神台上，用作婚宴第二天答谢媒人。当晚，男方家叔侄、舅舅齐聚一堂，吃起了猪头宴，奏响了婚宴前夜的序曲。

婚宴当天，大厨们大展身手，各司其职，用各种美味佳肴来招待宾客。大家大碗喝酒，大块吃肉，大声谈笑，到处洋溢着欢乐喜庆的气息。除了受主人邀请前来喝酒的亲戚朋友外，婚宴当晚，本村寨方叔侄还会每户派一名代表凑份子钱前来恭贺。主人家必须拿出最好的酒菜招待来恭贺的人，来的人越多，说明主人的声誉越高，人缘越好。餐桌上各式菜品齐全，吃了又添，吃了又添，总不能让碟子空着，否则会被认为小气而罢了大家的兴头。来恭贺的人酒足饭饱之后，最后才轮到新娘及送嫁过来的人就餐，合欢席正式开始。

“合欢席”意指两张桌子合在一起，每种菜品摆上双份，是专为婚宴上新娘与送嫁过来的姐妹们吃饭时准备的。寓意双方和睦相处，永结百年。新娘吃饭时，必须由男家选定的两名有儿有女、父母双全的妇女带领。吃饭时，左邻右舍、亲戚朋友们都在旁边围观。一般来说，新娘吃得比较少，只是象征性地吃几口饭菜，然后夹几块猪肉或鱼头之类的留在碗里，随即离席回房。之所以要留点肉在碗里，表明日后养猪顺利，发家致富，年年有余，餐餐有肉。

婚礼后第二天，还要举行“回门礼”，也就是新郎跟随新娘在婚后第一次回娘家，拜谒妻子的父母及亲属。此为婚事的最后一项仪式，有女儿不忘父母养育之恩，女婿感谢岳父母及新婚夫妇恩爱和美等意义。回门当天，新郎家要准备一桌丰盛的酒菜，还有油炸糍粑，还要给新娘家的伯伯、叔叔等每家准备一块猪肉、一个红包。新娘家用男家带去的酒菜招待亲友，由女方家的尊长陪同喝酒。新郎还得给长辈们敬酒敬茶，一一介绍，互相认识。回门当天，新郎新娘不得留宿岳父母家，酒宴结束后，即由女方的弟弟妹妹再把他们送回去。

一方水土养一方人。作为长寿福地的贺州钟山县，古老的文明，孕育了这里丰富多彩的民俗风情与地域文化。随着历史的变迁和社会的进步，越来越多年轻人走出乡村，融入了现代都市，他们的思想意识、行为观念等也发生了很大的变化。传统的婚俗仪式也在逐渐变革，逐步简化。如何弘扬传统文化，丰富地方文化的内涵，使之成为一个地方的文化名片，这将成为一个崭新的课题。

# 故园生育习俗

多子多福，人丁兴旺，这是中国民众在长期的封建宗法社会里形成并延续下来的传统观念。人类在繁衍生息中摸索出了丰富的生养实践经验，不同民族，不同地区的人们，在生育习俗中倾注了一种祈盼健康平安、长命富贵的美好心愿。由此逐步沉淀为一套程式化的模式，构成了内容丰富、特色鲜明的生育习俗。家乡的生育习俗里有着许多自己独特的地方。

男女成婚后，孩子出世，要向岳父母家报喜，俗称“报姜酒”。交通通信工具不发达的时候，儿女亲家一般都选择比较近的。大多选择同村不同姓之间，或邻近村寨之间的，这样一是大家知根知底，容易查到对方家世家底，走动起来也比较方便。“报姜酒”时，一般由女婿或指定的亲属挑着担子，一边鸡笼里装着鸡（生男孩是公鸡，生女孩是项鸡），一边装着酒、生姜、糯米、葱花前往岳家报喜。路人或岳父母一看笼子里装的鸡，就知道生的是男孩还是女孩。岳母接过姜酒担后，随即带着鸡、鸡蛋、糯米等去看望女儿，并向亲家道喜。当晚，主家宴请族里长辈和岳母吃饭，俗称喝“解卫酒”。此时，糯米汤圆是餐桌上不可缺少的主角。做汤圆时必须要用岳母带来的糯米，一般不放馅心，只煮白水汤圆，煮好后放入白糖，得先给产妇吃一碗。糯米自古就是重要的女性滋补食物，据说吃了汤圆有利于产妇下奶。

为庆祝添丁增口，在孩子满月前，主家要置办丰盛的酒席，邀请左邻右舍、三姑六婆来喝“三朝酒”。外婆家要邀约来为孩子打三朝。喝“三朝酒”可以选在孩子出生的第三天，也可以根据孩子出生的年庚时辰请八字先生看一天吉利的日子。喝“三朝酒”时一般来的都是妇女，以女方家亲戚为多。所有来的亲戚朋友都要送来礼物，包括鸡、鸡蛋、猪脚、婴儿的衣服鞋帽布料等，礼物的轻重看关系的疏远，其中以外祖母家的礼物最为丰厚。主要有猪脚、糯米、鸡蛋等给产妇吃的东西，还有背带、浴巾、小棉被，婴儿的全身穿戴（包括帽子、衣服、鞋子、袜子）等。随着人们物质条件和生活水平的提高，也有送婴儿车、婴儿床的。

吃“三朝酒”时，首先也要吃汤圆。主家从上午就开始忙碌。勤劳能干、心灵手巧的妇女们早早就打好了糯米粉，做起了汤圆。做好的汤圆一竹筛、一簸箕地摆满了整个堂屋、厨房，大铁锅里烧开了水，放入拍碎的生姜、汤圆一起煮。顿时，厨房里热气腾腾，云蒸雾绕，糯香弥漫。不大一会儿工夫，汤圆煮好了，盛到水桶或盆子里，摆上白糖，只等亲戚们一到，就开始享用了。

吃了汤圆之后，才开始吃正餐。正餐大多比较丰盛隆重，红鸡蛋是其中不可缺少的。我国先民在想象中追溯着天地形成、人类起源时，曾受到了“卵生”神话的影响。这种朦胧的对于“卵”的原始崇仰，在民间形成了将鸡蛋和出生、传宗接代联系到一起的传统文化。且红色在民间被看成是喜庆祥瑞之色，因此吃“三朝酒”时要吃红皮鸡蛋。也有认为红蛋习俗是原始社会人类生殖崇拜文化的遗留，蛋既能孵鸡，故人食蛋便能生子，《中国史稿》说：红色代表鲜血，是生命的来源和灵魂的寄生处。所以，红鸡蛋成为了中国民间的祥瑞之物，有赐福送子、喜庆安乐之意。吃完饭后，一般每人都带一个红鸡蛋回去，表达对一生平安幸福、家族子孙满堂的最美好的祝福。

孩子满月时，岳母家要准备“满月糍”，即油炸糯米粑。满月糍有红糍白糍之分，红糍即用红糖做的甜糍粑，代表女孩；白糍即用盐做的咸味的糍粑，代表男孩。一般一担糍粑里，一半是红糍，一半是白糍，表示男女各半。如希望下一胎生女孩则全部用红糍粑，希望下一胎生男孩则全部用白糍粑。这虽然没有什么科学根据，但却代表着人们对性别的一种希望。主家要把岳母家送来的糍粑分给村子里曾给产妇和孩子送过鸡蛋等礼物的人家，每家两到四个，家家必须送到。

孩子满周岁时，要给孩子做周岁生日，称为“对岁”。“对岁”时，一般是邀请外家亲戚，排场大的也和三朝一样，左邻右舍、三姑六婆、本家叔侄等也一起来庆贺。这时不再做汤圆，也不吃红鸡蛋，只吃酒肉，和一般的酒席没有两样。以前也有“抓周”的习俗，即在孩子一周岁时举行的一种预测前途和性情的仪式。在孩子面前摆上笔墨纸张、算盘、尺子、印章、食物、钱币等，看他先抓什么，以此来测卜其志趣、前途和将要从事的职业。这表现了老百姓对生命延续、顺利和兴旺的祝愿，也反映了父母对子女的舐犊情深，是一种具有人伦味、以育儿为追求的信仰风俗。

在钟山北面的红花侗一带，除了以上这些生育习俗之外，还有一种相当隆重的庆祝方式，叫“摆红蛋台”。即在村子里正月赶会期的这一天，当年生了男孩的人家里都要做一张“红蛋台”。在一张八仙桌上搭起一个凉亭式的台子，上面用红纸五彩纸等糊上，顶上置一个孩子平时戴的帽子。桌上摆一盘红鸡蛋。红鸡蛋要三十六个，叠成金字塔形，寓意步步高升。红糍粑一碗，还有熟鸡、鱼各一只，熟肉一块，谓之“三牲”。台子做好后，一起抬到一个指定的地点做道场。做完道场后，每张台子由四个年轻人扛着，分别到村子的宗祠、福德祉、夫子庙去祭拜，以祈求孩子平安健康，吉祥如意，聪明可爱。祭拜回来后，同样要大摆筵席，广迎八方来客，以此来表示为孩子分担灾难，庆贺顺利，祈求孩子健康成长，长命百岁。

长寿贺州，养生福地，生活在这片美丽而富饶的土地上，我们的先民们日出而作，日落而息，许多习俗就这样代代相传，成为一个地方特殊的民俗文化的一部分。祝愿这些古老的民俗文化，在传统意义上，焕发出时代的风采。